Rockstar Crisis

von Charlotte Tendon

Buchbeschreibung:

Eigentlich erhoffen James und Tim sich von ihrem Vater eine Lösung dafür, wie sie mit den Folgen ihrer übernatürlichen Begabung umgehen sollen. Doch bald schon sind die Musiker sich nicht mehr einig, wem sie trauen können, und der Konflikt droht nicht nur die Band zu zerstören, sondern bedroht auch Lauren, die ahnungslos zwischen die Fronten geraten ist.

Über die Autorin:

Charlotte Tendon wurde 1987 in Stuttgart geboren und schreibt schon seit ihrem dreizehnten Lebensjahr Kurzgeschichten und Gedichte, vor allem aber Romane, in denen die Liebe eine zentrale Rolle spielt.

Mit ihrer Tochter lebt sie in Stuttgart und arbeitet als Bibliothekarin. Wenn Charlotte nicht schreibt, versucht sie sich am Yoga, macht Zumba oder wagt sich an Videospiele.

Die Children of an Unknown-Reihe:
Band 1: Rockstar Sins
Band 2: Rockstar Secrets
Band 3: Rockstar Crisis

Außerdem bereits erschienen:
Secret Flowers (Twentysix, 2020)
Sing My Lovesong (Siebenverlag, 2019)

Charlotte Tendon

Rockstar Crisis

Zerrissene Bande

Bibliografische Information der Deutschen Nationalbibliothek: Die Deutsche Nationalbibliothek verzeichnet diese Publikation in der Deutschen Nationalbibliografie; detaillierte bibliografische Daten sind im Internet über dnb.dnb.de abrufbar.

Die automatisierte Analyse des Werkes, um daraus Informationen insbesondere über Muster, Trends und Korrelationen gemäß §44b UrhG („Text und Data Mining") zu gewinnen, ist untersagt.

Coverdesign: Sabrina Kiehl

Bildquelle: Pixabay (Engin Akyurt / TyliJura / pendlebur-annette)

Verlag: BoD · Books on Demand GmbH, Überseering 33, 22297 Hamburg, bod@bod.de

Druck: Libri Plureos GmbH, Friedensallee 273, 22763 Hamburg

ISBN: 978-3-8192-0907-9

1. KAPITEL

»Danke«, Lauren nahm ihren Koffer von einem freundlichen italienischen Taxifahrer entgegen und wandte sich dem lebhaften Flughafen zu. Immer noch standen die Polizisten an den Eingängen und musterten jeden Reisenden, weil scheinbar am Vortag jemand im Parkhaus erschossen worden war, unmittelbar bevor Maja wieder im Hotel aufgetaucht war.

Natürlich hatte keiner der Musiker sich die Zeit genommen, mit Lauren über die Ereignisse zu sprechen. Immerhin hatte Ray sie informiert, dass Maja zurück war und der mutmaßliche Entführer am Flughafen tot aufgefunden worden war. Diese wenigen Informationen lieferten bei weitem kein vollständiges Bild der Ereignisse, warfen allerdings auch kein gutes Licht auf die Musiker. Zwar fiel es Lauren schwer, Mitleid mit dem toten Entführer zu haben, mindestens genauso schwerfiel es ihr jedoch, den Verdacht zu ignorieren, dass sie mit potentiellen Mördern auf Tour war. Freilich hatte sie keine Beweise, dass die Band etwas mit dem Tod von Majas Entführer zu tun hatte, aber es wäre ein sehr seltsamer Zufall, wenn irgendwer anders den Entführer getötet hätte.

Als wären diese Gedanken nicht schon Grund genug, sich von der Band fernzuhalten, hatte Lauren obendrein auch kein Interesse daran, noch einmal im Tims Nähe zu kommen, nachdem sie so unprofessionell die Beherrschung verloren hatte.

Es ärgerte sie immer mehr, dass sie sich zu ihm hingezogen fühlte, obwohl dieser Mann sie behandelte, als wäre sie Dreck am Schuh. Das hatte sie nicht nötig und sie musste fort von ihm. Sie war nicht so dumm, zu glauben, das wäre nun vorbei, nur weil sie einmal mit ihm geschlafen hatte. Und es wäre auch dumm, sich vorzumachen, was auch immer zwischen ihr und Tim begonnen hatte, wäre vorbei, nur weil sie miteinander geschlafen hatten. Hatte es jemals funktioniert, sexuelle Spannung durch Sex abzubauen? Wohl kaum und das würde mit Tim sicher nicht anders sein.

Vernünftig war es, das zu tun, was sie schon lange dachte. Sie gab auf. Es war ein wenig glorreicher Abschied, eher sogar peinlich, weil sie es nicht einmal fertig gebracht hatte, Ray die Wahrheit zu sagen. Sie hatte ihm lediglich per Mail ihre Kündigung geschickt, als sie bereits im Taxi saß. So wollte sie verhindern, dass jemand ihre Entscheidung in Frage stellte. Aber dazu hatte ohnehin keiner ein Recht. Sie hatte von Anfang an kaum ihrer Arbeit nachgehen können und hatte daher guten Grund, zu kündigen. Sie könnte immerhin andere lukrative Aufträge annehmen.

Zum Glück gab es an diesem Morgen einen Direktflug nach Dublin, den sie kurzerhand beim Frühstück gebucht hatte, bevor sie auscheckte und den nächstbesten Taxifahrer zum Flughafen scheuchte.

Hastig eilte sie nun zum Check-in-Schalter, an dem eine italienische Stewardess routiniert ihren Pass kontrollierte und auf Englisch den Weg zum Gate erklärte. Lauren hievte ihren Koffer auf das Transportband und spürte, wie eine Last von ihr abfiel, als wären alle ihre Sorgen in diesem Koffer und sie nun endgültig davon erlöst.

»Lauren!«, erschütterte plötzlich eine Stimme die Flughafenhalle, sodass sogar die Stewardess aufsah und Lauren ihren Koffer zu früh losließ, woraufhin er kippte und ihr auf den Fuß fiel. Ein scharfer Schmerz schoss durch ihren Fuß, so wie seltsamerweise auch durch ihre Brust.

»Was soll das werden?«, brüllte Tim weiter und Lauren realisierte, dass ihre heimliche Flucht wohl nicht heimlich genug gewesen war.

»I'm sorry«, entschuldigte sie sich bei der Stewardess, nahm ihren Koffer und ihren Pass, bevor sie sich Tim zuwandte, um für diesen Streit wenigstens etwas Abstand zu den Angestellten aufzubauen.

Tim gelangte bei ihr an, in den Klamotten vom Vortag und mit müden Augen – ganz offensichtlich hatte er in der vergangenen Nacht nicht geschlafen. Was auch immer Majas Rückkehr zu bedeuten hatte, es war wohl aufwühlend und schlafraubend.

Lauren seufzte leise und wappnete sich für einen neuen, diesmal zumindest teilweise angebrachten Wutanfall von Tim.

»Was machst du hier?«, wiederholte er schneidend, nun direkt vor ihr stehend und außer Atem.

Lauren stellte ihren Koffer ab und sah ihn ernst an. »Ich fahre nach Hause, wie wir es besprochen hatten.«

Sie hatte ihm immerhin gesagt, was sie vorhatte, und er hatte gewirkt, als wollte er sie am liebsten sofort ins Taxi zum Flughafen stecken, noch bevor er seine Hose wieder angezogen hatte. Daher hatte er nun wirklich keinen Grund, vor ihr zu stehen, und sie daran zu hindern, in ein Flugzeug zu steigen. Er hatte selbst gesagt, sie sollte gehen, also sollte er doch zufrieden sein, dass sie genau das vorhatte.

Aber er wäre nicht Tim, wenn er so konsequent wäre. Er handelte nicht logisch und nachvollziehbar, sondern irrational und emotional.

Seine grauen Augen verrieten sein Erstaunen, als hätte er vergessen, was er gesagt hatte – wie oft er ihr nahegelegt hatte, zu gehen, und versucht hatte, sie mit seltsamen Drohungen zu verscheuchen.

»Die Frage ist eigentlich nicht, was ich hier mache, sondern, was du hier willst!«, fuhr Lauren ihn unverblümt an. »Du hast mich so oft gebeten, nach Hause zu fahren, und jetzt bist du hier, um was zu tun? Willst du mich eigenhändig ins Flugzeug setzen? Das brauchst du nicht, ich wüsste gar nicht, warum ich bleiben sollte! Ich will nichts lieber als endlich weg von hier!«

Das so offen zu sagen, war sicher nicht höflich, aber von Höflichkeiten war die Zusammenarbeit mit dieser Band nie geprägt gewesen. Und Lauren hatte keine Lust, sich noch länger wie Dreck behandeln zu lassen. Sie hatte das nicht nötig und nach ihrer Kündigung, hatte sie keinen Grund mehr, an falscher Höflichkeit festzuhalten.

Tim war ausnahmsweise sprachlos, was in ihr ein seltsames Gefühl von Mitleid aufkommen ließ, sie allerdings auch mit einer gewissen Befriedigung erfüllte. Das hatte er nun von seinen ständigen Drohgebärden! Und sie musste wahrlich nicht immer die Befehlempfängerin sein. Sie war eine erwachsene Frau und sie hatte ihren Stolz!

Entschlossen schnappte Lauren ihren Koffer und wandte sich erneut dem Check-in-Schalter zu, doch Tims Hand schloss sich schmerzhaft fest um ihren Oberarm, sodass sie sich wieder ihm zuwandte.

»Du hast dich nicht einmal verabschiedet«, konterte er vorwurfsvoll.

»Ich habe Ray informiert«, korrigierte sie selbstbewusst, »und ich dachte, wir hätten uns bereits verabschiedet.«

Was sollten ihre gemeinsamen Stunden mit Tim sonst gewesen sein, wenn nicht klischeehafter Abschiedssex? So konnte sie sich am besten ihren Moment der Schwäche in seinem Hotelzimmer erklären und ihr Verhalten vor sich selbst rechtfertigen. Anders konnte sie nicht erklären, warum sie mit einem Mann geschlafen hatte, der sie derart abweisend behandelte. Im Grunde ahnte sie zwar, dass Tims mehr Zuneigung für sie empfand, als er sie merken lassen wollte, aber das war noch kein Grund, ihm alles durchgehen zu lassen. Auch nicht, wenn sie wusste, dass er viel emotionaler war, als er es anderen zeigen wollte. Und zweifellos gab es da einen Teil in ihr, der Zuneigung für ihn empfand.

»Findest du nicht, es wäre angemessen gewesen, mir wenigstens lebwohl zu sagen?«, widersprach er ernst.

Lauren zuckte mit den Schultern. »Ihr schient beschäftigt.« Zumal sie befürchtet hatte, dass der Abschied ähnlich ablaufen könnte, wie ihr letztes Gespräch mit Tim. Beim besten Willen konnte sie nicht bestreiten, dass sich jede Faser ihres Körpers an sein Eindringen und seine Stöße erinnerte und nichts dagegen hätte, das zu wiederholen.

Aber sie erinnerte sich auch an seine befremdliche Drohung.

Lauren versuchte, seinen festen Griff abzuschütteln, kam allerdings nicht gegen seine Hand an. Es war zwar nichts Neues, dass er stark war, und auch das war etwas, das ihr an ihm gefiel. Ganz anders als der Weiberheld Bill mit seinen Komplimenten war Tim bestimmend und seltsam raubtierartig. Er wirkte gefährlich und hatte ihr bisher doch nie etwas getan – aber sollte sie deshalb abwarten, bis er zu weit ging, wenn er doch immer wieder andeutete, dass er sich selbst nicht traute?

»Nicht zu beschäftigt für ein kurzes Gespräch!«, erwiderte er vorwurfsvoll.

Lauren seufzte und wandte den Blick ab. So allmählich geriet sie unter Zeitdruck, weil der Flieger nicht auf sie warten würde – schließlich hatte sie das Check-in abgebrochen. Und wann ging der nächste Flug? Vielleicht erst am nächsten Tag.

»Wir wissen doch beide, dass unser Abschied nicht eine Sache von ‚Tschüss und auf Wiedersehen‘ gewesen wäre.« Selbst wenn Lauren sich gerne vorgemacht hätte, sie hätte widerstehen können, wusste sie genau, dass Tim sie zumindest geküsst hätte – und sie hätte vielleicht sogar noch mehr gewollt.

Es war wirklich nichts, worauf sie stolz war, aber sie hätte gerne nochmal mit ihm geschlafen, um es ganz auszukosten, bevor sie ihn aus ihrem Leben strich. Doch mit Sicherheit wäre ihr der Abschied dann noch schwerer gefallen und möglicherweise wäre es zu schwer geworden, wenn sie ihn noch näher an sich heranließ.

Das Abschiednehmen wäre zu gefährlich gewesen, weil Ray mit allen Argumenten und Angeboten sie nicht halten könnte, aber Tim könnte sie mit einem einzigen Kuss aufhalten.

»Nicht, wenn du es nicht gewollt hättest«, stellte er herausfordernd klar und zog sie dichter zu sich heran.

»Du hattest mich eindringlich davor gewarnt, es zu wiederholen«, erinnerte sie ernst, wenngleich das nicht der Grund war, warum sie gegangen war.

»Das bedeutet nicht, dass ich will, dass du gehst!«

Irritiert sah Lauren zu ihm auf, weil diese Worte wohl einem ‚Bitte bleib bei mir‘ am nächsten kamen. Sie kannte Tim zu gut, um zu ignorieren, wie offen diese Antwort für seine Verhältnisse war.

»Wenn du willst, dass ich bleibe, musst du mir einen Grund geben, zu bleiben!«, platzte sie heraus, ohne darüber nachgedacht zu haben, welche Konsequenzen diese Worte haben könnten.

Welche Art Grund erwartete sie denn? Wenn Tim sagte, er hätte Gefühle für sie, würde sie dann etwa bleiben? Es würde nichts daran ändern, dass er launenhaft und obendrein verliebt in Drohungen war. Er würde sich nicht plötzlich in Prinz Charming verwandeln, wenn er seine Gefühle wie eine Zauberformel offen aussprach!

»Was für einen Grund hättest du denn gerne?«, hakte er angriffslustig nach, wobei er seine freie Hand um ihr Kinn legte, sodass sie ihn ansehen musste. »Du bist eine tolle Fotografin und ich will, dass du weiterhin deinen Job machst«, begann er ernst. »Du hast etwas an dir, dass mich ich die Fassung verlieren lässt, und das gefällt mir«, er lächelte sie an. »Ich hatte noch nie so viel Lust auf eine Frau, wie auf dich, und ich will nicht, dass da vorbei ist.«

Lauren schluckte und wollte sich unweigerlich losreißen, weil es sich irgendwie falsch anfühlte, dass er das so unverblümt aussprach. Dass er sich nicht einmal dafür schämte, ihr so offen ins Gesicht zu sagen, was er von ihr wollte.

»Andere würden etwas von Gefühlen erzählen«, antwortete sie trocken, obwohl sie schon wusste, dass Tim sicher nicht mit einem Liebesgeständnis herausplatzen würde. Er war nicht der Typ, der solche Dinge sagte, um eine Frau ins Bett zu bekommen. Das war vermutlich noch eine seiner besten Eigenschaften.

»Soll ich das? Willst du wissen, was ich fühle?«, erkundigte er sich provokant. »Glaub mir, da sind wenig romantische Dinge dabei.«

Er neigte sich herab und presste seine Lippen kurz auf ihre. »Aber ich brauche dich.« Für seine Verhältnisse waren diese Worte unerwartet direkt und auch, wenn Lauren gerne näher erörtert hätte, was er damit meinte, wusste sie doch, dass er die Wahrheit sagte.

»Und du denkst, das reicht, damit ich mit dir zurückkomme, und all deine dummen Sprüche vergesse?«

Tim sah sie trotzig an. »Ja.«

Verdammt, hatte der Mann ein Ego!

Sie sollte ihn damit wirklich nicht durchkommen lassen! Sie sollte ihm klar sagen, dass er seine Chance gehabt und verpasst hatte, sie sollte ihn in die Wüste schicken und zum Flugzeug rennen, bevor es zu spät war!

»Ich brauche mehr als hin und wieder einen Kuss und irgendwelche verkorksten Andeutungen, wenn ich bleiben soll.«

Tims Daumen glitt zärtlich an ihrem Kinn entlang. »Was willst du denn? Du weißt genau, dass ich nicht mit der rosaroten Brille durch die Gegend laufe und romantische Dinge tue.«

Wahrlich nicht. Und dummerweise hatte sie ja die großen romantischen Gesten und blumigen Worte schon gehabt und zurückgelassen, was allerdings nicht bedeutete, dass sie jetzt genau das Gegenteil wollte.

»Keine Drohungen mehr!«, forderte sie entschlossen und sah Tim amüsiert lächeln.

»Dafür ist es inzwischen ohnehin zu spät.«

Lauren seufzte leise, weil diese Aussage fast genauso schlimm war, wie eine Drohung, aber sie nickte. »Ich bleibe noch für ein paar Tage, aber ich gehe, sobald du wieder anfängst, mir mit irgendwelchen fadenscheinigen Drohungen zu kommen.« Leider war sie allerdings ziemlich sicher, dass es nicht mehr als ein paar Tage sein würden, weil Tim nicht anders konnte. Sie wollte, er könnte sich ändern, tief im Herzen wusste sie jedoch schon, dass er sie letztlich verletzen würde.

Aber es war ja nun nicht gerade so, als gäbe es zuhause irgendwas, für das es sich lohnte, zurückzukehren. Hier gab es immerhin Tim, der diese zweite Chance vielleicht nicht verdiente, der es jedoch auch nicht verdiente, dass sie ihn einfach aufgab.

»In Ordnung«, lenkte er erstaunlich handzahm ein und lächelte dabei zum ersten Mal nicht etwa herablassend oder selbstbewusst, sondern einfach nur glücklich. So fühlte sich ihre fragwürdige Entscheidung plötzlich vollkommen richtig an.

James sah erneut auf seine Armbanduhr. Es war ein spätes Frühstück gewesen, aber immerhin hatten sie noch etwas bekommen – vermutlich weil sie VIP-Gäste waren und niemand sie zwingen wollte, zu hungern, zumal Maja mit ihren verbundenen Handgelenken sehr mitleiderregend wirkte. Obendrein wusste im Hotel längst jeder vom Pagen bis zum Haustechniker, dass man Maja entführt hatte. Einige hatten sich schon förmlich bei ihr entschuldig, als wäre es die Schuld des Hotels, dass ihr verrückter Ex sich eingeschlichen und sie verschleppt hatte. Dabei hatte damit keiner rechnen können. Doch James wünschte, er hätte damit gerechnet und den Kerl schon damals in Majas schäbiger Wohnung in Limerick erwürgt, statt das später von seinem unheimlichen Vater erledigen zu lassen.

Dieser Wunsch wuchs, je öfter er die Verbände an Majas Handgelenken sah. Als wüsste sie davon, versuchte sie, diese Spuren der Fesseln unter einer langärmligen Jacke zu verstecken, aber spätestens am Mittag würde es zu warm dafür sein.

Beschützend legte er seinen Arm um Majas Schultern, als sie die Lobby in Richtung Fahrstuhl durchquerten.

»In Zukunft lassen wir uns das Frühstück aufs Zimmer bringen«, entschied James, als er durch die deckenhohen Fenster der Lobby wieder ein Kameraobjektiv entdeckte. Bisher hatten sie in Italien nur wenige Fans und kaum Aufmerksamkeit erregt, durch Majas Entführung allerdings waren sie über Nacht bekannt geworden. Laut Ray wirkte sich das zwar positiv auf die Verkaufszahlen ihrer Alben aus, aber es verärgerte James, wie man ständig versuchte, ein Bild von Maja zu erhaschen – dabei musste es doch jedem mit gesundem Menschenverstand klar sein, dass sie Ruhe brauchte.

Sie ging dicht neben ihm, so dass er mit seinem Körper den Blick auf sie versperren konnte, bevor ein eifriger Page hinausstürmte, um den Mann mit der Kamera zu verscheuchen. James nickte dem Pagen dankbar zu und führte Maja weiter.

»Sollten wir nicht lieber mit den anderen frühstücken?«, widersprach Maja ernst und natürlich wieder mehr um den inneren Frieden der Band besorgt als jeder andere, obwohl sie doch auch allmählich wissen sollte, dass da alle Mühe vergebens war.

Gleichgültig zuckte James mit den Schultern. »Wir verbringen schon so viel Zeit zusammen, da können wir auch mal eine Mahlzeit alleine einnehmen.«

Wie angewurzelt blieb James stehen, als er bemerkte, wie Tim vor ihnen in die Hotellobby gestürmt kam. Er hielt mit einer Hand Lauren am Arm gepackt, mit der anderen zog er ihren Koffer hinter sich her. Sie hatten es so eilig, dass sie keinerlei Notiz von der Umgebung nahmen, und stürmten direkt in einen Aufzug, der eigentlich gerade losfahren wollte. Tim schob Lauren grob durch die Türen und folgte gleich darauf, bevor er das Stockwerk wählte. Zwischen den sich schließenden Türen traf sein Blick James und er grüßte wortlos, doch offenbar zog er nicht in Betracht, auf sie zu warten.

Dabei wollte Maja ganz offensichtlich auf sie zu stürmen, aber James ließ sie nicht von seiner Seite. Er wollte nicht, dass Maja sich in diese Szene einmischte. Zwischen Tim und Lauren herrschte das gewohnt eisige Klima, auf das James gut verzichten konnte.

»Was war das?«, platzte Maja heraus. »Warum hatte Lauren ihren Koffer dabei?«

James wollte das lieber nicht zu genau erörtern, zumal er ohnehin nur spekulieren konnte. »Vielleicht bekommt sie ein neues Zimmer, weil es in ihrem alten Kakerlaken hatte. Und Tim hilft ihr mit dem Gepäck.« Nicht, dass er für diese These irgendwelche Grundlagen hatte, außer dass es eben plausibel klang und Maja wohl eher nicht über Ungeziefer diskutieren wollte.

»Sie kamen aber von draußen, und warum sollte ausgerechnet Tim sie zu ihrem neuen Zimmer bringen?« Natürlich gab Maja nicht so schnell auf, sie sah ihn forschend an. »Gab es wieder Streit mit Lauren, als ich weg war?«

,Als ich weg war' klang, als hätte sie ein paar Tage auf einer Beauty Farm verbracht und nicht verschleppt und gefesselt in irgendeiner Bruchbude ausgeharrt.

»Keine Ahnung«, antwortete James ehrlich, »ich habe sie nicht gesehen.« Er hatte keine Zeit gehabt, sich länger mit dem Streit über die Fotografin zu beschäftigen. Er hatte sich auf Majas Rettung konzentriert, auch wenn er frustrierend wenig dazu beigetragen hatte.

»Kann sein, dass Bill es nun so weit getrieben hat, dass sie gehen wollte, und Tim hat sie zurückgeholt«, überlegte er laut, aber wenig interessiert an dieser Fragestellung. Von ihm aus hätte die Fotografin ruhig verschwinden können, weil sie ganz offensichtlich zu Spannungen führte, insbesondere Bill und Tim schienen nicht besonders gut mit ihr zu können.

»Warum sollte Tim das tun?«

James zuckte mit den Schultern – nicht weil es ihm egal war, sondern weil er nicht wusste, wie er seinen großen Bruder einschätzen sollte. Tim hatte offenbar Seiten, von denen sie alle bisher nichts geahnt hatten. Er hatte sie alle glauben lassen, ihr Vater wäre einfach fortgegangen, doch nun stellte sich heraus, dass Tim höchstpersönlich ihn in die Wüste geschickt hatte. Hatte er damit die geistige Gesundheit ihrer Mutter aufs Spiel gesetzt? Hatte er möglicherweise die ganze Zeit gewusst, wo ihr Vater zu finden war, und ihnen allen diese Information vorenthalten?

»Vielleicht wollte er Bill einen Gefallen tun. Ich glaube nämlich, Bill hat ein Auge auf Lauren geworfen«, schlug James nun vor, weil er wusste, dass Maja Bills Zuneigung auch bemerkt hatte.

Maja erstarrte und blieb kurz vor dem Aufzug stehen. »Denkst du zwischen Bill und Lauren läuft etwas?«, hakte sie entsetzt nach.

Ungeduldig schob James sie weiter und drückte den Rufknopf. »Bisher ist das wohl eher Wunschdenken von Bill.« Aber zumindest er konnte nicht ausschließen, dass Lauren dieses Interesse erwiderte.

»Dann müssen wir Lauren sagen, worauf sie sich da einlässt!«, forderte Maja unerwartet bestürzt.

Natürlich war auch James klar, dass es unaufrichtig wäre, wenn sie Lauren in dem Glauben ließen, das größte Risiko bei einer Affäre mit Bill wäre, dass sie hinterher an gebrochenem Herzen litt. Noch wusste keiner von ihnen, was das Band entstehen ließ, das James und Maja unfreiwillig geschlossen hatten. Sie beide hatte keiner warnen können, aber es wäre grausam, Lauren nicht zu warnen – nun da sie es alle das Risiko kannten.

»Wir müssen mit den beiden reden«, beschloss Maja ernst und James schob sie eilig in den Aufzug, bevor sie mitten in der Lobby noch Dinge ausplauderte, die geheim bleiben sollten.

Warnend warf er einigen näherkommenden Hotelgästen so böse Blicke zu, dass die sich schnell dem Treppenhaus zuwandten, statt Maja und James zu folgen.

»Wir werden sehen, ob es überhaupt Grund zur Sorge gibt. Bill hat ja selbst panische Angst vor einer Verbindung mit Lauren, also wird er sicher auf Abstand bleiben. Vielleicht wird sie ja auch gar nicht lange genug bleiben, dass wir uns Sorgen machen müssen.«

Maja seufzte leise und lehnte sich an James' Seite, wodurch er sich gleich wieder etwas ruhiger fühlte. »Warum hat Tim sie dann überhaupt zurückgeholt? Er weiß doch auch, dass es besser wäre, wenn sie geht.«

James zuckte mit den Schultern und genoss ihre Nähe. Nach den Tagen, die sie in Gefangenschaft verbracht hatte, vermisste er sie in jeder Sekunde, in der sie nicht an seiner Seite war. Und das hatte nichts damit zu tun, dass er zum Überleben auf ihre Nähe angewiesen war.

»Keine Ahnung, ist ja nicht so, als würde ich verstehen, was der tut und denkt.«

Maja nickte und sie traten gemeinsam auf den Flur zu ihrer Suite, wo bereits am Aufzug ein Sicherheitsmitarbeiter kontrollierte, wer das Stockwerk betrat. Ray hatte die Sicherheitsvorkehrungen nach Majas Entführung erhöht und inzwischen hatte er auch entschieden, dass sie vorzeitig abreisen würden, um dem Presserummel zu entkommen. James war nicht gerade traurig darüber, wenngleich es bedeutete, dass sie einen geplanten Auftritt absagen mussten. Keiner von ihnen fühlte sich noch wohl in dieser Stadt. Der Tapetenwechsel würde ihnen vielleicht helfen, sich zu erinnern, dass sie eigentlich unterwegs waren, um Bekanntheit außerhalb Irlands zu erreichen. Ihre Musik hatte in den letzten Tagen erschreckend an Bedeutung verloren.

James öffnete die Tür zu ihrer Suite und verschloss sie hinter ihnen von innen.

»Wir müssen das klären!«, beharrte sie ernst, während sie ins Badezimmer lief, um sich frisch zu machen.

James folgte ihr kurzentschlossen und schloss auch diese Tür hinter sich. »Werden wir«, versicherte er lächelnd, während er hinter sie trat. »Wsie ie wäre es erst einmal mit einem Bad?«, schlug er leise vor, wobei er seine gespreizten Finger um ihre Hüften legte und sie so an seinen Schoß zog.

18

Es war wirklich nicht so, dass er sich nicht schämte, dass er nach diesen fürchterlichen Tagen nichts Besseres zu tun wusste, aber er konnte kaum an etwas anderes denken, als wieder in ihr zu sein. Vielleicht sehnte er sich nur so verzweifelt danach, weil er tagelang befürchtet hatte, ein anderer Mann könnte genau das mit ihr tun. Zu wissen, dass nichts Derartiges geschehen war, machte es allerdings nicht besser.

Erstaunlich anschmiegsam lehnte Maja sich gegen ihn und ließ den Kopf zurückfallen, damit er sie küssen konnte, ohne dass sie sich umdrehen musste. »Was immer du willst«, wisperte sie, wobei sie die Arme über den Kopf hob und mit den Händen nach seinem Nacken tastete.

Schon in ihrem Kuss spürte er wieder, wie ihre köstliche Energie in seinen Körper strömte und sein Glied steif werden ließ, was ihr sicher nicht verborgen blieb.

»Ich will in dir sein, so tief wie noch nie zuvor«, gestand er unverblümt und ohne jegliches Schuldbewusstsein. Maja wusste, dass seine Ansprüche auf sie mehr als nur romantischer Natur waren, er brauchte sie zum Überleben, daher wollte er sie auch vollständig in Beschlag nehmen.

Auf ihre Wangen trat eine zarte Röte, ehe sie nickte und sich zu ihm umwandte, damit er sie bequemer küssen konnte. Mit den Armen um seinen Nacken sah sie ihn aus diesen wunderschönen braunen Augen an und stellte sich auf die Zehenspitzen, um ihn zu küssen, wobei ihre kleine Zungenspitze zärtlich über seine Lippen strich.

James knurrte zufrieden und dirigierte sie langsam durch das geräumige Bad zu dem Waschtisch, auf dem unnötig viel Platz für sorgfältig gerollte Handtücher war. Mit einer Hand schob er die Frottee-Rollen beiseite – ein Teil fiel zu Boden, ein Teil in eines der beiden Waschbecken. Sodass er Platz hatte, Maja auf den Waschtisch zu heben, ohne seinen Kuss zu unterbrechen.

Mit seinem Becken schob er ihre Knie auseinander, sodass er bequem dazwischen stehen konnte. Hastig öffnete er mit einer Hand den Knopf am Bund seiner Jeans, um sich mehr Freiraum zu verschaffen, während er zugleich seine Zunge in ihren Mund drängte und ihre liebkoste.

Vorsichtig befreite Maja seine Erektion aus dem festen Stoff und fuhr mit beiden Händen zärtlich daran entlang, als wäre er nicht schon hart genug. Ungeduldig fasste er den Saum ihres Kleidchens und zerrte es über ihren Kopf nach oben, wozu Maja die Arme heben musste, sodass sie ihn nicht weiter streicheln konnte.

Er nutzte die Gelegenheit, um auch gleich darauf ihren BH ungeöffnet nach oben zu zerren, ohne Rücksicht darauf, ob das Dessous darunter litt. Er kaufte ihr gerne neue Sachen, die er ihr ausziehen konnte.

Maja verbarg ihre nackten Brüste mit einem Arm und lächelte. »Du hast es eilig.«

»Nur jetzt«, James grinste, »glaub mir, nachher lassen wir uns viel Zeit.«

Ihm war es, als müsste er einiges nachholen wegen der Tage, die er ohne sie verbracht hatte, dabei hatte er sich eigentlich vorgenommen, sich ihr gegenüber zurückzuhalten, solange er nicht abschätzen konnte, welche Auswirkungen solche Aktivitäten auf ihre Gesundheit hatten.

Zärtlich fasste er ihren Arm, um ihn von ihrer Brust zu ziehen, und legte ihn stattdessen um seinen Nacken.

»Du weißt ja gar nicht, wie sehr du mir gefehlt hast.« Mit einer Hand griff er nach ihrer linken Brust und umschloss sie fest, als könnte er so auch sie festhalten.

Maja bog den Rücken durch, sodass sich ihre Wölbung in seine Handfläche schmiegte und er eilig mit der anderen Hand nach ihrer zweiten Brust griff. Sie waren so weich und gerade etwas zu groß für seine Hände, so wie er es mochte.

Keuchend ließ er die Hände tiefer sinken, bis er ihren Slip ertastete und hinabziehen konnte, gleichzeitig schleuderte er seine Hose von sich, bevor er weiter zwischen ihre Schenkel schob, die sie gerade so weit öffnete, dass er dazwischen passte.

So berührte sein pochendes Glied die feuchte Hitze in ihrem Schoß und erkundete sie, bis er die richtige Position fand, um in sie zu gleiten. Maja rutschte sofort näher an ihn, um ihn weiter in sich aufzunehmen, wobei sie ein erregendes Stöhnen ausstieß und ihn aus seltsam verschleierten Augen von unten her ansah. Sie hielt sich mit beiden Händen an seinen Schultern fest, während er ihre Schenkel umfasste, um sie noch weiter zu spreizen und immer tiefer in sie zu gleiten. Er stieß einmal zu, ein zweites Mal und hielt sie dabei so fest, dass sie nicht zurückweichen konnte, obwohl ihr ganzer Körper von ihm erschüttert wurde.

Jedes Mal zog sich ihre Mitte um ihn zusammen, als wollte sie ihn festhalten, und er genoss es, wie sie jeden Zentimeter seiner Länge massierte.

Er hielt sich nicht zurück. Jeder Stoß kam schneller und jedes Mal stöhnte sie leise, ohne sich über seine raue Art zu beklagen.

Im Gegenteil, er spürte, wie sie sich immer mehr spannte, wie ihre Muskeln um ihn zuckten und wie sie schließlich die Kontrolle verlor. Beinahe zeitgleich versenkte er sich bis zur Wurzel in ihr und ließ endlich den Höhepunkt zu, den er fast von Anfang an unterdrückt hatte.

Maja setzte sich neben James an den gedeckten Tisch und war froh, nicht mehr auf ihren zittrigen Beinen laufen zu müssen. Sie konnte sich nicht erinnern, ob James sie schon je so ausdauernd geliebt hatte. Er allerdings schien davon überhaupt nicht erschöpft, sondern vollkommen zufrieden und erleichtert, als hätte er irgendeine Sorge beim Sex abschütteln können.

Sie wollte sich auch wirklich nicht beklagen. Das, was sie in den letzten Stunden getan hatten, war wichtig für sie beide gewesen und heilsam. Bisher hatte Majas ganzer Körper geschmerzt von dem tagelangen Ausharren in Davids Versteck, nun wurden diese Schmerzen von einer angenehmen Müdigkeit verdrängt.

Sie lächelte in die Abendessensrunde in einem privaten Speisesaal, den Ray ihnen verschafft hatte, und fühlte sich beim Anblick all der vertrauten Gesichter innerlich ruhig werden.

»Wo ist Tim?«, entfuhr es ihr überrascht, als ihr Blick an dem verlassenen Teller ihr gegenüber hängen blieb.

»Hat wohl etwas mit Adrian zu klären«, berichtet Bill hörbar genervt.

Augenblicklich bröckelte der innere Frieden wieder und Maja schluckte schwer, weil ihr das so gar nicht behagte. Ja, Adrian hatte sie befreit, doch er hatte auch David getötet und er hatte dabei nicht gewirkt, als hätte er deshalb Gewissensbisse. Er war unberechenbar und geheimnisvoll und seine Geschichte, dass er als Waffe geschaffen worden sein wollte, machte ihn nicht unbedingt sympathischer.

Maja sah zu James neben ihr, der nur mit den Schultern zuckte. »Vielleicht gut, wenn sie sich aussprechen. Da gibt es offenbar einen alten Streit zu klären und da wären wir vermutlich eher im Weg.«

Nachdenklich nickte Maja. »Mir ist irgendwie nicht wohl dabei«, gab sie ehrlich zu und blickte dabei in die Runde der Brüder, die zweifellos alle eine Meinung dazu hatten, aber ihre Gedanken wohl für sich behalten wollten.

Bill erwiderte ihren Blick ernst, während die anderen ihr eher auswichen. »Es kommt überraschend«, stimmte der Sänger ihr leise zu.

James lehnte sich zurück und verschränkte die Arme vor der Brust. »Woher willst du wissen, was nun überraschend für Tim ist? Immerhin hat er uns die ganze Zeit etwas vorgemacht. Er könnte auch heimlich ein Sternekoch sein und wir wüssten es nicht.«

Maja schluckte das Entsetzen über die bittere Wut hinunter, die aus den Worten ihres Freundes sprach. Unverkennbar fühlte er sich betrogen und im Stich gelassen – und er hatte recht. Keiner von ihnen konnte einschätzen, ob Tim ihnen noch mehr verschwiegen hatte. Allerdings konnte Maja sich vorstellen, dass er seine Geheimnisse aus Angst für sich behalten hatte. Vielleicht hatte er befürchtet, dass seine Brüder ihm den Bruch mit ihrem Vater verübeln und ihn ausschließen würden. Er war damals immerhin noch ein Jugendlicher gewesen und möglicherweise selbst überfordert mit der Situation.

»Aber es ist seltsam, dass Tim nun ausgerechnet mit dem Mann die Köpfe zusammensteckt, den er ursprünglich zum Teufel jagen wollte. Gut möglich, dass er uns bisher nicht einmal die halbe Wahrheit gesagt hat!«, widersprach Bill ernst. »Und mir gefällt es nicht, dass dieser Kerl auftaucht und uns auseinanderreißt.«

Maja griff nach dem bereitstehenden Wasserglas vor sich und nahm einen Schluck, um diese Gedanken in Ruhe aufzunehmen. Sie waren seit Adrians Auftauchen nicht mehr alle beieinander gesessen, deshalb verstand sie, dass Bill ein Auseinanderbrechen ihrer Gemeinschaft monierte. Allerdings war die Situation nicht nur Adrians schuld: Maja hatte sich ausruhen wollen und James hatte es sich natürlich nicht nehmen lassen, bei ihr zu bleiben. Von diesem gemeinsamen Abendessen hatten sie sich wohl alle die Gelegenheit erhofft, sich auszutauschen, aber nun hatte Tim sich von ihnen isoliert. Was war in den letzten 24 Stunden geschehen, von dem sie keine Kenntnis genommen hatten?

»Wir haben Tim heute Morgen mit Lauren gesehen«, berichtete Maja nachdenklich, in der Hoffnung, dass das Thema in dieser Runde eher auf Gehör stoßen würde als zuvor bei James.

»Ich dachte, sie hat gekündigt und wollte heimfahren«, erwiderte Bill irritiert. »Ray hat mir das gesagt und schien darüber ziemlich enttäuscht.«

Oft tauschte Ray sich über solche organisatorischen Dinge mit Bill aus, weil der nach außen den Kopf der Band spielte, obwohl Tim das tatsächliche Familienoberhaupt war.

»Sie hatte einen Koffer dabei«, stimmte Maja zu, »aber sie und Tim sind nicht fortgegangen, sondern kamen von draußen und sind offensichtlich zu den Zimmern gefahren.«

James seufzte. »Vielleicht hat Tim erfahren, dass Lauren gekündigt hat, und hat sie überredet, es doch nochmal mit uns zu versuchen.«

Gedankenverloren nickte Maja. Es machte tatsächlich den Eindruck, als hätte Tim Lauren von der Abreise abgehalten. Möglicherweise hatte er sie zufällig vor dem Hotel mit dem Koffer gesehen und deshalb zurückgehalten. Aber ...

»Warum sollte er das tun?«, fragte sie ernst in die Runde, weil es für sie keinen Sinn ergab.

James und Bill zuckten in seltener Einigkeit mit den Schultern. Charlie starrte auf seinen Teller und Mike knabberte an einem Grissini.

»Vielleicht hat Ray ihn gebeten, mit Lauren zu reden? Immerhin war es ihm wichtig, dass Lauren bei der Tour dabei ist«, überlegte Charlie zögernd, ohne die anderen anzusehen.

Sofort schüttelte Bill den Kopf. »Das hätte Ray dann sicher eher mir gesagt, schließlich hat er mir auch von der Kündigung erzählt.«

James zuckte mit den Achseln. »Vielleicht dachte Ray, du wärst dafür nicht der Richtige, weil du Lauren von Anfang an nicht dabei haben wolltest.«

Erschrocken richtete Bill sich auf. »So kann man das nicht sagen! Ich finde, dass Lauren tolle Arbeit macht.«

Abschätzig winkte James ab. »Du findest vor allem, dass Lauren toll aussieht, und genau deshalb wäre es vielleicht besser, wenn sie abgereist wäre.«

Sichtlich gereizt Bill lehnte sich auf den Tisch. »Was soll das heißen? Dass ich eine Gefahr für sie bin?«

Maja seufzte leise und legte James beschwichtigend eine Hand auf den Oberschenkel, damit er ihr die Erklärung überließ. Ihr Freund hatte leider ein beeindruckendes Talent, Bill mit einem einzigen Wort zu reizen. Es war kaum vorstellbar, dass die beiden früher einmal beste Freunde gewesen sein sollten – aber vielleicht lag es gerade daran: Sie waren sich so nahe gewesen, dass der Widerspruch des anderen nun umso mehr verletzte.

»James meint damit nur, dass du selbst von Anfang an Angst hattest, dass du dich vielleicht in Lauren verlieben könntest, und da du das ja nicht willst, wäre es wohl besser, sie wäre gegangen.«

Zumal Lauren sich nicht damit wohlgefühlt hatte, dass Bill sie anbaggern wollte und Tim das zu unterbinden versuchte. Darüber wollte Maja allerdings in dieser Runde nicht sprechen. Es ging hier ja nicht darum, Lauren zu verstehen, sondern Tim.

Durch ihre Erklärung schien Bill sich immerhin ein wenig zu entspannen. »Mag sein.« Aber offensichtlich wollte er trotzdem nicht, dass Lauren ging – war es etwa bereits zu spät und er hatte Gefühle für Lauren entwickelt?

»Vielleicht sollte einer von uns mit Lauren sprechen und sie fragen, was los ist«, schlug Mike nüchtern vor, während er sich ein weiteres Grissini angelte.

Der Vorschlag war erschreckend naheliegend und vermutlich aussichtsreicher als länger zu spekulieren.

»Ich kann es versuchen«, bot Maja sofort an, bevor Bill auf die Idee kam, sich freiwillig zu melden. Zwar tat er ihr leid, weil er ganz offensichtlich wirklich Interesse an Lauren hatte, auch wenn er es bisher auf eine verkorkste Art gezeigt hatte. Aber sie wusste nur zu gut, dass die Verbindung, die zwischen ihr und James bestand, zur Qual werden könnte, wenn Lauren seine Gefühle nicht erwidern sollte. Schließlich hatte Bill bereits einmal angedeutet, dass er eine Frau zur Not auch gegen ihren Willen zum Bleiben zwingen würde. Es war wirklich besser, dass diese Bindung zwischen Lauren und Bill nicht zustande kam. Und das konnten sie am ehesten sicherstellen, indem sie Lauren auf Abstand zu Bill hielten.

Das war auch in ihrem Interesse, denn sie machte nicht den Eindruck, als wäre sie an einer lebenslangen Beziehung mit Bill interessiert.

2. KAPITEL

Maja stieg als eine der ersten am nächsten Morgen in den Tourbus, während James noch draußen mit Bill über den bevorstehenden Auftritt diskutierte. Ray hatte in rekordverdächtigem Tempo ein zusätzliches Konzert in Venedig an Land gezogen zum Ausgleich für das abgesagte in Rom – als wäre es ein unverzeihlich, wenn sie während der Tour mal einen Tag frei hätten. Vor der Weiterfahrt nach Berlin würden sie also ein paar Tage in Venedig gastieren.

Maja musste sich sehr beherrschen, darüber nicht in Begeisterungsstürme auszubrechen. Schon in ihrer Zeit mit David hatte sie sich einen Kurzurlaub in Venedig gewünscht, doch der bodenständige Makler hatte kein Interesse an überteuerten, überlaufenen Touristenhochburgen.

James schien zwar auch nicht unbedingt der Typ für eine romantische Gondelfahrt, aber vielleicht konnte sie ihn wenigstens überreden, mit ihr an einigen Kanälen entlang zu schlendern.

Zuerst einmal hoffte Maja allerdings, dass sie die mehrstündige Fahrt im Tourbus nutzen konnte, um ein paar Worte mit Lauren zu wechseln. Sie war extra so frühzeitig eingestiegen, um der Fotografin aufzulauern. Im Bus würden sie zwar nie ganz ungestört sein, aber hoffentlich konnte sie Lauren trotzdem zum Reden bringen.

James kam in den Bus und schüttelte den Kopf, als wollte er sie vor etwas warnen. Unmittelbar hinter ihm kam Lauren mit Tim, dicht gefolgt von Tim, der bis zur letzten der wenigen Sitzreihen im Bus führte, ohne Maja eines Blickes zu würdigen. Auch Lauren blickte zu Boden, als wollte sie jeden Blickkontakt vermeiden.

Sie sah nicht aus, als wäre sie glücklich und voller Vorfreude auf ihre Arbeit. Es sah eher aus, als würde Tim sie wie ein Gefängniswärter zur Zelle bringen.

Früher war es anders gewesen. Sie hatte immer Eifer und Leidenschaft für ihre Arbeit ausgestrahlt, jetzt war sie kaum mehr als ein Schatten ihrer selbst.

Maja atmete tief durch und wollte aufstehen, um Lauren zu folgen, doch James legte ihr schwer eine Hand auf die Schulter und drückte sie zurück auf ihren Sitz.

»Keine gute Idee.« Er ließ sich neben sie fallen und streckte die Beine aus, sodass er ihr den Weg versperrte.

»Du wirst keine hilfreichen Antworten bekommen, so lange Tim sie bewacht«, ergänzte er, leider zu recht. Es würde nichts bringen, wenn sie Lauren fragte, warum sie geblieben war, während Tim sie festhielt.

»Wir haben mit Ray gesprochen. Er wusste nichts davon, dass Lauren geblieben ist. Er ist zwar froh, aber er hat nicht versucht, sie umzustimmen, weil wir ja ohnehin alle gegen ihre Anwesenheit auf der Tour waren.«

Maja ließ sich frustriert zurückfallen, weil sie wusste, dass James sie nicht durchlassen würde. Es war ja richtig.

So wie Tim Lauren festhielt, würde er sie wohl kaum für ein Frauengespräch mit Maja aus den Augen lassen.

»Das macht es nicht besser«, antwortete Maja ernst und frustriert, weil es ihr widerstrebte einfach abzuwarten.

James seufzte. »Nein. Wir haben weiter keine Ahnung, was das Ganze soll.«

Allerdings sprachen sie gar nicht über die Erklärung, die für Maja geradezu auf der Hand lag: Tim hatte Lauren einfach nicht gehen lassen wollen. Da er sie jedoch wie eine Gefangene behandelte, hatte es nichts Romantisches an sich. Und es wurde noch schlimmer, wenn man bedachte, dass Tim neuerdings so viel Zeit mit Adrian verbrachte.

»Das gefällt mir nicht«, flüsterte Maja ernst, »Lauren sieht nicht glücklich aus.«

Es war nicht, dass sie krank oder verletzt wirkte, aber auch nicht ganz sie selbst. Sie war etwas blasser, schien müde und in sich gekehrt. Vor allem jedoch war sie offensichtlich nicht freiwillig hier. Sogar nachdem Tim sie losgelassen hatte, machte es den Eindruck, als stände sie unter seiner Kontrolle. Was so gar keinen Sinn ergab. Wenn Tim bisher irgendetwas von Lauren gewollt hatte, dann war es, dass sie abreiste.

»Vielleicht hat sie schlecht geschlafen oder Angst vor einem Streit mit Bill ...«, antwortete James leise. »Es muss nicht bedeuten, dass wir Grund zur Sorge haben.«

Maja zuckte unschlüssig mit den Schultern. Irgendwie hatte James ja recht, sie hatten wenig konkrete Informationen. Und vermutlich hatten sie auch eigentlich keinen Grund, sich zu sorgen. Lauren hatte nicht um Hilfe gebeten und Tim hatte bisher nie den Eindruck gemacht, als wäre er gefährlich, im Gegenteil, er war immer der Vernünftige gewesen und Bill derjenige mit den Gewaltfantasien.

»Irgendwie vertraue ich Tim nicht mehr«, gestand Maja leise, »er benimmt sich seltsam.«

Es war mehr ein Bauchgefühl, denn tatsächlich hatte sie nach ihrer Entführung kaum Zeit mit Tim verbracht. Und ihre Sorge gründete zu einem sehr großen Teil darauf, dass sie Tim mit Lauren in der Hotellobby gesehen hatte.

»Wir sind wohl alle schockiert, weil er Geheimnisse hatte, von denen wir nichts geahnt haben«, beschwichtigte James ruhig, »aber immerhin hat er diese Geheimnisse nun gelüftet, also sollten wir wohl anfangen, wieder zu Vertrauen aufzubauen. Wir sind schließlich eine Familie.«

Maja winkte entschieden ab. »Ich vertraue niemandem, nur weil er zur Familie gehört. Das gilt auch für Adrian.«

Ganz besonders sogar für ihn, denn bisher hatte er nichts Hilfreiches zu ihrer Situation beigetragen, sondern James überredet, ihm bei der Suche nach Hannah zu helfen. Letztlich war es natürlich auch in James' Interesse, seine Mutter wiederzufinden, aber in erster Linie hatte er sich damit Adrian verpflichtet.

Das alles behagte Maja nicht und sie begann, zu bereuen, dass sie James ermutigt hatte, seinen Vater zu suchen. Vermutlich hatte Tim von Anfang an Recht gehabt damit, dass dieser Mann ihnen nicht helfen konnte.

James ergriff ihre Hand und drückte sie zärtlich. »Schlaf lieber etwas, statt dir den Kopf zu zerbrechen. Heute Abend sollen wir ein Konzert geben, da kann Tim nicht verhindern, dass du dir Lauren schnappst und deiner Neugier freien Lauf lässt.«

Maja nickte trotzig, obwohl es ihr widerstrebte, so lange einfach nur abzuwarten.

Müde streckte James sich, sobald er vor einem Hotel in der Nähe von Venedig aus dem Tourbus stieg. Das Hotel lag etwas außerhalb und war so modern, dass es nicht so recht zu dem Bild passen wollte, dass er von Venedig vor Augen hatte – das Gebäude könnte genauso gut in jeder anderen Stadt stehen. Allerdings war es rundum von Sicherheitspersonal bewacht, weil aktuell wohl mehrere prominente Gäste hier untergekommen waren, und vermutlich hatte Ray das Hotel deshalb ausgewählt. Diese anderen Gäste waren scheinbar so wichtig, dass sogar Polizisten vor Ort waren, und diese Sicherheit würde ihnen allen erlauben, etwas zur Ruhe zu kommen.

Hinter ihm trat Maja schläfrig aus dem Bus und streckte sich noch ausgiebiger als er zuvor. Er war froh, dass sie tatsächlich geschlafen hatte, obwohl sie ursprünglich ganz andere Pläne für die Fahrt gehabt hatte. Der Schlaf hatte ihr sicher gut getan und war unzweifelhaft besser, als sich weiter den Kopf über Laurens Verhalten und Tims Motive zu zerbrechen.

So sehr James sie beruhigen wollte, hatte er doch auch ein ungutes Gefühl bei der Sache. Trotzdem wollte er Maja nicht noch mehr beunruhigen, da sie sich ohnehin schon um Lauren sorgte, in der sie wohl eine Freundin sah, und seine Gedanken zu der Situation würden diese Sorgen gewiss nicht schmälern.

Schützend legte James einen Arm um ihre Schultern, als Ray an ihnen vorbei ins Hotel eilte, um die Formalitäten zu erledigen. Dabei war der Manager eigentlich einer ihrer Vertrauten und sollte in ihm nicht das Bedürfnis wecken, Maja schützen zu müssen. Aber im Moment war er wohl so ziemlich allen anderen gegenüber misstrauisch.

»Lass uns etwas essen, bevor wie aufs Zimmer gehen«, schlug James angesichts von Majas beherztem Gähnen vor. Immerhin war es inzwischen Mittag, weil die Fahrt den ganzen Vormittag verschlungen hatte. Snacks gab es im Bus zwar immer, aber ihnen beiden würden Bruschetta oder ein Insalata bestimmt besser bekommen. Zumal die Band an diesem Abend noch einen Auftritt zu bestreiten hatte und er sich bei solchen Aufgaben wohler fühlte, wenn er etwas gegessen hatte. Ein knurrender Magen auf der Bühne war schlichtweg lästig.

Maja nickte verschlafen und folgte ihm bereitwillig zum Haupteingang, wo sie freundlich von einem Pagen begrüßt wurden. Die Gelegenheit nutzte James, um sich den Weg zum Hotelrestaurant erklären zu lassen.

In der Lobby kam ihnen bereits Ray entgegen, der ihnen geschäftig einen Zimmerschlüssel in die Hand drückte. »Siebter Stock«, verkündete er und schien dabei in Gedanken ganz woanders. James sah dem Manager irritiert nach.

Was an diesen harmlosen Formalitäten hatte Ray so aufgebracht? Es war für ihn doch Routine und kompliziert konnte der Check-in-Vorgang nicht gewesen sein, immerhin war er schon nach wenigen Minuten von der Rezeption zurückgekommen.

Bevor er versehentlich Maja auf seine Irritation aufmerksam machte, zog James sie rasch weiter, vorbei an verschiedenen Sitzgruppen, bis er erschrocken stehen blieb und auf einen der Sessel starrte.

Dort saß Adrian mit einem Smartphone in der Hand, offensichtlich auf den Inhalt des kleinen Bildschirms konzentriert. »Hi, James«, grüßte er dennoch, ohne vom Handy aufzusehen.

James schluckte. »Hi.« Eilig zog er Maja weiter, bevor sie auf die Idee kam, Fragen zu stellen.

Keiner hatte davon erwähnt, dass Adrian sie nach Venedig begleiten sollte, und er war auch nicht im Tourbus mitgefahren. Trotzdem war es im Grunde wohl nicht überraschend, dass er ihnen nachgereist war, immerhin hatten sie versprochen, ihm zu helfen, und die Suche nach ihrer verschwundenen Mutter war ja tatsächlich ein gemeinsames Anliegen. Aber wie er so da in der Lobby saß, wirkte es fast, als würde er sie überwachen.

Wahrscheinlich war er ihnen nicht gefolgt, um ihnen zu helfen, sondern um sicherzustellen, dass sie ihr Versprechen hielten. Dabei hatte James bisher noch keine Ahnung, wie sie die entführte Hannah finden sollten. Die Entführer würden sich wohl kaum einfach melden, wenn man sie darum bat.

Aber sicher hatte Adrian einen Plan und wartete auf eine Gelegenheit, diesen umzusetzen. James konnte nur hoffen, dass dieser Plan nicht so zerstörerisch war, wie Adrians Vorgehen bei Majas Rettung.

Allmählich färbte wohl Majas Misstrauen gegenüber Adrian auf ihn ab. Was hatten Tim und er am Vortag nur besprochen? Hatte es etwas damit zu tun, dass Tim nun Lauren wie eine Gefangene mit sich herum schleifte?

»Lass uns essen«, murmelte James an Maja gewandt, die immer noch Adrian anstarrte und sich in seiner Gegenwart sichtlich unwohl fühlte.

James konnte es ihr nicht verübeln. Er bereute mehr und mehr, dass er Adrian Hilfe zugesagt hatte. Es fühlte sich an, als hätte er damit dem Teufel seine Seele verkauft, ohne eine Gegenleistung zu verlangen.

Maja wartete Backstage, bis die Musiker eine Bühne betraten, die am Ende einer großen Piazza aufgebaut worden war, auf der an diesem Abend verschiedene Künstler Venezianern und Touristen bei einem Fest ihre Lieder präsentierten. Offenbar war ein Act kurzfristig ausgefallen und Ray hatte die Chance ergriffen, Children of an Unknown als Ersatz vorzuschlagen.

Maja winkte James noch einmal zu, bevor sie durch die Zeltgänge an Technikern vorbei eilte, bis zu jenem Sicherheitsbeamten, der den Zugang zum Backstagebereich bewachte. Mit einem freundlichen »Ciao« ließ er Maja passieren und sie tauchte in der Menge unter.

Im Grunde stand sie gerne zwischen den Konzertgästen und feierte mit ihnen, aber diesmal wollte sie vor allem James' Vorschlag in die Tat umsetzen. Während des kurzen Auftritts von etwa einer halben Stunde erhoffte sie sich die Gelegenheit, mit Lauren zu sprechen, die schon vor einer Weile mit ihrer Kamera ins Publikum geflüchtet war, um die Stimmung einzufangen.

Maja kämpfte sich durch die Menschentrauben immer weiter nach hinten. Eigentlich hatte sie Lauren am Bühnenrand erwartet, wo sie freie Sicht auf die Musiker hätte, doch dort war von ihr keine Spur gewesen, im Gegensatz zu den Fotografen der Lokalpresse, die über das Konzert berichten wollten.

Allerdings hatte Lauren auch bei früheren Konzerten bereits Fotos aus den hinteren Reihen geschossen, um das Gesamtbild festzuhalten, und da allmählich die Abenddämmerung einsetzte, war dieses Gesamtbild sicher sehenswert.

Erfreulicherweise lichteten sich die Reihen, je weiter Maja sich von der Bühne entfernte, das würde es ihr leichter machen, mit Lauren zu sprechen.

Sie entdeckte die Fotografin zwischen den hintersten Konzertbesuchern, wo sie mit ihrer Kamera umherspazierte und sich interessante Blickwinkel suchte. Dabei wirkte sie zum Glück nicht mehr so mitgenommen wie am Morgen, allerdings auch nicht so energiegeladen wie sonst.

Zielstrebig steuerte Maja auf die Fotografin zu, ungeachtet der Tatsache, dass sie ihr möglicherweise die Sicht versperrte – so erregte sie zumindest die Aufmerksamkeit ihres Gegenübers.

»Hi!«, rief Maja, als Lauren irritiert aufsah.

Langsam ließ sie Kamera sinken.

»Wir sollten reden«, begann Maja fordernd, woraufhin Lauren beinahe entsetzt den Kopf schüttelte. »Nicht jetzt.« Lauren wollte an ihr vorbei eilen und hob bereits wieder die Kamera, aber Maja konnte sie noch rechtzeitig festhalten.

»Irgendwas stimmt hier nicht!«, stellte sie entschlossen fest und sah an einem verräterischen Flackern in Laurens Augen, dass sie wohl wusste, worum es Maja ging.

»Nicht jetzt!«, wiederholte die Fotografin eindringlich.

Gerade wollte Maja ansetzen, zu betonen, wie gut sich dieser Zeitpunkt für ein Gespräch eignete, da legte sich von hinten eine Hand auf ihre Schulter und Angst wallte in ihr auf, noch ehe sie sich zu Adrian umdrehte.

Seit der wortkargen Begrüßung in der Hotellobby hatte sie ihn nicht mehr gesehen, und er war auch nicht mit ihnen zum Konzert gefahren, aber sie hätte damit rechnen müssen, dass er vor Ort war.

»Lass Lauren ihre Arbeit machen«, forderte er sie ruhig auf.

Widerwillig ließ Maja die Fotografin los, um sich nicht mit Adrian anzulegen – der Mann hatte immerhin ihren Ex umgebracht. Lauren eilte fluchtartig davon, allerdings war Maja nicht sicher, ob sie vor ihren Fragen oder Adrian flüchtete. Einen Moment später nahm Adrian seine Hand wieder von ihrer Schulter.

»Wer hat dich beauftragt, sie zu überwachen?«, fuhr sie ihn kurzentschlossen und gereizt an. Der Schreck über seine Anwesenheit legte sich erstaunlich schnell, sobald er den Körperkontakt beendet hatte. Rein rational betrachtet, konnte er ihr ohnehin nichts antun, weil James auf sie angewiesen war und Adrian auf dessen Hilfe bei der Suche nach Hannah hoffte.

»Ist nur zu ihrem Besten, sie soll ja ihre Arbeit machen, deshalb ist sie hier.«

Maja schüttelte den Kopf. »Sie hat gekündigt und hat daher keinen Grund mehr, hier zu sein. Und dir kann es doch egal sein, ob sie ihre Arbeit macht!« Es ergab einfach keinen Sinn, dass Adrian sie bewachte und abschirmte, wie es bisher Tim getan hatte. Dabei hatte Tim sich ursprünglich besonders abweisend gegenüber Adrian gezeigt.

Wie hatten gerade diese zwei in den vergangenen 48 Stunden einen gemeinsamen Nenner gefunden?

»Ist es aber nicht«, antwortete Adrian, wobei er abwehrend die Arme vor der Brust verschränkte.

»Warum nicht?« Sie bemühte sich, sich ganz aufzurichten, um sich nicht so viel kleiner als Adrian zu fühlen. Durch seine militärische Vergangenheit hatte er sicher ein geschultes Auge für die Schwächen seiner Gegner und er sollte nicht den Eindruck haben, sie wäre ihm unterlegen.

Adrian zuckte mit den Schultern. »Die Band muss ihre Tarnung aufrecht erhalten und Marketing ist wichtig, damit meine Söhne genug Auftritte bekommen, um ihre Bedürfnisse zu befriedigen.«

Maja schluckte über diese Erklärung, die so kalt und berechnend klang, aber irgendwie nicht glaubwürdig war. Adrian hatte sich bisher auch nicht darum geschert, wie es seinen Söhnen ging und ob sie immer gut versorgt waren, warum sollte das nun anders sein?

»Ich glaube dir kein Wort und ich vertraue dir nicht«, platzte Maja ehrlich heraus, weil Adrian vermutlich ohnehin ahnte, was sie dachte, und er sollte wissen, dass sie nicht vorhatte, ihre Gedanken für sich zu behalten. Sie würde nicht zusehen, wie James sich in gemeinsame Pläne mit diesem Mann stürzte, der zweifellos immer noch viele dunkle Geheimnisse hatte.

»Das ist schon etwas undankbar, ich habe immerhin dein Leben gerettet.« Allerdings schien Adrian nicht im Mindesten überrascht.

Sein Vorwurf ließ Maja auch nicht einmal zusammenzucken. Sie fühlte sich nicht, als wäre sie ihm etwas schuldig, obwohl er ihr im ersten Moment wie ein Ritter in strahlender Rüstung vorgekommen war.

»Ich werde niemandem dankbar dafür sein, dass er einen Menschen getötet hat!«

Davids Pläne waren schlecht durchdacht gewesen und er offenkundig überfordert. Zweifellos hätte es andere Wege gegeben, ihn aufzuhalten.

Adrian lächelte kalt. »Ich werde es wieder töten, wenn es nötig sein sollte.«

Damit wandte er sich ab und folgte Lauren, die inzwischen zurück zur Bühne gewandert war.

Maja blieb wie erstarrt stehen, während Adrians Worte Eiseskälte in ihren Körper strömen ließen. Wie sollte sie seine Aussage verstehen? Wollte er andeuten, dass er auch bereit war, Maja umzubringen, wenn sie ihm im Weg war?

Hatte er es bisher nur deshalb nicht getan, weil er damit James schaden würde? Oder weil er James dadurch so sehr gegen sich aufbringen würde, dass der ihm nicht mehr helfen würde. War Adrian denn überhaupt wirklich auf die Hilfe seiner Söhne angewiesen?

Maja wartete zurück im Backstagebereich, bis James zwischen seinen Brüdern von der Bühne kam. Nun sah man deutlich, dass sie bei dem Auftritt nicht nur die gute Stimmung genossen hatten. Bills Augen leuchteten saphirblau von der Energie, die er gerade aufgesaugt hatte wie ein Schwamm. Dagegen hatten James' Augen das gewöhnliche grau-grün, ebenfalls wunderschön, aber nicht übernatürlich.

Im Gegensatz zu den anderen hatte ihn der Auftritt ausgezehrt statt gestärkt – was aber nichts daran änderte, dass er das Konzert genossen hatte.

Maja schloss ihn freudig in die Arme und stellte sich auf die Zehenspitzen, um ihn zu küssen. Ihre Lippen prickelten, als er sich dabei gierig einen Teil ihrer Lebensenergie einverleibte, doch er nahm sich nur einen so kleiner ‚Happen‘, dass seine Augen sich kaum veränderten und es sie nicht erschöpfte.

»Wir müssen reden«, flüsterte Maja ihm hastig zu, als sie aus dem Augenwinkel beobachtete, wie Tim sich ohne Abschied davonstahl. Vor dem Zelt warteten bereits die Fahrzeuge, die sie zurück ins Hotel bringen sollten, weil es mitten in Venedig nicht möglich war, mit dem Tourbus vorzufahren.

James musterte sie besorgt, ehe er nickte.

Er gab Bill ein Zeichen, der gerade mit einigen italienischen Sängerinnen flirtete und offenbar noch nicht gehen wollte. Besonders interessiert an Lauren schien er nun nicht mehr, wie er sich so bereitwillig anderen Frauen zuwandte und nicht einmal bemerkte, dass Lauren vermutlich längst von Adrian fortgebracht worden war.

James führte Maja zu einem der Fahrzeuge, dessen Fahrer ihnen schnell die Tür zur Rückbank aufhielt.

Leider sprachen alle Fahrer, die Ray engagiert hatte, fließend englisch, sodass sie sich im Auto nicht ungestört unterhalten konnten. Es sollte schließlich kein Außenstehender von der ungewöhnlichen Veranlagung der Musiker und den Problemen mit ihrem seltsamen Vater erfahren.

»Wie wäre es, wenn wir uns eine Gondel suchen?«, schlug James plötzlich vor.

Maja nickte und der Fahrer versicherte auf James' Frage hin sofort, dass er eine nahegelegene Anlegestelle kannte. Dort warteten bereits einige Gondoliere auf Kundschaft, die wohl im Moment lieber den Bands lauschte, als über die Kanäle zu schippern. Bereitwillig vereinbarte ihr Fahrer mit einem der Gondoliere einen Treffpunkt, von dem aus er Maja und James später ins Hotel bringen würde, und sie bestiegen das wackelige Gefährt mit einer mit kitschig-rotem Samt ausstaffierten Sitzecke.

»Danke«, flüsterte Maja, weil ihr klar war, dass James eigentlich keinerlei Verwendung für romantische Gondelfahrten hatte, wohl aber ahnte, dass sie das gerne machen würde.

»Wenn wir schon einmal hier sind ...« Er zuckte mit den Schultern. Natürlich hatte James die Möglichkeit, jederzeit wieder hier Urlaub zu machen. Im Grunde könnten er und seine Brüder sich längst zur Ruhe setzen, statt weiter auf Tour zu gehen. Aber nicht zuletzt liebten sie ihr Bandleben nicht nur, weil es ihrer besonderen Ernährung entgegenkam.

Lächelnd legte er einen Arm um ihre Schultern und zog sie eng an sich. »Was wolltest du mir sagen?«, hakte er nun ruhig nach, weil der Gondoliere offensichtlich deutlich weniger Englisch verstand als der Fahrer im Auto.

»Ich hatte keine Chance, mit Lauren zu sprechen«, berichtete Maja leise, »Adrian war da und hat sie regelrecht bewacht, angeblich damit sie ihre Arbeit machen kann.«

James seufzte und strich mit einer Hand beruhigend über ihre Schulter. »Ich nehme mal an, du glaubst ihm das nicht so ganz.«

Maja schüttele heftig den Kopf. »Es ergibt für mich keinen Sinn, dass es für ihn eine Rolle spielen sollte, ob Lauren ihre Arbeit macht oder nicht.«

Dass James darauf nicht sofort etwas erwiderte, verriet bereits, dass er auch keine Erklärung für das Verhalten seines Vaters hatte, dabei hätte er sie vermutlich gerne beschwichtigt. Seit Adrian sie nach der Entführung zurück ins Hotel gebracht hatte, wollte James sie scheinbar in Watte packen und mit möglichst nichts belasten. Er belog sie aller Wahrscheinlichkeit nach nicht, doch er versuchte, all ihren Sorgen eine harmlose Erklärung entgegenzusetzen. Zwar verstand sie, dass er das aus Liebe tat, aber es nervte, weil sie sich nicht ernstgenommen fühlte. Dabei war es ihr wichtig, dass James den Ernst der Lage begriff.

»Ich glaube, er hat mir gedroht, mich umzubringen, wenn ich mich ihm in den Weg stelle«, gestand sie schweren Herzens und spürte, wie James sich augenblicklich versteifte.

»Das hat er sicher nicht gesagt.«

Sie richtete sich auf, sodass sie James in die Augen sehen konnte und fasste seine Hand, die auf ihrem Oberschenkel lag. »Er hat gesagt, er hätte kein Problem damit, zu töten, wenn es nötig ist. Und David hat er immerhin auch umgebracht.«

James' Miene verfinsterte sich. »Das heißt doch nicht, dass er dich umbringen auch will. Von mir aus kann er gerne Leute umbringen, die dir etwas antun wollen. Du erwartest hoffentlich nicht, dass ich traurig darüber bin, dass er den Mann getötet hat, der dich entführt hat!«

Maja drückte seine Hand. »Es wäre nicht nötig gewesen, ihn umzubringen. Er hätte mich genauso gut befreien und David der Polizei übergeben können.«

Bisher hatte sie zwar selbst keine Träne über Davids Tod vergossen und vermutlich würde sie es auch nicht mehr tun, trotzdem fühlte es sich falsch an, dass er gestorben war. Sicher, er hatte sie entführt, aber er hatte sie nicht geschlagen oder misshandelt. Er hatte sich als ihr Beschützer betrachtet und sie vor James retten wollen, weil er irgendwie geahnt hatte, dass James nicht der war, der er vorgab zu sein. Was er getan hatte, war falsch aber es hatte keinen Mord gerechtfertigt.

»Du hast selbst gesagt, dass David bewaffnet war, also hätte die Polizei ihn vermutlich auch erschossen, und wenn die es nicht getan hätte, dann vielleicht ich.«

Maja strich zärtlich über seine Hand. Sie war so unendlich froh, dass James dazu keine Gelegenheit gehabt hatte. Ihr war ganz anders geworden, als sie herausgefunden hatte, dass James sich eine Waffe besorgt und geplant hatte, sie mit Gewalt aus Davids Klauen zu befreien.

»Es wäre nicht nötig gewesen, weil David aufgegeben hätte, angesichts der vielen Polizisten am Flughafen. Er war ohnehin überfordert, aber dein Vater hat ihn umgebracht, weil er keinen Zeugen für seine Befreiungsaktion wollte.«

James zuckte mit den Schultern. »Kann sein, ist für mich aber noch kein Grund, ihm zu misstrauen.«

Maja nickte zögernd. »Und was ist damit, dass er mich davon abgehalten hat, mit Lauren zu sprechen? Findest du das nicht seltsam?«

James zögerte. »Etwas seltsam.« Er legte den Arm wieder um ihre Schulter und zog sie eng an sich. »Die einfachste Erklärung dafür, dass wir nicht verstehen, was mit Tim, Adrian und Lauren los ist, ist, dass wir eben irgendwas nicht wissen.«

Maja lehnte den Kopf wieder an seine Schulter. »Und was soll das sein?«

James zuckte ratlos mit den Schultern, trotzdem verstand Maja, was er meinte: Maja war tagelang in Gefangenschaft von David gewesen und James hatte in dieser Zeit wohl auch keinen Gedanken an die Fotografin verschwendet. In diesen Tagen könnten sie entscheidende Entwicklungen verpasst haben.

»Ich muss mit Lauren reden«, stellte Maja erneut fest.

James seufzte leise. »Während du das versuchst, wäre es gut, wenn du dich nicht mit Adrian streitest. Wir hoffen immerhin, dass er uns hilft.«

Nun zuckte Maja selbst mit den Schultern. »Ich frage mich, ob er das jemals tun wird, falls er es überhaupt kann.« Immer mehr hatte sie den Eindruck, dass es ein Fehler gewesen war, Adrian Hilfe zuzusagen.

James drückte sie zärtlich. »Du bist gerade zweifellos etwas übervorsichtig, wem du vertrauen kannst. Das ist auch okay, aber bisher haben wir keinen Grund zu glauben, dass Adrian uns hintergeht.«

Maja schloss kurz die Augen, um den Schmerz über diese Bemerkung zu bekämpfen. James hatte ja recht damit, dass die Entführung noch tief in ihr nachwirkte, aber das allein war nicht der Grund für ihre wachsende Skepsis.

»Er hat uns bisher auch keinen Anlass gegeben, ihm zu vertrauen.«

James zuckte zusammen, offensichtlich irritiert: »Er hat dich befreit.«

Maja richtete sich wieder auf und sah ihn ernst an. »Er hat mich befreit, unmittelbar, bevor du oder die Polizei die Gelegenheit dazu hatten. Woher wusste er überhaupt, wo er mich finden konnte?

Geradezu mitleidig lächelte James sie an. »Du bist ja beinahe paranoid. Wahrscheinlich hat er genauso seine Recherchen angestellt wie wir und die Polizei, das hat uns alle an denselben Ort geführt. Adrian hatte nur das bessere Timing.«

Maja nickte und seufzte erneut, weil James sie wohl einfach nicht verstehen wollte. Und sie konnte ja auch nicht überzeugend begründen, warum sie sich so sehr von Adrian bedroht fühlte. »Aber du verstehst doch zumindest, dass ich mit Lauren reden muss. Wir hatten immerhin angefangen, uns anzufreunden.«

James zögerte wieder einmal. »Ich weiß, aber was soll ich tun? Ich werde wohl kaum etwas bei Adrian oder Tim erreichen können, dir und Lauren einen Mädelsabend zu gönnen.«

Sie lächelte. »Vielleicht kannst du die beiden ablenken und mir so eine Chance geben.« Sie sah ihm an, wie unwohl ihm bei diesem Gedanken war. Er wollte nicht gegen seinen Vater und seinen Bruder arbeiten. Offensichtlich nicht einmal, wenn es nur darum ging, Maja ein vertrauliches Gespräch mit Lauren zu ermöglichen.

Liebevoll legte er eine Hand an ihre Wange und küsste sie. »Es wird sich schon etwas ergeben.« Das klang zumindest so, als wollte er nicht versuchen, sie aufzuhalten. Scheinbar musste das reichen.

3. KAPITEL

Lauren zwang sich, gute Miene zum bösen Spiel zu machen, als Tim schon wieder seine Hand schraubstockartig um ihren Arm legte. Es war nicht schmerzhaft, darauf achtete er wohl, aber sein Griff war dennoch so fest, dass sie sich wie eine Gefangene fühlte. Dabei hatte sie sich freiwillig entschieden, bei ihm zu bleiben!

Am Flughafen hatte er von diesen neuen Bedingungen nichts gesagt. Nichts davon, dass er sie ständig bewachte und bei jeder Aktivität hinter sich her schleifte, nichts von dem unheimlichen, grauäugigen Typen, der sie begleitete, und nichts davon, dass sie sich mit Tim das Hotelzimmer teilen sollte.

Noch machte Lauren das alles mit, obwohl Tim sie nach einer Nacht in Venedig schon wieder Richtung Tourbus bugsierte. Wenigstens war bei diesem vormittäglichen Gang der unheimliche Kerl nicht dabei, weil er offensichtlich nicht im Bus mitfahren wollte oder durfte. Scheinbar gehörte er nicht zu der verschworenen Gemeinschaft der Band, das hatte auch Majas Umgang mit ihm deutlich gezeigt.

»Du musst mich nicht abführen, als wäre ich eine verurteilte Kriminelle!«, beschwerte Lauren sich genervt und versuchte vergeblich, ihren Arm zu befreien.

»Du bist alleine zum Flughafen gefahren, um mich zu verlassen. Wenn ich nicht gut auf dich aufpasse, wie soll ich dann wissen, dass du nicht bei der nächsten Gelegenheit verschwindest?«

Lauren zerrte erneut an ihrem Arm und bekam ihn diesmal frei, folgte Tim allerdings trotzdem über den Hotelflur zum Aufzug. »Wenn ich gehen wollte, könntest du mich sowieso nicht aufhalten! Also solltest du versuchen, mir weniger Grund zu geben, zu flüchten. Bisher frage ich mich eher, warum ich überhaupt noch hier bin!« Natürlich wusste sie das sehr wohl: Sie war geblieben, weil Tim sie auf irgendeine Art brauchte und das sogar zugegeben hatte. Bisher nahm sie Rücksicht auf seine Befindlichkeiten, weil er scheinbar erst noch lernen musste, seine Gedanken und Gefühle mit ihr zu teilen, aber auf Dauer erwartete sie mehr Offenheit von ihm.

Tim drückte ungeduldig mehrmals den Abwärtsknopf des Aufzugs, der ihnen daraufhin sofort die Tür öffnete, als hätte er nur auf sie gewartet.

Selbstbewusst betrat Lauren vor ihm in die Kabine, um ihm zu zeigen, dass er sie nicht hinein schubsen oder zerren musste. Vielleicht hatte ihr Abreiseversuch ihn verletzt und beunruhigt, weshalb er sich nun so besitzergreifend gab, und vielleicht würde es ihn beruhigen, wenn sie ihm zeigte, dass sie nicht gleich flüchtete, wenn er sie einmal losließ.

Im Moment schien er an so vielen Fronten zu kämpfen, dass sie nach Nachsicht walten ließ – da war der unheimliche Adrian, der sich so oft eindringlich und leise mit Tim unterhielt, da waren irgendwelche Spannungen mit den anderen Musikern und nicht zuletzt der Streit mit ihr. Mit all diesen Konflikten war Tim offensichtlich vollkommen überfordert.

»Du musst mir schon etwas vertrauen, du kannst mich schließlich nicht ständig überwachen, sonst wirst du mich irgendwann anketten müssen«, fuhr Lauren fort, als sich die Aufzugtüren schlossen. Sie lehnte sich entfernt von ihm an die kühle Metallwand und sah ihn herausfordernd an.

»Ich habe nichts gegen das Anketten«, erwiderte Tim eisig, obwohl sein Verhalten in den letzten Tagen sehr viel rücksichtsvoller gewesen war, als seine Worte es vermuten ließen. Er hatte sogar die zwei Nächte, in denen sie sich bisher ein Hotelzimmer geteilt hatten, auf der Couch

44

geschlafen und ihr das Bett überlassen. Statt bei ihr hatte er seine Nächte mit dem gruseligen Kerl tuschelnd verbracht.

Aus irgendeinem Grund wollte er wohl den Eindruck erwecken, er wäre der unberechenbar Böse – vielleicht glaubte er das sogar selbst, aber wenn es ernst wurde, schien es doch eine rote Linie zu geben, die er nicht überschritt. Und deshalb empfand sie immer noch eher Mitleid als Angst für ihn.

Seufzend ging Lauren auf ihn zu, stellte sich auf die Zehenspitzen und wartete, bis er sie von sich aus zärtlich küsste. Der Kuss war wohl schon seit Stunden überfällig, denn er fühlte sich geradezu magisch an, als würden sich alle Empfindungen ihres Körpers für ein paar Sekunden in ihren Lippen sammeln und dort explodieren.

»Was auch immer das mit uns werden soll«, flüsterte sie dicht an seinen Lippen, »wenn du mich wie eine Gefangene behandelst, machst du es kaputt.«

Sie ließ sich zurück auf die Fußsohlen fallen, als die Aufzugtüren sich öffneten, und trat vor ihm hinaus in die Lobby, wo bereits der Bandmanager dabei war, die Formalitäten ihrer Abreise zu erledigen.

Sofort schloss sich Tims Hand wieder um ihren Oberarm und er zog sie so dicht an seine Seite, dass sie ihn bei jedem Schritt streifte. Beschützerinstinkt oder Reviergehabe, weil sie nun nicht mehr alleine waren? Oder doch die Angst, dass sie die Gelegenheit nutzen und flüchten würde?

Lauren wehrte sich diesmal nicht gegen seine Hand, weil sie ihm keinen öffentlichen Streit aufzwingen wollte. Eine Einmischung seiner Freunde würde kaum helfen, ihre Probleme zu lösen, zumal die ja sowieso am Liebsten wollten, dass Lauren sich in Luft auflöste.

Stillschweigend ging sie neben Tim auf den Ausgang des Hotels zu und spürte, wie sein Griff sich mit jedem Schritt lockerte. Auch sie entspannte sich zunehmend, als sie seine Entspannung wahrnahm. Sie hatte eigentlich keine Angst, dass er ihr etwas tun würde, seine Drohgebärden perlten inzwischen regelrecht von ihr ab. Sie ahnte, dass dieses Verhalten nur ein Ausdruck seiner Angst war – warum auch immer er solche Angst hatte, zuzugeben, dass er sie mochte. Aber in den Momenten, in denen er diese Hülle fallen ließ, so wie bei dem Kuss im Fahrstuhl, spürte sie seine Zuneigung und seine Verletzlichkeit. Sie wollte ihn nicht wegen seiner Angst verlassen, sondern ihm helfen, sie abzuschütteln und zu seinen Gefühlen zu stehen.

Sie traten durch die Tür und näherten sich dem Tourbus, in den einige Pagen bereits das Gepäck der Musiker luden. Die anderen Musiker standen in kleinen Grüppchen neben dem Bus und plauderten.

Sofort spannte sich die Hand um Laurens Oberarm wieder an. Hatte Tim Angst vor seinen Freunden? Schwer vorstellbar, als Lauren die Band kennengelernt hatte, hatten diese einander so nah gestanden, dass sie keine Chance gehabt hatte, Teil dieser Gruppe zu werden.

Warum hatte sich das geändert?

Lauren nickte den anderen zumindest kurz zu, während Tim grußlos an ihnen vorbeiführte.

Maja stand mit James nahe der Bustür und wollte sich offenbar auf sie zu bewegen, doch ihr Freund hielt sie scheinbar ebenso kraftvoll fest, wie Tim Lauren.

Verständnisvoll lächelte Lauren sie an und sie lächelte zurück. Sie würde wirklich gerne mit Maja sprechen. Einerseits weil sie bisher keine Gelegenheit gehabt hatte, die Freundin des Gitarristen zu fragen, wie es ihr nach der Entführung ging – offensichtlich hatte sie Verletzungen an den Händen, aber sonst schien sie augenscheinlich gesund. Andererseits erhoffte Lauren sich von ihr hilfreiche Hintergründe zu Tims Verhalten. Maja war immerhin seit über einem halben Jahr Teil dieser verschworenen Gemeinschaft.

Tim schob sie in den Bus und suchte sich zielstrebig einen Platz hinten im Bus, wo er sie ans Fenster setzte und sich an den Gang, als wollte er verhindern, dass sich ihr jemand näherte. Aber zumindest löste er nun seine Hand von ihrem Arm und verschränkte die Arme abweisend vor der Brust.

Nach und nach stiegen auch die anderen ein und Tim schloss die Augen, als würde er schlafen, aber Lauren bezweifelte, dass er das tun würde, so lange sie nicht alleine waren. Selbst wenn er sich entspannt gab, war sie sicher, dass er immer noch darauf konzentriert war, sie von den anderen fernzuhalten.

James zog Majas Kopf an seine Schulter und legte einen Arm um sie, als sie langsam eindöste. Sie hatten sich so gesetzt, dass sie durch die Sitzreihen, Tim und Lauren beobachten konnten, wahrscheinlich weil Maja immer noch auf eine Gelegenheit wartete, mit Lauren zu sprechen. Aber Tim bewachte sie, ohne sich einen Millimeter zu rühren, seit sie vor Stunden in den Bus gestiegen waren.

Inzwischen hatte Maja offensichtlich kapituliert und ihrer Erschöpfung nachgegeben. So sehr sie auch beteuerte, dass es ihr gut ging, wusste James doch, dass sie viel zu verarbeiten hatte, und er war fest entschlossen ihr dazu alle nötige Zeit zu verschaffen. Deshalb war er erleichtert, dass sie nun einfach eingeschlafen war, statt sich weiter den Kopf zu zerbrechen.

Allerdings konnte er nicht von der Hand weisen, dass Tims Verhalten seltsam war. Der sonst so besonnene große Bruder gab sich nun verschlossen und geheimnisvoll. Offenbar wusste er, dass sie alle verunsichert über sein

Verhalten waren, doch er zeigte keinerlei Interesse, sich ihnen zu erklären.

Also mussten seine Brüder wohl die Erklärung einfordern. James hatte keine Wahl – schon alleine, weil er Maja unterstützen wollte. Laurens Wohlergehen bedeutete ihm zwar nicht so viel wie ihr, aber er sorgte sich um seinen Bruder.

Nach einigen Stunden Fahrt hielt der Bus an einem Aussichtspunkt in den Alpen. Ein geplanter Stopp, damit sie alle etwas frische Luft schnappen konnten.

Maja allerdings schlief inzwischen tief und fest, ebenso Lauren, die stundenlang in sich gekehrt aus dem Fenster gestarrt hatte.

Traurige Ironie, weil Maja nun vielleicht ihre Chance auf ein Gespräch mit Lauren verpasste, aber James würde sie nicht wecken, er würde lieber das tun, was sie eigentlich geplant hatte.

Er bettete Maja vorsichtig so auf ihrem Sitz, dass sie es bequem hatte, und stand selbst auf.

Tim machte keine Anstalten, den Bus zu verlassen, obwohl die anderen bereits ausgestiegen waren, deshalb ging James direkt auf ihn zu, bis sein großer Bruder zu ihm aufsehen musste.

»Können wir reden?«, fragte James in forderndem Ton, der Tim hoffentlich deutlich machte, dass es eher eine Aufforderung als eine Frage war.

Tim verzog genervt den Mund, bevor er widerwillig nickte.

James ging voran und Tim folgte ihm ohne Diskussionen, wahrscheinlich weil er auch kein Interesse daran hatte, dieses Gespräch in Laurens Nähe zu führen. Schließlich sollte sie nicht etwas hören, was nicht für die Ohren ahnungsloser Menschen bestimmt war. James konnte zwar nicht einschätzen, welchen Stand sie aktuell bei Tim hatte, aber James bezweifelte, dass sie eingeweiht war.

Sie verließen den Bus und entfernten sich einige Schritte, auch von den anderen, die sich um das von Ray organisierte Essensangebot scharrten. Offenbar hatte der Manager ein Cateringunternehmen beauftragt, sie hier mit einem Foodtruck in Empfang zu nehmen.

»Was gibt's?«, hakte Tim scheinbar entspannt nach, aber James nahm ihm diese angebliche Gelassenheit nicht ab.

»Was ist das mit der Fotografin?«

Tim zuckte ungerührt mit den Schultern. »Was soll es denn sein?«

Entschlossen verschränkte James die Arme vor der Brust. »Sie hat gekündigt und wollte abreisen, was für uns alle das Beste wäre, aber du hast sie zurück ins Hotel geschleift. Warum?«

Der große Bruder lächelte entspannt. »Sie hat es sich anders überlegt.«

Aber James bezweifelte, dass diese Meinungsänderung von selbst gekommen war. Tim musste einen gewissen Anteil daran haben, wie auch immer er das angestellt hatte und vor allem, warum auch immer.

»Warum?«, hakte James argwöhnisch nach.

Tim warf einen Blick zum Bus, dort lehnte Laurens Schläfe an einem Fenster. Sie schlief immer noch, was Tim wohl beruhigte.

Wovor hatte er Angst? Dass sie fortging?

»Woher soll ich das wissen?«

James zuckte mit den Schultern. »Du scheinst neuerdings viel Zeit mit ihr zu verbringen, daher denke ich, du hattest sicher Gelegenheit, mit ihr darüber zu sprechen.«

Tim winkte ab. »Warum sollte ich das tun? Ist doch nicht meine Sache, was in ihrem Kopf vor sich geht.«

Auch das nahm James ihm nicht ab. Er glaubte eher, dass Tim alles daran setzte, zumindest Einfluss auf Laurens Verhalten zu nehmen.

»Es macht aber den Eindruck, als wärst du an ihr interessiert, immerhin lässt du sie kaum aus den Augen und eigentlich wirkt es auf mich, als würdest du sie zwingen, zu bleiben. Deshalb denke ich, du weißt, warum sie nicht wie angekündigt abgereist ist.«

Tim funkelte ihn wütend an, vermutlich seine erste Regung seit Beginn ihres Gesprächs, die nicht gespielt war. Hatte Tim seine Emotionen schon immer so sehr verborgen?

James konnte nicht bestreiten, dass er Tim mit anderen Augen sah, auch wenn er das vor Maja versucht hatte, herunterzuspielen. Tim hatte ihnen wichtige Informationen vorenthalten. Die Tatsache, dass er ihrem Vater vor die Tür gesetzt hatte, war nicht nur eine Anekdote aus ihrer Kindheit, die er einfach vergessen hatte, zu erwähnen. Sein Handeln hatte ihr aller Leben geprägt und das ihrer Mutter, die seine Entscheidung scheinbar mitgetragen und den anderen stets verschwiegen hatte. So betrachtet war Tim scheinbar sehr viel berechnender, als sie bisher angenommen hatten.

»Warum sollte ich sie zwingen, zu bleiben?«, widersprach Tim giftig.

Allmählich war James es leid, dass Tim ihm ständig ausgerechnet die Fragen stellte, auf die er sich eigentlich von ihm eine Antwort erhofft hatte.

»Keine Ahnung, warum, aber du tust es! Du hältst Lauren gefangen. Wir alle sehen das und ich bin nicht sicher, wie lange wir das zulassen können, wenn du uns nicht gute Gründe nennst.«

Tim zuckte mit den Schultern und näherte sich wieder dem Bus, ohne sich zu den Vorwürfen zu äußern – aber auch ohne etwas abzustreiten.

Wenn Majas Befürchtung berechtigt war, war Lauren im Moment ebenso entführt, wie Maja es gewesen war. Da James so deutlich vor Augen hatte, was das mit Maja gemacht hatte, würde er nicht lange zusehen, wie Tim Lauren dasselbe antat. Wahrscheinlich sollte er es schon jetzt nicht mehr einfach hinnehmen. Da Tim ihn jahrelang belogen hatte, fühlte James sich seinem großen Bruder immer weniger zur Loyalität verpflichtet. Umso mehr fühlte er sich Maja verpflichtet und sie hatte offenbar etwas in Lauren gefunden, was sie wohl dringend benötigte: eine Freundin. Das war nun wahrscheinlich wichtiger denn je, weil Maja zweifellos nicht all ihre Gedanken ihm anvertrauen wollte.

»Du benimmst dich kriminell und ich weiß nicht, ob ich Ray aufhalten würde, wenn er deinetwegen die Polizei ruft!«, setzte James nun verärgert hinzu.

Tim drehte sich nicht einmal um.

Entweder er hatte keine Angst vor der Polizei oder er vertraute auf die Familienbande, die James entgegen aller Vernunft immer noch zurückhielten.

James schob die Hände in die tiefen Taschen seiner Jeans und beobachtete seinen Bruder, der erst entspannt zum Foodtruck schlenderte, bevor er wieder in den Bus stieg. Lauren schien aufzuwachen, als er sich neben sie setzte, denn sie hob den Kopf von der Fensterscheibe und wandte sich Tim zu.

Wenn sie wirklich gefangen war, hatte sie gerade eine Chance zur Flucht verschlafen. Allerdings müsste sie eigentlich nur laut um Hilfe bitten, damit wenigstens der Busfahrer ihr half. Was sollte er daraus schließen, dass sie bisher nicht einmal versucht hatte, um Hilfe zu bitten oder zu fliehen? Bedeutete das, dass sie doch freiwillig bei Tim blieb?

James fluchte leise und machte sich dann ebenfalls auf den Weg zum Foodtruck, um für sich und Maja einige Snacks zu holen. Die Fahrt bis Berlin würde noch bis in die Abendstunden dauern, da würde sie eine Stärkung brauchen – schon alleine als Nervennahrung, sobald er Maja von dem ergebnislosen Gespräch mit Tim erzählte.

Sollte er das überhaupt erwähnen?

Sie war ohnehin schon besorgt und seine Unterredung mit Tim war nicht gerade beruhigend verlaufen. Ganz offensichtlich stand Tim zunehmend neben sich, was Maja bereits wusste, und seine Bestätigung würde ihr kaum helfen.

James hätte ihr so gerne gesagt, dass er seinem großen Bruder voll und ganz vertraute, und sie das ebenso tun sollte. Aber er wollte sie nicht belügen.

Maja sah sich sofort nervös um, als sie in Berlin aus dem Tourbus stiegen, und umklammerte James' Hand so fest sie konnte. Adrian würde auf dem Weg von Venedig hierher bestimmt ein paar Abkürzungen genommen haben und sie hier erwarten. Auch wenn sie ihn im ersten Moment nicht sah, war er ganz sicher nicht verschwunden. Irgendwo hier wartete er auf sie und diesmal wollte sie ihm nicht den Gefallen tun, sich über seine Anwesenheit zu erschrecken.

James erwiderte den festen Druck ihrer Hand, als sie auf das Hotel zugingen, dicht gefolgt von Bill, wohingegen Tim und Lauren im Bus zurückgeblieben waren.

Majas Miene versteinerte, als sie Adrian wie auf einer Bank vor dem Hotel entdeckte, obwohl sie ja mit seiner Anwesenheit gerechnet hatte. Aber sie versuchte, sich die Angst, die sein Anblick in ihr weckte, zu verbergen.

Andererseits wäre seine Abwesenheit sogar noch beängstigender als seine Gegenwart, denn wer konnte schon sagen, was er tat, wenn er alleine loszog?

Trotzdem begann ihr Herz, zu rasen, und sie wagte erst weiterzugehen, als James vorsichtig an ihrem Arm zog.

Bill hatte inzwischen zu ihnen aufgeschlossen und gab einen genervten Laut von sich, als er Adrian bemerkte.

»Was soll das werden? Beschattest du uns jetzt etwa?«, fuhr der Sänger ihn gereizt an.

James und Maja blieben erneut stehen, überrascht von Bills Ausbruch. Sollten sie sich in den drohenden Streit einmischen?

Vielleicht würden sie bei Adrian mehr Eindruck machen, wenn sie zu dritt mit ihm sprachen. Offenbar waren sie sich zumindest darin einig, dass sie Adrians Verhalten seltsam fanden.

»Ich habe nur auf euch gewartet. Euer Bus ist nicht der schnellste.«

James strich beruhigend über Majas Hand.

»Du musst uns jetzt aber nicht hinterherlaufen wie ein Schatten, nachdem du dich jahrelang gar nicht um uns geschert hast«, widersprach Bill verärgert.

»Wir haben eine Abmachung«, erinnerte Adrian kühl und James nickte pflichtbewusst. Er wohl vor, zu seinem Wort zu stehen und bei der Suche nach seiner verschwundenen Mutter zu helfen.

»James kann nicht für uns alle sprechen«, widersprach Bill mit schneidender Stimme. »Außerdem haben wir gar keine Ahnung, wie wir Mom finden sollen, falls sie überhaupt noch lebt. Und ich würde mich nicht wundern, wenn du mit ihrem Verschwinden zu tun hättest und hier nur den unwissenden spielst.«

Maja schluckte und fragte sich unweigerlich, warum Adrian das tun sollte, fand den Gedanken allerdings auch nicht so abwegig.

Adrians Miene wurde eiskalt und seine Blicke fühlten sich auf ihrer Haut regelrecht schmerzhaft an, sodass Maja schnell zu Boden sah. Er wirkte wie ein ausgehungertes Raubtier und sie könnte seine nächste Mahlzeit werden.

»Warum sollte ich Hannah etwas antun? Ich brauche sie so sehr wie James seine Maja. Außerdem habt ihr mich doch finden wollen.«

Damit hatte er zwar recht, allmählich befürchtete Maja allerdings, dass diese Suche ein Fehler gewesen war. Adrian hatte ihnen bisher keine hilfreichen Informationen geliefert und wollte sie offenbar in eine alte Auseinandersetzung mit Wem-auch-immer hineinzuziehen.

»Nicht alle von uns waren dafür und bisher hast du wenig für uns getan!«, konterte Bill gelassen und selbstbewusst.

James drückte Maja an sich und wollte sie vorbei an Bill und Adrian ins Hotel lotsen. Offenbar hatte er das Interesse an einer Beteiligung an diesem Streit zu verloren. Dabei erwarteten sicher beide Seiten, dass er Stellung bezog, immerhin hatte er die Suche nach ihrem Vater so entschlossen vorangetrieben und im Alleingang Adrian Hilfe zugesagt. Er konnte sich dieser Auseinandersetzung nicht entziehen!

Zudem Maja fühlte sich unwohl dabei, Bill mit Adrian allein zu lassen. Sie blieb erneut stehen und wandte sich dem Sänger zu. »Es war eine lange Fahrt, wir sollten uns ausruhen, nicht streiten.«

Wütend funkelte Bill sie an, was für sie ja nichts Neues war. Wann hatte sie sich das letzte Mal nicht mit Bill gestritten? Seit sie in James' Leben getreten war, strafte der Sänger sie mit Verachtung, und in seinen Augen war sie vielleicht schuld an allem, was geschah – vermutlich sogar an Regen und Donner bei Open Air Konzerten.

»Ich glaube nicht, dass ich mich ausruhen kann, wenn dieser Kerl hier herumlungert!«

Adrian grinste amüsiert, als wollte er Bill so weiter reizen. »Du scheinst etwas ängstlich, Billy. Denkst du wirklich, ihr habt von mir etwas zu befürchten? Was sollte ich euch denn schon tun?«

Aus dem Augenwinkel sah Maja, wie Tim mit Lauren am Arm näher kam. Aber die Gruppe der Streitenden blockierte den Weg zum Hotel, sodass er bei ihnen stehen bleiben musste.

Bill starrte kurz zu deinem großen Bruder, ehe er sich wieder Adrian zuwandte. »Du bringst uns immer mehr auseinander und hast schon erreicht, dass Tim sich wie ein Fremder verhält. Und scheinbar ist er auf dem besten Weg, genauso kriminell zu werden, wie du!«

Maja schluckte und realisierte erschrocken, wie Adrian sich erhob und auf Bill zuging. »Wie kannst du nur so von deinem eigenen Bruder sprechen?«

Abwehrend winkte Bill ab. »Wir sind ehrlich zueinander oder waren es zumindest bisher.« Bei diesen Worten blickte er erneut zu Tim, der eben nicht ehrlich zu ihnen gewesen war. Doch der drängte sich nun entschlossen mit Lauren an Bill vorbei.

»Und du behauptest, ich würde euch spalten! Ich habe eigentlich den Eindruck, dass du auch nicht gerade harmoniefördernd bist.« Adrian wandte sich ebenfalls dem Hotel zu, drehte sich dann aber noch einmal kurz zu Bill um. »Oder geht es hier vielleicht darum, dass Tim die Frau bekommen hat, die du auch wolltest?« Sichtlich zufrieden spazierte Adrian in das Hotel.

Maja atmete erleichtert auf und lehnte sich an James' Seite, weil sie kein Bedürfnis hatte, sodass er stehen bleiben musste – sie hatte nun wirklich kein Interesse daran, Adrian direkt zu folgen. Dieses Gespräch war schon nervenaufreibend genug gewesen. Wie konnte James da ernsthaft noch in Betracht ziehen, mit Adrian zusammenzuarbeiten?

»Er hat recht«, betonte James ernst, »ich habe versprochen, ihm bei der Suche nach Mom zu helfen, und muss das auch tun. Wir wollen sie schließlich genauso dringend finden und er hat zumindest eine Theorie, was passiert sein könnte.«

Bill schüttelte den Kopf. »Seine ominösen Militär-Geheimdienst-Magier? Leute, von denen unsere Mutter gewusst haben müsste, aber nie etwas gesagt hat? Glaubst du das wirklich? Vielicht ist er einfach nur genauso verrückt wie Mom!«

James schüttelte mit Nachdruck den Kopf. »Wie wahrscheinlich ist das denn?«

»Wie wahrscheinlich ist es, dass er versuchen wird, uns zu helfen?« Bill wandte sich ab und betrat ebenfalls das Hotel, aber weder James noch Maja setzten sich in Bewegung.

»Er ist nur müde«, behauptete James schließlich rechtfertigend, »und die letzten Tage waren für uns alle nicht leicht.«

Maja seufzte leise. »Du kannst aber auch nicht behaupten, dass Adrian sich sonderlich vertrauenserweckend benimmt.«

James nickte nur. »Aber er ist unsere einzige Spur, um Mom zu finden. Ohne ihn können wir nur abwarten und hoffen.«

Leider verstand Maja gut, was er meinte. Mit Abwarten hatten sie bisher keine guten Erfahrungen gemacht.

4. KAPITEL

Lauren wartete im Wohnbereich von Tims Suite, bis er aus dem Bad kam. Sie hatte beschlossen, dass es besser war, wenn er erst etwas Zeit für sich hatte, bevor sie ihn mit ihren Fragen konfrontierte. Auf Fragen reagierte er ohnehin schnell gereizt und nach dem Streit mit den anderen, war er zusätzlich aufgebracht.

Trotzdem konnte er nicht von ihr erwarten, dass sie das alles hinnahmen, ohne etwas zu hinterfragen. Da waren nicht nur die Vorwürfe der anderen, sondern auch die unerwartete Erkenntnis, dass Bill und Tim Brüder waren. Der seltsame Adrian hatte das in dem Streit so selbstverständlich erwähnt, als wäre diese Tatsache allgemein bekannt, allerdings Lauren war sich sicher, dass sie noch nie etwas von dieser Verwandtschaft gehört hatte. Und natürlich hatte sie vor der Tour über ihre Kunden recherchiert.

Da sie mit ihren Fragen jedoch sowieso hatte warten müssen, hatte sie die Zeit genutzt, um sich umzuziehen, weil sie sich nach der langen Busfahrt in ihren Sachen nicht mehr wohlfühlte. Nicht, dass sie sich nach dem Kleiderwechsel wirklich gut fühlte. Zunehmend drängte sich ihr der Gedanke auf, dass es ein Fehler war, sich zum Bleiben überreden zu lassen. Am Flughafen hätte Tim sie nicht zwingen können, ihm zu folgen. Ihr war auch klar, dass sie immer noch genug Möglichkeiten hatte, zu gehen – gerade als Tim duschte, hätte sie fast zwanzig Minuten gehabt, in denen sie sicher ein Taxi hätte bekommen können.

Allerdings fühlte sich bereits der Gedanke, Tim im Stich zu lassen, falsch an. Es war so offensichtlich, dass er litt, dass sie ihm nicht noch mehr Kummer bereiten wollte.

Seine Freunde jedoch schienen das nicht zu sehen oder nicht zu berücksichtigen. So sauer, wie sie offenbar auf ihn waren, wollten sie möglicherweise keine Rücksicht auf ihn nehmen. Der Spannungen zwischen den Musikern war Lauren sich natürlich schon einige Tage bewusst, doch es schockierte sie, dass Bill sogar von Kriminalität sprach. Soweit Lauren es beurteilen konnte, verhielt Tim sich zwar merkwürdig, jedoch nicht kriminell. Irgendwas war zwischen den Musikern vorgefallen, dass sie so sehr entzweit hatte, dass Lauren sich schon fragte, wie diese Männer überhaupt noch zusammen auf der Bühne stehen sollten, ohne sich die Köpfe einzuschlagen. Waren sie so professionell, dass sie das alles überspielen konnten?

»Alles in Ordnung?«, erkundigte Tim sich, als er nur in Shorts und mit tropfnassem Haar aus dem Bad kam.

»Ja ...« Leider war es nicht gerade förderlich für ihre Konzentration, dass dieser Mann so verdammt sexy sein konnte.

Lauren sah nachdenklich zu ihm auf, fixiert auf seine braunen Augen, nicht auf seine muskulöse Brust oder seine breiten Schultern. Warum hatte er sich nicht etwas mehr anziehen können?

Mühsam rang sie sich dennoch ein bisschen Konzentration ab. »Ich denke nur über das vorhin nach. Bill schien so aufgebracht.«

Tim zuckte mit den Schultern. »Bill ist oft aufgebracht. Ihm passt es nicht, dass James jetzt eine Freundin hat und er nur noch an zweiter Stelle steht.«

Eine abgestrafte Männerfreundschaft, das war vielleicht eine Erklärung für die angespannte Stimmung und dafür, dass Maja fast ausschließlich zusammen mit James anzutreffen war, er schützte sie vor der Eifersucht seines Freundes. Allerdings erklärte das nicht die Szene, die sie vor dem Hotel miterlebt hatte.

»Ich hatte eigentlich eher den Eindruck, dass Bill sauer auf dich ist«, widersprach Lauren ernst.

Tim ließ sich schwer ein wenig von ihr entfernt aufs Sofa fallen und sah sie nachdenklich an. »Ist er auch«, bestätigte er zögernd.

»Wenn du das weißt, warum tust du dann nicht etwas dagegen? Du kannst nicht erwarten, dass wir alle dauerhaft deine Marotten hinnehmen, ohne Erklärungen von dir zu verlangen.«

Tim zuckte ungerührt mit den Schultern. »Ihr müsst mich ja nicht ertragen. Du kannst gehen, ich halte dich sicher nicht auf.«

Heiße Wut stieg in Lauren auf, weil er es sich so einfach machte und seine Geheimnisse zu wahren ihm scheinbar wichtiger war als das, was auch immer, sie beide verband.

»Ich will aber nicht gehen! Ich will dir helfen, das durchzustehen, was auch immer dich zu so einem Ekel macht!«

Tim grinste schief und lehnte sich entspannt zurück. »Wer sagt denn, dass es etwas durchzustehen gibt? Vielleicht bin ich einfach so ein Ekel.«

Nicht, dass Lauren sich nicht schon gefragt hätte, ob es da wirklich eine Seite an ihm gab, die ihren Beistand verdiente. Wollte sie möglicherweise in ihm etwas sehen, was da gar nicht war? Sie redete sich ein, dass er eigentlich nur hilflos war und sich deshalb so unmöglich benahm, aber vielleicht war das nur Wunschdenken.

»Ich weiß, dass in dir etwas Gutes steckt!«

Wieder zuckte er mit den Schultern. »Da scheinst du im Moment die Einzige zu sein.«

Lauren blickte ihn traurig an, weil sie sehr wohl verstand, dass er sich gerade selbst als Ekel empfand. »Dann sollte sich allmählich etwas ändern, bevor du deine Freunde verlierst und eure Band auseinanderbricht.«

Tim lachte traurig. »Du bist im Moment wohl auch die Einzige hier, die sich noch Gedanken über die Zukunft der Band macht.«

Das überraschte Lauren nicht sehr, weil schon der letzte Auftritt alles andere als brillant gewesen war. Zum Glück hatte die Band ihre Zuschauer trotzdem irgendwie begeistert, auch wenn sie bei Weitem nicht das von der Band gesehen hatten, was Lauren bei den ersten Konzerten der Tour kennengelernt hatte.

»Sicher nicht! Ich glaube nicht, dass deine Freunde ihre musikalische Karriere aufgeben wollen, vielleicht warten sie darauf, dass du wieder auf sie zugehst, statt dich immer mehr abzukapseln.«

Tims Lächeln erstarb. »Du hast recht, keiner von uns will diese Band aufgeben, weil es unser Leben ist und immer sein wird. Aber sie werden mir nicht verzeihen, nur weil ich auf den Knien angekrochen komme.«

Endlich hörte sie einen Funken Wahrheit aus seinen Worten heraus. Tim hatte durch irgendwas seine Freunde gegen sich aufgebracht, offenbar etwas, von dem er glaubte, es wäre unverzeihlich.

Langsam rutschte sie an ihn heran und griff nach seiner Hand. »Ihr seid so eng befreundet, das ihr bestimmt über alles reden könnt.«

Tim sah sie nachdenklich an. »Du musst nicht bleiben, Lauren. Ich habe es dir aufgezwungen und das hätte ich nicht tun dürfen, weil es nicht gut für dich ist, wenn du bleibst.«

Immer dieselbe Leier.

Lauren schüttelte entschlossen den Kopf. »Ist es denn gut für dich, wenn ich bleibe?«, hakte sie herausfordernd nach.

Tim umfasste ihre Hand fester und zog sie zu sich heran. »Ohne dich wäre ich verloren«, bestätigte er leise, aber unnötig theatralisch.

Lauren lächelte und rutschte näher zu ihm, bis sie seine Hitze auf ihrer Haut spürte. »Du übertreibst maßlos.« Sie wehrte sich nicht, als Tim sie plötzlich mit dem Rücken auf das Sofa drückte und sich über sie brachte.

»Kein Bisschen.« Er schien nicht etwa amüsiert, sondern bitterernst, was seine Wortwahl nun doch glaubwürdig und beunruhigend erscheinen ließ.

Er sank für einen gierigen Kuss schwer auf sie und Lauren schloss sofort die Augen. Warum fühlte sich diese gemeinsamen Momente so richtig an, wenn sie sich doch sonst oft über Tims Verhalten ärgerte.

»Ich sage dir immer wieder, dass du gehen solltest, weil es besser für dich wäre. Das meine ich ernst, auch wenn ich nicht will, dass du gehst.«

Zögernd streckte sie eine Hand nach ihm aus und fuhr mit den Fingerspitzen über seine frisch rasierte Wange. Tim bedeckte ihre Lippen erneut mit seinen, bevor sie antworten konnte. Eigentlich wollte sie auch gar nichts erwidern.

Sie wollte im Moment nichts weiter, als die Zeit mit ihm auskosten, weil er endlich einmal darauf verzichtete, den Bösen zu spielen.

Bereitwillig öffnete sie die Knie, damit er sich dazwischen legen konnte und augenblicklich drängte er sein Becken gegen ihren Schritt, sodass sie seine Erektion durch ihre Hose hindurch spürte.

»Du musst verrückt sein«, flüsterte Tim gepresst, während er eine Hand über ihren Oberkörper wandern ließ, bis er ihre linke Brust umschließen konnte.

Lauren ihrerseits strich weiter über seine Wange und zuckte mit den Schultern. »Kann durchaus sein. Aber irgendwie bin ich wohl vor allem verrückt nach dir«, gestand sie wispernd.

Tim grinste. »Irgendwann wirst du das bereuen.« Mit beeindruckender Präzision strich er durch ihre Bluse und die Spitze ihres BHs hindurch aufreizend über ihren Nippel, sodass sie unweigerlich scharf einatmete. Einladend hob sie ihm ihr Becken entgegen und schmiegte es eng an die harte Beule in seinen Shorts, die viel zu verführerisch war, um ernsthaft über seine Worte nachzudenken.

Tim senkte den Kopf, bis seine Lippen ihre Brustspitze samt Bluse umschlossen, während er forsch darüber leckte. Lauren stöhnte leise auf und ließ ihre Hand sinken, bevor Tim sie ergriff und über ihrem Kopf auf das Sofa drückte.

Indessen fuhr seine zweite Hand unter ihre Bluse und zerrte den dünnen Stoff nach oben, bis er den Kopf heben musste. Mit einem schelmischen Grinsen führte er auch ihren anderen Arm über ihrem Kopf auf das Sofa und wickelte die gelöste Bluse um ihre Handgelenke, wie eine lockere Fessel. Allerdings war sie sich dessen vollkommen bewusst, dass sie sich mühelos befreien könnte – wenn sie wollte, aber noch hatte sie keinen Grund dazu.

Seine Hände wanderten an ihrer Taille entlang, während er sich aufrichtete und zur Seite rutschte, damit er ihr die Hose an ihren Beinen herab schieben konnte, zusammen mit ihrem Slip. Bereitwillig zog Lauren die Füße aus dem Stoff, sodass sie nackt vor ihm lag.

Seine Augen funkelten geradezu magisch, als hätten sie die Farbe gewechselt. Hastig befreite er sein Gemächt aus den Shorts und kniete sich zwischen ihre gespreizten Schenkel. Seine großen Hände umfassten kraftvoll ihre Hüften und hoben sie so an ihn heran, dass sich sein Glied langsam in sie bohrte und sie so schnell dehnte, dass sie erschrocken keuchte. Er zog sie dichter an sich, bis er sich vollkommen in sie gebohrt hatte. Dort bewegte er sich mit winzigen Stößen vor und zurück, sodass er sie stets fast vollständig ausfüllte und Lauren spürte, wie ihr Innerstes versuchte, ihn noch tiefer in sich aufzunehmen.

Seine Bewegungen wurden langsam größer, vor allem aber schneller und härter. Dabei beobachtete er sie voller Begierde von oben herab und schien selbst bis in den kleinsten Muskel angespannt.

Lauren spürte, wie jeder Stoß sie weiter dehnte, und wimmerte leise, weil seine Bewegungen nun so schnell waren, dass sie kaum noch mithalten konnte.

Sie stöhnte und schloss die Augen, als ihr Unterleib sich um ihn krampfte und ihre Schenkel zitterten, ohne dass seine Stöße langsamer wurden. Er stieß wild in ihren Orgasmus und schrie seinen eigenen Höhepunkt ungehemmt hinaus, gerade als ihrer abebbte.

James blickte in die Runde, die sich in Bills Suite versammelt hatte. Bill auf dem Sofa mit seinem Smartphone in der Hand, Charlie und Mike auf dem Boden davor, Maja direkt neben ihm auf einem zweiten Sofa. Tim war natürlich nicht gekommen, obwohl James ihm ebenfalls eine Nachricht geschrieben hatte. Er hatte auch nichts anderes erwartet. Aber es war ihm wichtig, den Beweis zu haben, dass nicht etwa sie Tim ausgeschlossen hatten, sondern dass er sich von ihnen abkapselte.

»Ich denke, ihr alle habt Adrian vorhin unten gesehen«, begann James sachlich, obwohl ohnehin bereits alle ahnten, warum er sie versammelt hatte.

Bill nickte. »War ja kaum zu übersehen.«

Mike und Charlie tauschten Blicke. »Wusstet ihr, dass er vorhat uns nachzureisen?«, hakte Mike schließlich nach.

James schüttelte den Kopf. »Wir hätten wohl damit rechnen müssen, aber es war nicht abgesprochen.«

Bill sah ihn eindringlich an. »Du hast ja gehört, dass er glaubt, du würdest ihm irgendwie helfen können, Mom zu finden. Also wird er uns wohl verfolgen, bis du dein Versprechen eingelöst hast.«

Es war nicht zu überhören, dass Bill nicht sonderlich begeistert über diese Aussicht war. James konnte das sogar nachvollziehen, weil Adrian sich bisher alles andere als liebenswert präsentierte.

»Bei dir klingt es, als hättest du keinerlei Interesse daran, Mom zu finden. Es war nur logisch mich mit Adrian zu verbünden, weil er wenigstens eine Ahnung hat, was passiert sein könnte«, verteidigte James sich entschlossen, während sein größerer Bruder nur abwinkte.

»Ich glaube nicht, dass er uns helfen kann, und ich glaube auch nicht, dass er unsere Hilfe braucht. Er hat immerhin Maja aufgespürt im Gegensatz zu uns. Ich glaube, er kommt gut alleine zurecht.«

James schüttelte den Kopf. »Warum sollte er uns dann nachreisen? Offenbar glaubt er, dass er unsere Hilfe braucht.«

Bill richtete sich etwas auf und legte sein Handy beiseite. »Was nicht bedeutet, dass wir am selben Strang ziehen.«

Leider nicht, das war auch James klar, aber er wollte noch glauben, dass Adrian einen guten Kern hatte. Immerhin war er ihr Vater und seine jahrelange Abwesenheit beruhte vielleicht nur auf dem Streit mit Tim, nicht etwa auf Desinteresse an seinen Kindern.

»Warum gibst du ihm denn nicht wenigstens eine Chance? Bisher hat Adrian nichts getan, um dieses Misstrauen zu rechtfertigen«, beharrte James ernst und sah zu seiner Verwunderung, wie Maja sich etwas zurückzog.

Er hatte gehofft, sie würde seine Position unterstützten und verstehen, dass er jede Chance, seine Mutter zu finden, nutzen musste. Sie war zweifellos unschuldig in das alles hinein geraten, weil sie sich irgendwann in Adrian verliebt hatte. Aber dass man sie nun möglicherweise entführt hatte, konnte James noch nicht einmal Adrian anlasten, schließlich hatte er selbst das öffentliche Interesse auf sie gelenkt, nachdem sie sich jahrelang erfolgreich versteckt hatte. Er schuldete es ihr, sie zurückzuholen.

»Er hat aber auch nichts getan, was ihn vertrauenswürdiger macht! Im Gegenteil er hat Tim von uns entfremdet«, widersprach Bill sachlich.

»Ist das nicht eher Tims Schuld, weil er uns jahrelang belogen hat?«, konterte James ernst.

Bill zuckte mit den Schultern. »Wahrscheinlich hatte er gute Gründe dafür. Tim war immer der Vernünftigste von uns, wir sollten eher ihm vertrauen, als irgendeinem Kerl, von dem wir bisher nur sicher wissen, dass er einen Menschen umgebracht hat.«

»Einen kriminellen Menschen, der Maja in seiner Gewalt hatte!« Zunehmend kochte der Zorn in James hoch. Warum klang es nun auch bei Bill, als wäre es ein Fehler gewesen, David zu töten?

»Trotzdem ein Mensch.«

James schnaubte verächtlich und ballte die Hände zu Fäusten. Warum wollten weder seine Brüder noch Maja verstehen, dass dieser Mensch kein Verlust für die Welt war? Zumindest Maja müsste das nachvollziehen können, schließlich hatte dieser Kerl sie tagelang gefangen gehalten.

»Tim scheint jetzt selbst mehr mit Adrian als mit uns zu arbeiten, spricht das nicht dafür, dass er sein Verhalten von damals bereut? Er war damals immerhin auch nur ein Teenager!«, fuhr James betont ruhig fort. Obwohl es ihm tatsächlich nicht behagte, wie sehr Tim sich in den letzten Tagen verändert hatte – zumal da noch diese Sache mit Lauren war, aus der sie alle nicht schlau wurden.

»Oder vielleicht gibt es andere Gründe dafür, dass Tim sich so verhält«, mutmaßte Mike leise, »vielleicht setzt Adrian ihn irgendwie unter Druck.«

James schüttelte den Kopf. »Womit denn? Tim hat ihn damals vor die Tür gesetzt, also kann er sich offenbar ganz gut gegen Adrian behaupten.«

Bill zuckte mit den Schultern. »Vielleicht hat Adrian Mom selbst als Geisel genommen und erpresst damit Tim.«

James schüttelte den Kopf. »Um was zu erreichen? Das ergibt doch keinen Sinn!«

Überrascht sah James auf, als sich Majas Hand auf seine Faust legte. »Ich denke, Bill hat recht«, erklärte sie leise, »vielleicht nicht mit dieser Geisel-Theorie aber damit, dass wir Adrian mit Vorsicht gegenübertreten sollten.«

James zog seine Hand unter ihrer weg, als hätte sie ihn geschlagen und starrte sie fassungslos an. »Er hat dich gerettet!«

Maja sah ihm ernst in die Augen. »Er hat aber auch angedeutet, dass er bereit ist, auch andere Menschen zu töten, die ihm im Weg sind. Vielleicht war eure Mutter ihm im Weg.«

James schüttelte den Kopf und stand auf, weil er Bewegung brauchte, um den Moment zu verarbeiten. Er hatte zwar längst realisiert, dass Maja anders über Adrian dachte als er, aber er hatte nicht damit gerechnet, dass sie ihm so in den Rücken fiel, wenn er eigentlich ihre Unterstützung erwartete.

Wäre es denn zu viel verlangt gewesen, dass sie mit diesem Widerspruch wartete, bis sie wieder alleine waren, damit keiner seiner Brüder es mitbekam?

»James, wenn selbst Maja meiner Meinung ist, sollte dir das doch zu denken geben«, bohrte Bill hemmungslos in der Wunde, als wäre Majas Verrat nicht schon schlimm genug.

James durchquerte einmal quer den Raum, bis er ein Fenster erreichte.

Er wollte diese Theorien nicht hören!

Ja, es war durchaus möglich, dass Adrian log, aber es war genauso gut möglich, dass er die Wahrheit sagte! Falls es die Wahrheit war, dann war ihre Mutter die Geisel irgendwelcher Typen, die damit Adrian zwingen wollten, sich zu stellen. Wenn sie Adrian fortschickten, hätten sie nichts mehr, was die Entführer aus ihrem Versteck locken würde und das wollte James nicht riskieren.

»Ob wir Adrian vertrauen können, werden wir erst sehen, wenn wir es versucht haben«, beharrte James entschlossen und sah dabei direkt zu Maja, die zwar nickte, aber nicht überzeugt wirkte.

Dass sie sich ausgerechnet auf die Seite von Bill stellte, der sonst jede Gelegenheit nutzte, um ihr klar zu machen, dass er sie hier nicht haben wollte, gab allerdings auch James zu denken.

»Falls du ihm nicht vertrauen kannst, wirst du es wohl erst merken, wenn es zu spät ist«, kritisierte Bill ernst.

James zuckte mit den Schultern, als hätte er kein bisschen Angst, dass etwas schief gehen könnte. »Selbst, wenn er lügt, wüsste ich keinen logischen Grund, warum Adrian uns schaden wollen könnte.«

Bill seufzte theatralisch. »Ich fürchte, um das mit Sicherheit zu sagen, fehlen uns noch einige Details und der einzige, der die vielleicht kennt, zieht sich immer mehr von uns zurück.«

James nickte und setzte sich wieder neben Maja. »Auf mich wirkt es, als hätten Tim und Adrian irgendwelche gemeinsamen Pläne«, erklärte Charlie, der bisher in sich gekehrt geschwiegen hatte, »sie verbringen viel Zeit miteinander.«

Und das verwirrte sie wohl alle, ungeachtet dessen, wie sie über Adrian dachten.

»Und irgendwas wollen die beiden von Lauren. Selbst wenn Tim mit euch auf der Bühne steht, bewacht Adrian sie«, fügte Maja ernst hinzu.

Aber keiner von ihnen hatte Antworten oder Erklärungen. Also blieb James weiterhin nur eines zu tun, um die Situation aufzuklären: Er musste das tun, was er Adrian versprochen hatte.

5. Kapitel

James ließ Maja ungern alleine zurück, aber ihr Interesse daran, ihn zu einer Unterredung mit Adrian zu begleiten war gering und er wollte sie nicht zwingen. Beim Frühstück mit Maja hatte James Adrian alleine an einem Tisch im Hotelrestaurant entdeckt. Eine günstigere Gelegenheit für ein Gespräch unter vier Augen mit seinem Vater würde sich wohl nicht so schnell bieten.

Sobald Maja den Rückweg ins Hotelzimmer antrat, nahm James seine fast leere Kaffeetasse und trat an den Tisch seines Vaters.

Der sah mit einem beherrschten Lächeln von seiner Zeitung auf. »Was verschafft mir die Ehre?«

Unaufgefordert setzte James sich und stellte seine Tasse ab. »Wir sollten uns überlegen, was wir im Hinblick auf Mom tun wollen. Irgendwie müssen wir die Leute finden, die sie gefangen halten.«

Adrian faltete die Zeitung zusammen und schob sie beiseite. »Aussichtslos, das habe ich schon versucht. Wir können diese Leute nicht finden.«

James seufzte. »Aber du musst doch Hinweise haben und weißt, wo sie arbeiten. Vielleicht können wir dort anfangen zu suchen.«

Adrian schüttelte den Kopf. »Nachdem ich Ihnen damals entkommen war, haben sie wohl diesen Standort aufgegeben, seither habe ich keine Spur. Vielleicht haben sie gar keinen Standort mehr, sondern reisen umher.«

So wären sie schwer angreifbar, aber James glaubte nicht daran. »Irgendwo müssen sie Mom ja festhalten.«

Zögernd nickte Adrian. »Unsere beste Chance besteht darin, dass sie sich uns zeigen.«

Skeptisch hob James eine Augenbraue. »Warum sollten sie das tun?«

Selbstbewusst lächelte Adrian. »Weil wir ihnen etwas zeigen, was sie neugierig macht.«

James schluckte nervös und nahm einen Schluck Kaffee, als könnte er damit die Unruhe runterspülen. »Was sollte das sein?«

Adrian deutete gen Decke, meinte aber wohl etwas, das sich weiter oben im Gebäude befand. »Sie waren ganz fasziniert von der Verbindung zwischen mir und Hannah und sie werden auch neugierig sein, wenn sie von dir und Maja hören. Wir müssen sie glauben lassen, sie hätten die Chance, sich Maja zu holen, dann werden sie kommen und wir können ihnen folgen.«

Geräuschvoll stellte James seine Tasse ab und kämpfte gegen den Drang an, seinem Vater das leere Gefäß an den Kopf zu werfen – obwohl er es verdient hätte und wahrscheinlich dadurch keinen ernstzunehmenden Schaden nehmen würde.

»Kommt gar nicht in Frage! Maja hat schon genug durchgemacht!« Er musste sich zügeln, nicht laut durch den Saal zu brüllen. »Und warum sollten sie überhaupt Interesse an ihr haben? Sie haben schließlich Hannah!«

Gelassen winkte Adrian ab. »Das wird ihnen nicht reichen. Sie sind Wissenschaftler, deshalb können sie ihre Erkenntnisse nicht nur auf eine Labormaus stützen, sie brauchen Maja, um ihre Erkenntnisse zu bestätigen.«

James schüttelte erneut den Kopf. »Ich opfere Maja nicht!«

»Sollst du ja auch nicht. Wir befreien sie zusammen mit Hannah.«

Möglicherweise würde Maja sich sogar darauf einlassen, wenn James sie darum bat. Sie würde vieles tun, von dem sie glaubte, dass es ihm half. Deshalb durfte sie diesen

Vorschlag gar nicht erst hören. Die Entscheidung traf James stellvertretend für sie und er würde sie auch gar nicht fragen.

»Oder wir verlieren sie beide!«, entgegnete James empört. »Das Risiko gehe ich nicht ein!«

»Aber du bist bereit, deine Mutter opfern, um kein Risiko für Maja eingehen zu müssen!«

Wütend ballte James die Hände zu Fäusten. »Es muss einen anderen Weg geben, als Maja in Gefahr zu bringen!«

Adrian seufzte. »Ich kenne keinen.«

»Du sagtest, dass sie dich gefangen nehmen wollen, also zeig dich ihnen, damit sie wissen, wo sie dich finden können. Was hast du schon zu verlieren? Sie werden dich holen wollen und wir können ihnen eine Falle stellen.« Und James wollte sehr viel lieber Adrian einem Risiko aussetzen als Maja. Nicht dass ihm Adrians Tod egal wäre, aber er vertraute darauf, dass der sich verteidigen konnte, wenn es nötig war. Außerdem sollte Maja nicht seine Schlachten schlagen. Er hatte ein Problem mit den Leuten, die Hannah entführt hatten, und musste das selbst lösen. James hatte sich bereit erklärt, zu helfen, aber er hatte dabei nicht für Maja gesprochen.

»Ich bezweifle, dass das funktioniert. Sie werden damit rechnen, dass ich ihnen eine Falle stelle. Sie kennen mich.«

Was man von James und seinen Brüdern leider nicht behaupten konnte, für sie war Adrian ein Fremder und sie konnte nicht einschätzen, was er vorhatte und bereit war, zu tun.

»Wir haben nichts zu verlieren«, konterte James ruhig. »Wenn sie nicht kommen, können wir uns immer noch etwas anderes überlegen.«

Adrian sah ihn missmutig an, offenbar nicht sonderlich begeistert von diesem Vorschlag. »Das ist Zeitverschwendung.«

James zuckte mit den Schultern, obwohl es ihm durchaus zusetzte, dass diese möglicherweise verschwendete Zeit eine längere Gefangenschaft für seine Mutter bedeutete. Aber er glaubte nicht daran, dass es Zeitverschwendung war. Wenn diese Leute Adrian suchten, würden sie kommen, sobald sie wussten, wo er war. Sie mussten nur erst einmal davon erfahren.

James stand auf und ließ seinen Vater sitzen. Er wartete nicht auf eine Zustimmung, die brauchte er nicht, wenn Adrian Hilfe wollte, musste er sich unterordnen.

So war auch das Risiko geringer, falls Adrian wirklich nicht zu trauen war, wie Bill und Maja glaubten.

Eine Probe abzuhalten, fühlte sich seltsam an, nachdem all das passiert war. Es war ein Hauch Normalität.

Ray hatte diese Probe eingeplant, um sie auf das kommende Konzert in einem Berliner Nachtclub vorzubereiten, und hatte ihnen die Möglichkeit verschafft, die Bühne in der Hotelbar zu nutzen. Inzwischen hatten sich dort James, Bill, Mike und Charlie versammelt, aber keiner von ihnen hatte eine Rückmeldung von Tim erhalten und keiner war überrascht darüber.

Allerdings wäre es eine neue Stufe ihrer Spaltung, wenn Tim die Probe schwänzte. Keiner von ihnen wusste, wie es dann weitergehen sollte. Selbst als Maja und James zusammengekommen waren, hatte James keine Probe versäumt, obwohl er mit dem Gedanken gespielt hatte, die Band zu verlassen.

James nahm seine Gitarre und begann, sie zu stimmen. »Denkst du, er kommt noch?«, hakte er besorgt bei Bill nach.

»Du bist auch gekommen«, erinnerte der Sänger ruhig. Allerdings wusste er nicht, dass James damals ernsthaft in Betracht gezogen hatte, den Rausschmiss in Kauf zu nehmen. Letztlich verdankten seine Brüder es Maja, dass er sich für die Band entschieden hatte, weil sie ihn daran erinnert hatte, wie viel ihm an der Musik lag. Aber wie dachte Tim darüber?

Nickend widmete James sich wieder seiner Gitarre, bis er bemerkte, dass Bill ihn anstarrte und seinen Blick herausfordernd erwiderte.

»Ich habe dich vorhin mit Adrian gesehen«, verkündete Bill vorwurfsvoll. »Worüber habt ihr gesprochen?«

James seufzte. »Darüber, was man tun könnte, um Mom zu finden und zu befreien.« Er hatte seine Brüder zwar nicht in diese Planung einbezogen, hatte allerdings auch nicht vor, ihnen etwas zu verheimlichen. Sie waren gewiss nicht damit einverstanden, dass James sich mit Adrian zusammen getan hatte, aber mit der Zeit konnte er sie hoffentlich überzeugen, sich der Sache anzuschließen, wenn sie wussten, was geplant war.

Bills Miene verfinsterte sich erwartungsgemäß, seine Laune war ohnehin nicht die beste, weil Tim inzwischen bereits fünf Minuten überfällig war. »Wir werden versuchen, diese Leute, die Mom gefangen halten, anzulocken, indem wir ihnen zeigen, wo Adrian ist. Im Grunde wollen sie ja ihn.«

Bill hob skeptisch eine Augenbraue. »Wie willst du das anstellen?«

James zuckte mit den Schultern. »Ich habe öffentlich gemacht, dass ich nach meinem Vater suche, also ist es nur logisch, dass wir jetzt eine Pressekonferenz geben, um uns für die Hilfe der Öffentlichkeit zu bedanken. Dabei stelle ich Adrian vor.«

Bill verzog den Mund und schien mit sich zu ringen, was er von diesem Plan halten sollte. Indessen näherten sich Schritte der Bühne und James erspähte über Bills Schulter hinweg, wie Tim näherkam, sogar mit seinen Notenblättern in der Hand.

»Du erweist uns auch die Ehre?«, blaffte Bill ihn an, obwohl sich seine Wut wohl eher gegen James richtete.

Tim winkte nur ab. »Hatte noch etwas zu klären.«

Verärgert stemmte Bill die Hände in die Hüften und folgte seinem ältesten Bruder zu dessen Keyboard. »Geheime Pläne mit Adrian schmieden, nehme ich mal an«, unterstellte Bill vorwurfsvoll. »Das scheint hier gerade verbreitet zu sein. Statt, dass wir diese Dinge gemeinsam handhaben, wie wir es sonst getan haben.«

James legte seufzend seine Gitarre ab, weil sie wohl erst diese Auseinandersetzung zu Ende bringen mussten, bevor sie eine Probe abhalten konnten. Und vermutlich war dieser Streit für ihre Laufbahn als Band genauso wichtig wie eine Probe, weil sie nur zusammen spielen konnten, wenn sie auch zusammen arbeiteten, jede Unstimmigkeit würden die Zuschauer bemerken. Und das Gelingen dieser Konzerte war wichtig für sie, es war ihre erste große Chance, Fans außerhalb der irischen Heimat zu gewinnen.

»Das habe ich versucht«, widersprach James ernst, »ich wollte, dass wir uns gemeinsam entscheiden, wie es weitergehen soll, aber du hast dich jeder Zusammenarbeit mit Adrian versperrt.«

James war froh, dass er Maja überredet hatte, nicht mit zur Probe zu kommen. Streitereien dieser Art hatte sie schon so oft miterlebt und neigte immer noch dazu, sich die Schuld daran zu geben, weil sie die Brüder ein Stück voneinander entfremdet hatte – dabei war es eher der natürliche Lauf der Dinge. Familienbande veränderten sich, wenn ein Familienmitglied einen Außenstehenden zum Mittelpunkt seines Lebens machte.

»Weil man ihm nicht trauen kann!«, beharrte Bill entschlossen.

»Du hast aber auch keine Alternative vorgeschlagen. Deshalb bleibt Adrian unsere einzige Chance, um Mom zu finden und Antworten für mich und Maja zu bekommen!«

Bill wirbelte herum und schritt auf James zu, der nun wohl wieder das Hauptziel seiner Wut war.

»Darum geht es dir eigentlich, oder? Es geht nicht um uns alle oder um Mom, sondern um dich und Maja!«

Wütend ballte James eine Hand zu Faust. »Natürlich geht es mir auch um Mom und uns! Wir müssen alle wissen, woran wir sind, und da Adrian uns keine Antworten geliefert hat, müssen wir eben an die Quelle gehen und dahin kann nur er uns führen.« Zumindest hatte bisher keiner eine bessere Idee und es war wohl eher unwahrscheinlich, dass plötzlich jemand auftauchen und ihnen die Antworten auf einem Silbertablett präsentieren würde. James hoffte darauf, dass Adrian diese Magier anlocken und sie gemeinsam mindestens einen von ihnen überwältigen und verhören konnten.

»Wir haben bisher gut ohne Adrian und diese Antworten gelebt! Du machst alles kaputt, weil du jetzt nur noch an dich und Maja denkst!«

James fuhr sich aufgebracht durch die Haare, weil er sonst vielleicht wirklich zugeschlagen hätte, denn es ging ihm bei Weitem nicht nur um sich und Maja. Aber Bill sah das offensichtlich nicht, obwohl gerade er James im Moment besonders große Sorge bereitete.

»Es geht nicht nur um mich!«, platzte er heraus. »Es geht genauso um dich oder willst du bestreiten, dass du ein Auge auf Lauren geworfen hast?« James zumindest war sich seiner Sache sicher und der Tatsache, dass diese Gefühle früher oder später zu Problemen führen würden – entweder weil Bill aus Angst vor einer Bindung etwas unvorstellbar Dummes tat oder weil eine ungewollte Bindung entstand.

»Früher oder später werdet ihr alle mal eine Frau treffen, die ihr länger als nur für eine Nacht haben wollt! Dafür brauchen wir alle Gewissheit, was das für eine Verbindung ist und wie man damit umgehen kann.«

James sah hilfesuchend zu Tim, der statt zu antworten, gedankenverloren auf dem Keyboard klimperte, als würde ihn das alles nicht betreffen. Dabei war auch er nicht darüber erhaben, irgendwann Interesse an einer Frau zu entwickeln, auch wenn James schon lange nicht mehr gesehen hatte, dass sein großer Bruder, sich mehr als ein paar Minuten mit einer Frau beschäftigte. Im Gegensatz zu seinen jüngeren Brüdern verzichtete Tim sogar auf den Gelegenheitssex mit Groupies.

Mike kam langsam näher und legte Bill eine Hand auf die Schulter. »Vielleicht hat James Recht und selbst, wenn wir alle wirklich niemals mit der Sehnsucht nach einer festen Bindung konfrontiert werden sollten, bleibt die Tatsache, dass unsere Mutter irgendwo gefangen gehalten wird. Und wir wissen alle, dass sie nicht in der Verfassung ist, sich selbst zu befreien. Was James vorschlägt, ist für keinen von uns ein Risiko, aber vielleicht eine Chance, ihr zu helfen.«

Bill funkelte auch das Nesthäkchen wütend an und schnaubte dann. »Je mehr wir Adrian an uns heranlassen, desto mehr Schaden kann er anrichten, wenn er es will!«

James lehnte sich gegen einen der großen Standlautsprecher. »Je eher wir Mom finden, desto eher können wir auf Adrian verzichten.«

Mike nickte, Tim starrte auf sein Keyboard und Bill schüttelte ungläubig den Kopf. Charlie zupfte einmal an den Saiten seines Basses, sodass alle Blicke sich auf den stillen, zweitjüngsten von ihnen richteten.

»Ich glaube, dieser Streit bringt uns nicht voran. James und Adrian werden ihren Plan verfolgen und Bill wird das kritisch beobachten. Vielleicht ist das die beste Lösung.

Aber wir haben morgen einen großen Auftritt, auf den wir uns vorbereiten sollten.«

James nickte, erleichtert, dass einer von ihnen den Mut hatte die Diskussion zu beenden. Vermutlich war ihnen längst allen klar, dass es keine Einigung geben würde, weil sie alle unterschiedliche Prioritäten gesetzt hatten. Aber vielleicht half es ihnen, sich einander wieder anzunähern, wenn sie ein gemeinsames Ziel verfolgten. Die Musik hatte sie schon einmal nach einer Beinahe-Spaltung wieder vereint.

Kopfschüttelnd trat Bill beiseite und James hängte sich wieder den Gurt seiner Lieblingsgitarre um, während Drummer Mike seinen Platz einnahm.

Sie hatten diese Probe dringend nötig, damit sie sich vor den Berlinern nicht blamierten und so ihre Karriere in Europa zunichtemachten.

In all dem Chaos drohten sie, zu vergessen, wie wichtig ihnen die Musik und die Bühne waren. Es war mehr als ein zweckdienliches Arrangement, um sich mit ausreichend Energie zu versorgen. Sie liebten, was sie taten und sie würden es bereuen, wenn diese Karriere zu Bruch ging.

Harmonisch verlief die Probe natürlich bei Weitem nicht, jeder von ihnen spürte die Differenzen, jeder war etwas unkonzentrierter als sonst, aber immerhin gab es keinen neuerlichen Streit.

Maja wartete vor der Hotelbar in einem der bequemen Sessel der Lobby. Eigentlich hatte sie gehofft, dass sich Lauren auch zur Probe wagte, schließlich hatte sie sich das Recht, bei solchen Gelegenheiten zu fotografieren, hart erkämpft, aber von ihr war keine Spur zu sehen. Und Maja machte sich nicht vor, sie hätte eine Chance, die Fotografin irgendwo alleine anzutreffen. Da Tim bei der Probe war, bewachte vermutlich erneut Adrian sie.

Maja hatte allerdings noch ein anderes Zielobjekt. Deshalb wartete sie, bis die Probe vorbei war. James hätte sicher nichts dagegen gehabt, wenn sie sich in die Bar schlich und zuhörte, aber sie wusste, wie Bill darauf reagierte. Ihre ungebetene Anwesenheit würde wieder einen Streit zwischen Bill und James lostreten, der keinem etwas nützte. Allerdings hoffte Maja auf eine Chance, alleine mit dem Sänger zu sprechen.

Sie machte sich nicht vor, dass sie den Zwist mit Bill einfach ausräumen konnte, aber sie hatten zum ersten Mal eine Gemeinsamkeit: ihre Skepsis gegenüber Adrian. Das war irritierend genug, dass sie das Bedürfnis hatte, sich darüber mit ihm auszutauschen. Sie wollte Bills Meinung zu Adrian hören, um sicher zu sein, dass ihre eigene Skepsis nicht nur eine Folge ihrer Trauer um David war.

Zuerst verließ Tim die Bar, eher fluchtartig als elegant, dann folgten Mike und Charlie, die noch nie besonders gesprächig gewesen waren. James und Bill kamen zuletzt.

Sie gingen zwar fast nebeneinander, waren aber doch weit voneinander entfernt.

James lächelte, sobald er Maja sah, und streckte einen Arm nach ihr aus, zärtlich strich Maja über seine Hand und lächelte zurück. »Gehst du schon einmal vor?«, bat sie leise. »Ich will kurz mit Bill sprechen.«

Wie erwartet starrten beide Männer sie irritiert an.

Natürlich wusste James, dass er keinen Grund zur Eifersucht hatte, schließlich war ihre Bindung so tief, dass Bill keinerlei Bedrohung für ihn darstellte.

Sein Unmut rührte wohl eher daher, dass sie ohne ihn mit Bill sprechen wollte, dabei musste er doch selbst wissen, wie zuverlässig Unterhaltungen von ihm und Bill im Moment in einem heftigen Streit endeten.

James sah sie eindringlich an. »Ich warte im Restaurant«, gab er schließlich nach, bevor er ihr einen Abschiedskuss auf die Stirn drückte.

Bill indessen lehnte sich gegen eine Wand und wartete geduldig, bis James ging. »Wie komme ich zu dem Vergnügen?« Er grinste amüsiert. »Du machst James noch eifersüchtig.«

Maja schluckte, weil sie seine Worte nun doch verunsicherten. Dachte James etwa wirklich, sie könnte einen anderen attraktiv finden?

»Ich will von dir hören, was du über Adrian denkst«, antwortete Maja ehrlich. »James vertraut ihm scheinbar bis zu einem gewissen Grad, aber du nicht. Und du hast sicher deine Gründe.«

Bill gab ein verächtliche »Pff« von sich. »Und was willst du tun, wenn ich dir erkläre, was mich alles an unserem wundersam wieder aufgetauchten Vater stört? Du wirst James nicht davon abbringen können, gemeinsame Sache mit Adrian zu machen.«

Maja schluckte, weil sie befürchtete, dass er damit richtig lag. Sie konnte sagen, was sie wollte, sie würde James nicht umstimmen können, obwohl er durchaus Wert auf ihre Meinung legte. In dieser Sache hatte er sich festgelegt und möglicherweise hatte er sogar recht damit. Vielleicht war ihr Misstrauen einfach ihrer Trauer über Davids Tod geschuldet, wenngleich sie den eigentlich nicht betrauern wollte.

»Du bist genauso mit Adrian verwandt wie James und du weißt genauso viel über ihn, aber du reagierst vollkommen anders. Ich würde gerne verstehen, wieso das so ist.«

Bill musterte sie eindringlich. »Du glaubst also auch nicht, dass Adrian eine Hilfe für uns ist.«

Maja zuckte mit den Schultern. »Ich weiß nicht, was ich von ihm halten soll.«

Bill seufzte. »James glaubt an ihn, weil ihm das lieber ist, als zuzugeben, dass wir keine Spur zu unserer Mutter haben.«

Vertrauen aus Verzweiflung, den Eindruck erweckte James' Verhalten auch bei Maja, doch war es seltsam, diese Einschätzung von Bill zu hören. Es ließ die Gefahr realer erscheinen, dass James' Verzweiflung ihn dazu verleiten könnte, verhängnisvolle Entscheidungen zu treffen.

»Ich bin mir sicher, dass James einen Fehler macht, wenn er irgendwelche Pläne mit Adrian schmiedet, aber ich werde nicht nochmal versuchen, James aufzuhalten«, fuhr Bill ernst fort.

Maja seufzte. »Auf dich wird er aber hören, weil deine Meinung ihm sehr wichtig ist.«

Bill verschränkte die Arme vor der Brust und schüttelte den Kopf. »Wenn er auf mich hören würde, wäre er nie eine Bindung mit dir eingegangen. Die Einzige, die Einfluss auf ihn hat, bist du – oder vielleicht Tim, aber das wäre wohl noch bedenklicher.« Ohne Abschied setzte er sich in Bewegung und ließ sie stehen, alleine mit diesen Worten.

Er hätte kaum deutlicher sagen können, dass er ihre Rolle ins James' Leben missbilligte. Bisher hatte er sich zwar nicht sonderlich begeistert von ihrer Beziehung gezeigt, aber er hatte noch nie zugegeben, dass er versucht hatte, James von dieser Beziehung abzubringen.

Es schmerzte seltsamerweise, das nun so ehrlich zu hören.

»Maja«, wandte sich Bill noch einmal an sie, »ich weiß, dass du nichts dafür kannst, was passiert ist. Aber seit du in unser Leben getreten bist, bricht alles auseinander. Und vermutlich wäre es auch für dich besser, du würdest immer noch in Limerick Häuser verkaufen und hättest James nie kennengelernt.«

Die Zeit der Höflichkeitslügen war offenbar vorbei. Maja starrte zu Boden und verbot sich, ihn anzusehen, um ihn nicht sehen zu lassen, wie sehr seine Worte ihr zusetzten. Stattdessen bewegte sie sich wortlos zum Hotelrestaurant, weil James sie dort zum Dinner erwartete.

Aber im Gegensatz zu Bill bereute sie nichts. Nicht, dass sie James damals nach einem Konzert getroffen und sich in ihn verliebt hatte, und nicht, dass sie irgendwie diese Verbindung mit ihm eingegangen war. Bereits bevor sie von dieser Verbindung erfahren hatte, hatte sie sich für James entschieden und an dieser Entscheidung war nichts zu rütteln.

Ihr leises Seufzen ging im Geschirrgeklapper des Speisesaals unter, ehe sie das Nebenzimmer erreichte, in dem James sie an einem Tisch mit zwei Gläsern mit orange-gelben Cocktails erwarteten.

»Er ist ein Idiot«, erklärte er, sie näher kam, obwohl er kaum ahnen konnte, was Maja mit Bill besprochen hatte. Allerdings war Maja klar, dass sie es sich nicht so einfach machen konnten, wie es James' Worte nahelegten. Bill hatte gute Gründe dafür, warum er sich so verhielt und solche Dinge sagte.

»Er gibt mir die Schuld an allem.« Maja setzte sich James gegenüber und sofort umfasste er ihre Hand, bevor sie nach dem Glas greifen konnte, das nun äußerst verlockend auf sie wirkte – obwohl sie wusste, dass Alkohol keines ihrer Probleme löste.

James drückte ihre Hand zärtlich. »Du hast unser Leben sehr verändert und uns klar gemacht, dass wir uns mehr mit unserer Herkunft auseinandersetzen müssen. Trotzdem ist es nicht deine Schuld, dass wir sind, was wir sind. Vielleicht sind wir dir sogar zu Dank verpflichtet, weil wir uns bisher davor gedrückt haben, nach der Wahrheit zu suchen.«

Maja lächelte ihn dankbar an, obwohl es ihr unrealistisch schien, dass sich einer von James' Brüdern je bei ihr dafür bedanken würde, dass sie in ihr Leben getreten war. Wenn James sie nicht lieben würden, wäre er wohl ebenso wenig begeistert von den Entwicklungen, die sie ausgelöst hatte, wie seine Brüder.

»Am Ende werden wir alle froh sein, wenn wir Gewissheit haben«, versicherte er voller Überzeugung und Zuversicht – woher auch immer er die nahm.

Maja nickte ungläubig. »Denkst du denn, Adrian wird uns wirklich voranbringen?«

James zuckte mit den Schultern. »Wir werden bei einem Pressetermin erzählen, dass ich meinen Vater gefunden habe. Wenn Adrians Geschichte stimmt, werden diese geheimnisvollen Leute wohl versuchen, an ihn heranzukommen. Selbst, wenn wir so nicht an Informationen kommen sollten, wissen wir zumindest, dass an Adrians Geschichte etwas dran ist. Oder eben nicht.«

Wieder drückte er ihre Hand und Maja nickte, weil es beruhigenderweise so klang, als würde James seinem angeblichen Vater doch nicht blind vertrauen. Sein Plan schien vernünftig. Damit hatte sie nicht gerechnet, aber es beruhigte sie.

»Was sollen wir tun, wenn sich dann herausstellt, dass Adrian lügt?«, hakte sie besorgt nach, denn dieser Mann war niemand, den man einfach vor die Tür setzen konnte. Er war gewaltbereit und vermutlich nicht besonders geduldig, sonst hätte er sich vielleicht mit David einigen können, ohne Blut zu vergießen, sein Gegner war schließlich Makler und daher an Verhandlungen gewöhnt. Aber Adrian war jemand, der über Leichen ging, statt zu verhandeln.

»Dann werden wir uns überlegen, wie am besten mit

ihm umzugehen ist.« James hatte also auch keinen Plan, für den Fall, dass sie Adrian als Lügner enttarnten.

»Lass es uns probieren, Maja, vielleicht bringt es uns voran.«

Sie nickte und erwiderte den sanften Druck seiner Hand. »Glaubst du daran?«, hakte sie erneut nach.

»Woran? Dass Adrian mein Vater ist? Leider ja.« Er lächelte schulterzuckend. »Tim und Bill haben ihre herzliche Art sicher von ihm geerbt.«

»Und, dass er uns helfen will?«

James zuckte wieder mit den Schultern. »Auf die eine oder andere Art wird er das tun. Wenigstens meint er zu wissen, wer die Informationen hat, also wird wohl am ehesten er uns helfen können, diese Leute zu finden. Und so lange sie Mom gefangenhalten, haben wir ein gemeinsames Ziel.«

Zumindest, wenn Adrian die Wahrheit sagte und auf der Suche nach Hannah war. Vielleicht hatte er sie aber auch selbst getötet und belog seine Söhne.

Maja seufzte. »Ich habe Angst«, gestand sie und James hob seine Hand an ihre Wange, um zärtlich darüber zu streichen.

»Glaub mir, ich kann mir nicht vorstellen, dass es irgendeinen Grund gibt, aus dem Adrian dir etwas tun sollte.«

Was leider nicht bedeutete, dass Adrian nicht doch einen Grund haben könnte. Der musste ja nicht logisch oder nachvollziehbar sein – keiner von ihnen wusste sicher, ob Adrian in den Jahren der Trennung von Hannah psychisch nicht ebenso gelitten hatte wie sie.

6. KAPITEL

Maja trat Hand in Hand mit James vor die Presse, nachdem Ray die Reporter begrüßt und ihnen für ihr Kommen gedankt hatte. Adrian ging einige Schritte hinter ihnen.

Ray hatte die Pressekonferenz einberufen, damit James Details zur angeblich geplanten Märchenhochzeit bekanntgeben konnte – natürlich alles erfunden, sie hatten schließlich keinerlei Pläne, tatsächlich zu heiraten. Deshalb hatte es sich seltsam angefühlt, diesen Termin vorzubereiten. Sie hatten sich allerlei Dinge überlegt: Die Zahl der Gäste, einen angemieteten Palazzo in Venedig als Ort der Feierlichkeiten, eine Trauung unter freiem Himmel, einen luxuriösen Kuchen und ein Fünfgänge-Menü. Die meisten dieser Dinge würden die Reporter jetzt noch gar nicht interessieren, sie sollten nur erfahren, dass es eine Hochzeit in Venedig geben sollte. Das eigentliche Ziel der Pressekonferenz war jedoch, dass die Reporter Gelegenheit bekommen sollten, Bilder von James und Adrian zu schießen. Unter der Voraussicht, dass er tatsächlich gesucht wurde, würde irgendwer die Fotos sehen und entsprechend darauf reagieren.

James trat lächelnd ans Mikrofon. »Zu aller erst möchte ich allen danken, die mein Anliegen verbreitet haben und zahlreiche Hinweise gegeben haben. Ohne all diese Menschen, wäre es mir nie gelungen, meinen Vater zu finden.«

James' Worte waren mit Adrian abgestimmt und ebenso die Geschichte, die er erzählen sollte. Natürlich hatten sie darauf geachtet, dass keine der Formulierungen, den Verdacht nahelegte, dass Adrian mehr als nur einen Sohn haben könnte. Zwar sah sein Vater nicht so ganz ein, warum seine Söhne ihre Verwandtschaft geheimhalten wollten, aber er hatte sich James' Wunsch gefügt.

Obwohl Adrian sich auf all diese Absprachen eingelassen hatte und bisher auch nicht den Eindruck machte, als wollte er sie brechen, war Maja nicht wohl bei der Sache. Adrian stand an dem vereinbarten Platz, schwieg und gab sich distanziert, ganz und gar nicht bedrohlich – wie besprochen. Nur seine offensichtliche Jugend könnte die Zuhörer misstrauisch werden lassen, aber was sollten die Leute schon glauben? Niemand würde hinterfragen, ob er wirklich ein Mensch war, höchstens darüber spekulieren, wie alt er bei James' Zeugung gewesen sein mochte.

»Es bedeutet mir sehr viel«, fuhr James fort, »dass wir demnächst mit meinem Vater an unserer Seite heiraten können. Und wir haben uns entschieden, das in Venedig zu tun.« Er winkte Adrian zu sich, der erst zögerte, weil es spontan wirken sollte, bevor er zwischen James und Maja trat. Er lächelte und wirkte viel weniger gefühlskalt als sonst – er war ein guter Schauspieler, was nicht überraschend war, nachdem er wohl einige Undercovereinsätze in seiner Militärzeit hinter sich hatte.

»Wie haben Sie Ihren Vater denn nun gefunden?«, platzte irgendein Reporter heraus.

James sah erwartungsvoll zu Adrian, der seinen einstudierten Text aufsagen sollte – es war ja nicht so, als wäre nicht mit dieser Frage zu rechnen gewesen.

»Ich hatte keine Ahnung, dass ich einen Sohn habe«, behauptete Adrian zögernd und dadurch halbwegs glaubwürdig. »Wenn ich mir James so ansehe, kann ich allerdings nicht bestreiten, dass wir verwandt sind.«

Zumindest hatten ihre Augenfarben eine gewisse Ähnlichkeit und es wäre wohl niemand so unhöflich, in einer solchen Situation zu widersprechen.

James nickte, als wäre er vollkommen davon überzeugt, dabei war es wohl eher das Wissen über ihre Natur und ihre Familie, mit dem Adrian ihn überzeugt hatte, dass sie wirklich Vater und Sohn waren. Aber dieses Wissen alleine war nicht Beweis genug. Adrian könnte auch auf andere Weise diese Dinge erfahren haben, beispielsweise indem er Hannah entführte und folterte, um ihr Geheimnisse zu entlocken.

Allmählich erschien Maja diese Möglichkeit realistischer, als dass Adrian wirklich der war, für den er sich ausgab.

Die Pressemeute notierte Adrians Worte und fuhr mit den eher langweiligen Fragen fort – große Hochzeit? Kleine Hochzeit? Kirchliche Trauung? Was für ein Kleid?

James hatte auf jede Frage eine Antwort, die natürlich frei erfunden war, aber Maja hörte ihm kaum zu. Wie lange würden sie dieses Schauspiel noch aufrecht erhalten? Würden sie bald Einladungen verschicken? Ein Kleid kaufen? Im Grunde hatte diese Lüge ihren Zweck inzwischen erfüllt, denn es war dabei nur darum gegangen, Adrian zu finden. Maja hatte sich darauf eingelassen, weil ihr dieser Weg logisch erschien, nun wurde es allerdings allmählich befremdlich. Sie wollte nicht zum Schein heiraten, auch wenn sie und James ja ohnehin einen Bund fürs Leben eingegangen waren.

Trotz ihres Unbehagens zwang sie sich, zu lächeln und zu nicken, während James von den angeblichen Plänen erzählte, damit keiner merkte, wie unwohl sie sich mit diesem Thema fühlte.

Welche Lüge würde James sich einfallen lassen, um die Hochzeit später abzusagen? Oder bildete er sich ein, dass die Öffentlichkeit seine Ankündigungen einfach vergaß, wenn lange genug keine Taten folgten?

»Wir werden uns nun natürlich erst einmal um die familiären Angelegenheiten kümmern«, wich James gelassen aus, als er nach einem konkreten Datum für die Trauung gefragt wurde.

»Nach all den Jahren gibt es einige Dinge zu besprechen«, stimmte Adrian zu und Maja versteifte sich unweigerlich beim Klang seiner Stimme. Sie traute ihm zu, dass er entgegen aller Absprachen doch damit herausrückte, dass James nicht sein einziger Sohn war. Eine solche Offenbarung würde zweifellos neuen Streit in der Band auslösen. Es gab wenig Dinge, in denen die Brüder sich einig waren, aber ihnen allen lag viel daran, dass das Geheimnis um ihre Verwandtschaft gewahrt blieb. Obendrein war diese Pressekonferenz einmal mehr lediglich mit Ray, nicht mit den anderen Brüdern abgestimmt. Schon das würde vermutlich Diskussionen auslösen, zumal James wieder einmal nur von seinem Privatleben sprach, nicht von ihrer Tour oder ihrem nächsten Album.

»Trotzdem streben wir natürlich eine Hochzeit an, bevor das Kind zur Welt kommt«, setzte Adrian im Plauderton hinzu.

Maja erstarrte und blickte fassungslos zu Adrian, der sich erschrocken von ihrer Reaktion gab.

»Ich habe doch jetzt nicht etwa ein Geheimnis verraten?«

Hatte er nicht. Er hatte eine neue Lüge erfunden. Eine, von der zumindest Maja nichts geahnt hatte. Hatte James es gewusst? Hatten er und Adrian das geplant, ohne sie vorzuwarnen? Mit einer erfundenen Hochzeit hatte sie sich arrangiert, aber nun auch noch eine erfundene Schwangerschaft? Sollte sie sich demnächst etwa ihre Kleider mit Kissen ausstopfen? Hatte James sie möglicherweise nicht eingeweiht, weil er geahnt hatte, dass sie sich auf diese Lüge niemals einlassen würde?

Maja eilte von der Bühne, ohne sich um die zahlreichen Reporter zu scheren und Ray trat hastig ans Rednerpult, um die Veranstaltung geordnet zu beenden. James folgte ihr nicht, er war mit Adrian am Tuscheln.

Maja flüchtete bis zum Aufzug und hinauf in den zehnten Stock, wo sie eine Suite mit James bewohnte und Sicherheitskräfte ihre Privatsphäre garantierten.

Natürlich würde ihr Abgang keinen guten Eindruck bei den Journalisten hinterlassen, da sie nun allerdings angeblich schwanger war, konnte sie ihre Reaktion später auf die Hormone schieben.

Seufzend griff sie das erste Mal seit langem nach ihrem Handy. Von einer Versöhnung mit ihrer Mutter war sie nach wie vor weit entfernt, aber sie sollte doch wissen, was hinter dieser Schwangerschaft steckte. Sonst würde ihre Mutter ihr vielleicht nie verzeihen können, wenn sie von der Schwangerschaft ihrer Tochter aus der Zeitung erfuhr. Vermutlich war sie ohnehin verletzt, weil sie bisher keine Einladung zu der erfundenen Hochzeit erhalten hatte. Allerdings hatte Maja ihr vorsorglich mitgeteilt, dass die Planung für diese Hochzeit noch nicht weit fortgeschritten war.

Leider befürchtet Maja auch, dass sie irgendwann diejenige sein würde, die ihrer Mutter von Davids Tod erzählen musste. Vermutlich brach für sie dann eine Welt zusammen, weil sie hartnäckig darauf hoffte, dass David ihr Schwiegersohn wurde. Damit war zwar schon lange nicht mehr zu rechnen, aber die Hoffnung ihrer Mutter hatte die Trennung irgendwie überstanden.

Maja tippte eine kurze Nachricht, die wohl auch nicht dazu beitragen würde, ihre Mutter-Tochter-Beziehung wiederzubeleben.

»Wenn du Gerüchte hörst, dass ich angeblich schwanger bin, dann glaub das bitte nicht. Das ist frei erfunden.«

Über die Hochzeit schrieb sie nichts. Weil sie selbst nicht mehr sicher war, ob es nicht doch zu dieser Hochzeit kommen würde. Die erfundene Schwangerschaft konnten sie wohl mit einer erfundenen Fehlgeburt beenden, aber wenn sie dann auch die Hochzeit absagten, würde das Gerüchte über eine nahende Trennung nähren und das missfiel Maja noch mehr als eine Hochzeit, die nur Mittel zum Zweck war.

Im Moment brodelte in ihr zwar die Wut darüber, dass James Adrian die Gelegenheit gegeben hatte, weitere Lügen über sie zu verbreiten, dennoch dachte sie gar nicht an eine Trennung. Alles, was James tat, tat er auch ihretwegen. Er wollte für sie beide Gewissheit über ihre Situation, diesmal allerdings war er zu weit gegangen. Er hätte sie zumindest um ihre Zustimmung bitten müssen, falls er Adrians Plan unterstützte, und sicher hätte Maja sich geweigert. Was vielleicht der Grund war, warum James nicht gefragt hatte. Wenn es so wäre, hätte er ihr Vertrauen schmerzlich missbraucht. Sie hatte darauf vertraut, dass er ihr alles über seine Absprachen mit Adrian erzählte und kein so ein entscheidendes Detail wie eine angebliche Schwangerschaft ausließ!

Maja warf ihr Handy zurück in ihre Handtasche, noch bevor sie eine Antwort von ihrer Mutter erhielt, weil die vermutlich verbunden wäre mit Fragen, auf die sie keine Antwort hatte.

Stattdessen ging sie ans Fenster, blickte hinab auf die belebte Berliner City und lehnte die Stirn gegen das kühle Glas. Ihr wurde schlecht, als wäre sie tatsächlich schwanger, doch sie hatte sich bereits vor Monaten dafür entschieden sich ein Hormonstäbchen zur Verhütung implantieren zu lassen. Ein Kind von James wäre an und für sich kein Weltuntergang, aber da sie so wenig über seine Natur wussten, war eine Schwangerschaft ein Risiko, dass sie beide nicht eingehen wollten. Sie wussten ja nicht, ob das Kind seine speziellen Eigenschaften erben würde. Wollten sie wirklich ein Kind in die Welt setzen, das eines Tages ebenso ratlos wie James und seine Brüder mit seinem Dasein kämpfte? Sie hatte James' Mutter gesehen, die unübersehbar unglücklich mit ihrem Leben war, nachdem sie so lange versucht hatte, ihren Kindern eine gute Mutter zu sein.

Bisher zumindest waren Maja und James sich darin einig, dass es zu viele ungeklärte Variablen im Hinblick auf ein Kind gab.

Unweigerlich legte Maja sich die Hände auf ihren flachen Bauch. Wahrscheinlich schmerzte Adrians Lüge so viel mehr als die erfundene Hochzeit, weil sie eben wusste, dass sie möglicherweise nie mit James Kinder haben würde. Heiraten dagegen würde er sie vermutlich wirklich früher oder später. Vermutlich früher, weil sie nach all den Ankündigungen nicht mehr zurückrudern konnten.

Leise hörte sie hinter sich die Zimmertür und dann James' sich langsam nähernde Schritte.

»Warum hast du mir nicht gesagt, was ihr vorhattet?«, platzte sie unverblümt heraus, in der Hoffnung, dass er unschuldig war, und in der Angst, dass er ihre Wut wissentlich in Kauf genommen hatte.

James trat hinter sie und legte einen Arm um ihre Mitte. »Das war nicht abgesprochen«, antwortete er bemüht ruhig – sie kannte ihn inzwischen gut genug, um zu wissen, wann er wirklich gelassen war und wann er es nur vorgab.

Maja lehnte sich zögernd an ihn und schloss die Augen. »Adrian hat sich das alleine ausgedacht?«, hakte sie ernst nach, obwohl sie ahnte, dass es so war. James hätte keinen Grund, sie zu belügen.

»Er behauptet, wir könnten so eher das Interesse dieser Leute erwecken. Er glaubt, nur dann würden sie sich zeigen, nicht allein seinetwegen.« James seufzte. »Er hatte mir vorgeschlagen, dich zu verwenden, um sie anzulocken, aber ich dachte, wir hätten uns geeinigt, das nicht zu tun.«

Maja hätte ihn ohrfeigen können dafür, dass er Adrian geglaubt hatte, obwohl er es besser hätte wissen müssen als einem fast Fremden zu glauben.

»Man kann dem Kerl nicht trauen.«

James drückte sie an sich. »Aber vielleicht hat er recht. Wenn sie glauben, dass du ein Kind von mir erwartest, werden sie alles versuchen, um an dich heranzukommen. Sie werden wissen wollen, was dieses Kind ist.«

Maja schluckte. »Und vielleicht werden sie mich dann genauso verschleppen wie deine Mutter. Mir hat die unfreiwillige Zeit mit David gereicht, ich habe keinerlei Bedürfnis, das zu wiederholen!«

James konnte nicht glauben, dass diese Leute einfach auftauchten und ihr Wissen preisgaben!

»Ich lasse dich nicht aus den Augen. Niemand wird dir etwas tun.« Er drückte sie an sich. »Im Zweifelsfall werden sie spätestens dann die Finger von dir lassen, wenn sie merken, dass es keine Schwangerschaft gibt.«

Maja öffnete die Augen wieder und blickte auf das Gesicht von James' Spiegelbild im Fenster.

»Mir wäre es lieber, sie würden sich gar nicht für mich interessieren. Deiner Mutter ist es vermutlich auch nicht gut bekommen, dass sie ihr Interesse geweckt hat.«

James strich beruhigend über ihren Arm. »Keiner von uns glaubt, dass sie Mom etwas angetan haben. Adrian behauptet ja, dass sie ihn lediglich zwingen wollen, sich zu stellen, und sie als Druckmittel benutzen.«

Maja schüttelte den Kopf. »Warum stellt er sich dann nicht einfach? Was hat er zu verlieren?«

James hinter ihr zuckte mit den Schultern. »Vielleicht will er kein Gefangener sein? Würde ich an seiner Stelle wohl auch nicht wollen.«

Maja drehte sich langsam zu ihm um und legte die Arme um seinen Nacken. »Er belügt uns.«

James nickte erstaunlich einmütig. »Über das eine oder andere sicher. Aber ich denke, er kann diese Leute besser einschätzen als wir und wird uns deshalb helfen, auch wenn er es vielleicht gar nicht will.«

Zögernd küsste Maja ihn. »Adrian will uns glauben lassen, dass wir alles im Griff haben, aber ich befürchte, er trickst uns aus«, gab sie leise zurück, als hätte sie Angst, dass Adrian sie belauschte – dabei war es vermutlich nicht einmal ein Geheimnis, dass sie ihm misstraute.

James strich durch ihr Haar und lächelte. »Wir sind in der Überzahl«, beschwichtigte er gelassen, »und wir sind uns dessen bewusst, dass er eigene Ziele verfolgt.«

Wirklich beruhigend fand Maja diese Antwort nicht, aber sie wusste, dass sie James nicht umstimmen konnte, wenn sie nicht zumindest eine Alternative vorschlug. Und natürlich hatte sie keine Alternative anzubieten.

Seufzend schloss sie wieder die Augen. »Du solltest mit deinen Brüdern darüber sprechen.«

James seufzte ebenfalls und schüttelte den Kopf. »Bill ist ohnehin schon extrem misstrauisch gegenüber Adrian, ich will ihm lieber nicht noch mehr Anlass dazu geben.«

Als ob es an Bills Misstrauen etwas ändern könnte, wenn er nichts sagte. So oder so war Bill auf Konfrontationskurs mit Adrian und die Stimme der Vernunft, Tim, hatte sich vollkommen abgekapselt. Es könnte kaum schlechter um die Brüder stehen.

Ob Adrian genau das bezwecke? Immerhin hatte er James überredet, ihm zu helfen, und beeinflusste ziemlich sicher auch Tims Verhalten.

»Du darfst nicht zulassen, dass ihr euch noch weiter von einander entfernt.«

Sie spürte einen sanften Kuss auf ihrem Haar, bekam aber keine Antwort.

7. KAPITEL

Adrian und Tim flüsterten so leise miteinander, dass Lauren nicht verstehen konnte, worum es bei diesem Gespräch ging.

Wie immer.

Die beiden hatten sie ins Schlafzimmer geschickt und die Tür zum Wohnbereich von Tims Suite geschlossen, sodass sie nur lauschen konnte. Was ihr bisher keinerlei Erkenntnisse lieferte.

Immer noch hatte Lauren zwar keine Ahnung, was Adrian bezweckte, aber es war wohl kaum zu ihrem Vorteil. Diese Befürchtung wurde noch davon verstärkt, dass sie von diesen Gesprächen ausgeschlossen wurde.

Warum gestattete Tim diesem Mann, so viel Einfluss zu nehmen? Hatte er ihm irgendetwas versprochen? Erpresste er ihn?

Zumindest schienen die beiden sich in dem Punkt einig zu sein, dass Lauren keinen Schritt alleine aus dem Zimmer machen durfte. Wenngleich Tim ursprünglich behauptet hatte, sie könnte gehen, bezweifelte sie, dass sie es überhaupt aus der Tür schaffen würde. Sie war eine Gefangene – von Tim oder Adrian, das war schwer einzuschätzen.

Eigentlich hatte nur Tim einen Grund, sie gefangen zu halten, seine seltsame Zuneigung für sie. Mit ihrem Versuch, abzureisen, hatte sie ihm wohl den Anlass gegeben, sie einzusperren – auch wenn sie letztlich freiwillig mit ihm gegangen war.

Anfangs hatte sie seine besitzergreifende Art ja noch hinnehmen können und sich eine Mitschuld an der Situation gegeben, weil sie nicht beachtet hatte, dass Tim offenbar mehr für sie empfand, als er zugab.

Inzwischen jedoch hatte sie gemischte Gefühle.

Wäre es nur Tim, mit dem sie es zu tun hatte, hätte sie ihn längst zur Rede gestellt, doch der gruselige Adrian hatte auch aus Tim eine gruselige Gestalt gemacht. Tim hatte sich verändert, er schien mehr in sich gekehrt, ängstlich, verbittert und aggressiv.

Zwar wollte sie sich weder mit Tim noch mit Adrian anlegen, konnte aber auch diese Gefangenschaft nicht ewig hinnehmen. Sie musste entweder unterbinden, dass diese besorgniserregende Veränderung weiter voranschritt, oder sich aus Tims Fängen befreien.

Letztlich war ihre größte Hoffnung, die Hilfe der anderen Bandmitglieder, zumindest Maja schien Tim bereits kritisch zu beobachten und ganz offensichtlich stieß Adrian bei den anderen Musikern auch nicht auf so große Begeisterung wie bei Tim. Sie musste eine Gelegenheit finden, mit einem der anderen Musiker zusprechen.

Wenn ihr Handy nicht verschwunden wäre, hätte sie sich schon längst an Ray gewandt, doch so blieb ihr nur, zu hoffen, dass sie Adrian beim nächsten Konzert abschütteln konnte. Das letzte Mal hatte sie sich in ihre Rolle gefügt, nun allerdings war ihre Geduld am Ende. Sie wollte wie ein freier Mensch behandelt werden und würde sich dieses Recht notfalls erkämpfen – wenn es nicht anders ging, auch indem sie Tim bei der nächsten Gelegenheit als Entführer entlarvte. Sie mochte ihn, aber nicht genug, um deshalb den seltsamen Adrian hinzunehmen.

Leider hatte sie nicht viel Hoffnung, dass Tim ihr freiwillig erklären würde, was es mit Adrian auf sich hatte, geschweige denn, dass Tim sich von ihm distanzierte. Trotzdem wollte sie ihm die Chance dazu geben, bevor sie sich ihm entzog.

Eigentlich sollte sie wohl längst eher Angst vor Tim haben, als ihn zu mögen, aber seltsamerweise zog sich ihr

Herz schon schmerzhaft zusammen, wenn sie nur daran dachte, ihn zu verlassen. Warum empfand sie solche Zuneigung für ihn, obwohl er sie so behandelte?

Erschrocken wich Lauren von der Tür zurück, als diese sich öffnete und Tim plötzlich zu ihr ins Zimmer trat. Sie spürte, wie ihr das Blut aus dem Gesicht wich.

Für ihn musste es offensichtlich sein, was sie getan hatte, und sehr wahrscheinlich war er nicht begeistert davon.

»Es gehört sich nicht, zu lauschen«, wies er sie überraschend ruhig zurecht, wobei er eher amüsiert als verärgert klang, wodurch sie sich sofort wieder etwas entspannte.

So hatte sie kein Bedürfnis, ihm etwas vorzumachen. »Was hast du denn erwartet, dass ich tue, wenn du ständig mit diesem Typen die Köpfe zusammensteckst und mich hier einsperrst?«

Tim zuckte mit den Schultern, immer noch ohne eine Spur von Zorn in seiner Miene. »Eigentlich würde ich erwarten, dass du heimlich aus dem Fenster kletterst. Du bist immerhin eine kluge Frau, die sich zu helfen weiß.«

Lauren warf einen Blick auf das Fenster auf der anderen Seite des Raums. Sie waren im zehnten Stock und die Aussicht, bis zum nächsten Fenster oder Balkon zu klettern behagte ihr ganz und gar nicht.

»Ich will aber nicht vor dir fliehen, als wärst du ein Verbrecher.« Lauren verschränkte die Arme vor der Brust und sah zu dem stillen Riesen vor sich auf.

»Bin ich das nicht? Immerhin halte ich dich gefangen.«

Es war doch beunruhigend, dieses Eingeständnis von ihm zu hören. Das ließ sie ahnen, dass er sie nicht gehen lassen würde.

»Bin ich eine Gefangene?«, wiederholte sie vorwurfsvoll.

Tim hob eine Hand und fuhr mit den Fingerspitzen über eine Strähne, die sich aus ihrem langen Pferdeschwanz gelöst hatte. »Nur, wenn du versuchst, zu gehen«, antwortete er offen. »Ich kann dich nicht mehr gehen lassen.«

Lauren schluckte, sah aber weiter zu ihm auf. »Warum?«

Tim lächelte. »Das kann ich dir nicht sagen, sonst kannst du wirklich nie mehr frei sein.« Er legte die freie Hand auf ihre Hüfte und zog sie ein Stück näher zu sich. »Aber ich tue alles, damit du irgendwann wieder frei sein kannst«, versicherte er ernst, »doch bis dahin musst du mir einfach vertrauen.«

Lauren sah weiter standhaft zu ihm auf und hielt die Arme fest vor der Brust verschränkt, um ihm zu signalisieren, dass sie sich nicht so schnell beschwichtigen ließ. Blindes Vertrauen schenkte sie ihm schon seit einigen Tagen und hatte es oft genug unter Beweis gestellt. Wenn sie nur Tim vertrauen sollte, fiel ihr das auch erstaunlich leicht.

»Dir kann ich vielleicht vertrauen«, antwortete sie ernst, »aber nicht, wenn dieser Kerl so großen Einfluss auf dich hat.«

Tims Hand wanderte entlang ihrer Haarsträhne bis zu ihrem Hals und legte sich kraftvoll um ihren Nacken. »Adrian wird dich von mir erlösen. Er ist der Einzige, der dich überhaupt vor mir retten kann, deshalb solltest du ihm sogar eher vertrauen als mir.«

Lauren musste lächeln. »Vielleicht will ich gar nicht vor dir gerettet werden!«

Sie löste die verschränkten Arme und legte vorsichtig die Hände auf seine Oberarme, in denen sie wieder einmal jeden angespannten Muskel spürte, als glaubte er wirklich, er müsste sie gewaltsam festhalten. Dennoch waren seine Berührungen sanft und alles andere als bedrohlich.

»Das spielt keine Rolle, du musst gerettet werden, zu deinem eigenen Schutz.«

Lauren legte dem Kopf schief. »Dann lass mich doch einfach gehen, wenn du mich retten willst.«

Tim musste lächeln, als er den Kopf schüttelte. »Ich werde dich viel zu früh gehen lassen müssen, aber bis es soweit ist, will ich so viel von dir wie möglich.« In seinen Augen sah sie, was er damit meinte, schon bevor er sie küsste. Sie wehrte sich nicht, sondern schmiegte sich bereitwillig an ihn, auch wenn ihr klar war, dass sie Tim nicht davon abbringen konnte, mit Adrian gemeinsame Sache zu machen.

Tims Griff um ihren Nacken wurde fester, als seine Zunge durch ihre Lippen glitt und er ihren Unterleib dicht an sich presste.

»Wo ist Adrian?«, erkundigte Lauren sich heiser zwischen seinen Küssen.

»Spielt keine Rolle.« Tims gleichgültiger Ton verriet, dass er kein Interesse daran hatte, ihr dazu Auskunft zu erteilen, zumal sie spürte, wie sein Gemächt anschwoll.

»Ich will nicht, dass er uns hört«, antwortete Lauren fordernd, während sie eine Hand zwischen ihre Körper schob und nach seinem Hosenbund tastete. Tim hielt die Luft an, als ihre Finger den Reißverschluss ertasteten und herabzogen, sodass sie ihre Hand sich auf seinen Shorts um ihn legen konnte.

»Er ist fort«, stieß er hervor und Lauren glaubte ihm sofort, weil sie sicher war, dass Tim genauso wenig auf Publikum aus war, wie sie.

Er verschloss ihrem Mund mit einem gierigen Kuss, während sie seine Erektion streichelte. Sie wollte wirklich, er hätte auf sie eine weniger verheerende Wirkung, aber im Moment wollte sie nicht mit ihm über sein seltsames Verhalten diskutieren, sondern ihn einmal mehr in sich spüren.

Vielleicht das letzte Mal, wenn sie ehrlich war.

Tims Hand packte ihre helle Tunika und hob den Stoff an, um darunter zu fahren. Seine langen Finger tasteten über ihren flachen Bauch, arbeiteten sich mühelos unter dem Bügel ihres BHs hindurch und umschlossen kraftvoll ihre Brust. Seine Zunge stieß immer wieder fordernd in ihren Mund, während sein Daumen aufreizend um ihren harten Nippel kreiste.

Selbst wenn sie wollte, könnte sie ihm nicht verheimlichen, wie sehr sie ihn begehrte, und sie spürte auch, wie sein Körper darauf reagierte. Er presste seine Erektion drängend gegen ihre Hand.

Zielstrebig schob er sie zu dem großen Bett und drückte dabei ihren Nippel so fest, dass sie keuchte und sich der feuchten Hitze in ihrem Schoss bewusst wurde.

Tim blieb mit ihr dicht vor dem Bett stehen, sodass sie zwischen ihm und der Bettkante eingesperrt war. Lächelnd löste er sich von ihr und griff wieder nach ihrer Tunika, diesmal um sie ihr abzustreifen. Im Gegenzug zupfte Lauren ihm sein schwarzes Shirt mit dem Logo der Band über den Kopf. Unter seinem gierigen Blick öffnete sie ihren BH, um ihn ebenfalls auszuziehen, bevor sie ihre hellgraue Caprihose hinunter schob.

Sein Blick hatte etwas so Durchdringendes, das sich ihr Innerstes zusammenzog, als wäre er bereits in ihr. Sie war sich dessen bewusst, dass der Moment vorbei war, da er ihr die Oberhand gelassen hatte. Er hatte zugelassen, dass sie sich selbst auszog, weil es ihm gefiel, aber sie hatte keine Kontrolle über die Situation insgesamt. Lächelnd schob er seine eigene Hose samt Shorts bis zu seinen Knien herab, sodass sich sein Glied ungeduldig an seine Bauchdecke schmiegte und Laurens Knie seltsam weich wurden, obwohl sie keine Angst vor ihm haben musste.

Er griff in seine Hosentasche und zog gleich eine ganze Hand voller Kondompäckchen hervor, von denen er alle bis auf eines achtlos auf das Bett warf. Das eine packte er geduldig aus – gar nicht so, als wäre er vor Lust so unruhig wie sie – und rollte das Latex sorgfältig über seinen Ständer.

Lauren ließ sich zögernd auf das Bett sinken und schob sich langsam nach hinten, bevor ihr die Knie ganz weich wurden und offenbarten, welche Wirkung er auf sie hatte.

Tim blieb am Fußende stehen und fuhr noch einmal mit der Hand seine Härte entlang, was in Laurens Körper ein gieriges Ziehen auslöste. Er wusste viel zu gut, wie sehr sie sich nach ihm sehnte. Das machte ihr einmal mehr bewusst, wie gut er sie kannte und welche Macht er über sie hatte – weil sie ihm diese Macht ließ.

Langsam krabbelte er neben sie, bis er ihren Slip zu fassen bekam und eine Hand forsch darunter schob, um ihre nasse Mitte zu tasten. Sie schämte sich fast dafür, dass er nun so deutlich spürte, was sie wollte. Mit starken Fingern zerrte er ihrem Slip an ihren Beinen hinab und drehte sie zugleich auf die Seite. Als seine Hand wieder an ihrem Bein nach oben wanderte, fasste er kraftvoll um die Innenseite ihres Oberschenkels und hob ihn an, während von hinten her seine Eichel durch ihre feuchte Scham glitt.

Lauren spürte seine breite Brust in ihrem Rücken und schmiegte sich an ihn, als er in sie glitt. Unter ihrem Rumpf schob sich seine zweite Hand hindurch, bis diese ihre nackte Brust umfassen konnte. Sein Glied versank tief in ihr, während seine Finger an ihrem Nippel zupften, bis sie leise wimmerte.

Als er ihren gereizten Nippel kurz freigab, stieß er zugleich vollständig in sie, sodass ihr Aufatmen in ein Stöhnen überging.

Während er weiter zustieß, fuhren seine Finger an der Innenseite ihres Oberschenkels entlang, bis zu ihrer feuchten Mitte, bis er ihre Klitoris fand und begann, diese kraftvoll zu massieren.

Sehnsüchtig zog sie sich um ihm zusammen und reckte seinen Stößen ihren Schoß entgegen, während seine Finger sie so schnell reizten, dass sie aufschrie, als ihr Orgasmus so plötzlich über sie hereinbrach.

Er hielt in seinen Bewegungen allerdings nicht einen Moment inne. Diesmal versenkte er sich bis zur Wurzel in ihr und vollführte dort schnelle harte Stöße, mit denen er selbst kam.

Maja schlurfte müde zur Zimmertür, obwohl James irgendetwas Unverständliches brummelte, was wahrscheinlich heißen sollte: »Ignorier den Idioten, der um sieben Uhr morgens stört.«

Aber da ihr Flur rund um die Uhr bewacht wurde, gehörte, wer auch immer klopfte, entweder zum Sicherheitspersonal oder zur Band, daher war es vermutlich besser, denjenigen nicht einfach zu ignorieren.

Im Gehen schnappte Maja sich ein herumliegendes Sommerkleid und warf es sich eilig über, zuhause hatte sie Wert auf Ordnung gelegt, aber auf Tour mit der Band, hatte sie die schlechte Angewohnheit, Sachen einfach liegen zu lassen, von James übernommen.

»Wir müssen reden«, begrüßte Lauren sie aufgeregt, als sie sich an Maja vorbei ins Zimmer schob. »Alleine.« Sie sah sich nervös um.

»James schläft«, erklärte Maja zu ihrer Beruhigung. Lauren machte den Eindruck, als wäre sie eilig hergekommen: Ihre Haare waren zerzaust, sie trug zwar ein Kleid, aber keine Schuhe oder wenigstens Strümpfe. Es schien nicht, als käme sie zu einem entspannten Plausch.

»Dann lass uns woanders hingehen«, bat Lauren ernst. »Ich will das unter vier Augen besprechen.«

Maja blickte über die Schulter ins dunkle Schlafzimmer und nickte schließlich. Ihr schwante bereits, dass Lauren über Tims Verhalten sprechen wollte, und das wohl möglichst nicht in der Nähe seiner Brüder – auch wenn die Fotografin kaum ahnen konnte, wie eng die Männer miteinander verbunden waren.

Sie kritzelte schnell eine Nachricht für James auf einen Zettel und legte diesen zu seinem Handy, wo er sie sicher finden würde, falls er nach ihr suchen sollte.

Lauren ging – immer noch barfuß – neben Maja den Flur entlang und die Treppe hinunter in den Frühstückssaal. Auf dem Weg sah Lauren sich immer wieder nervös um, als erwartete sie, dass ihr jemand folgte – was vielleicht gar nicht so abwegig war, angesichts der Tatsache, dass sie tagelang unter Bewachung von Adrian und Tim gestanden hatte. Wie hatte sie sich überhaupt von den beiden loseisen können?

Ihrer Aufmachung nach hatte sie es eilig gehabt, wenn sie sich nicht einmal die Zeit genommen hatte, Schuhe anzuziehen – übermäßig warm war es nun wirklich nicht, trotzdem schien Lauren nicht zu frieren.

Von Anfang an hatte Maja die Fotografin für ihre selbstbewusste Art bewundert, und wurde nun einmal mehr daran erinnert, weil Lauren selbst in dieser Aufmachung mit erhobenem Haupt über die Flure schritt, ungeachtet der Blicke, die sie auf sich zog.

Lauren wählte einen Tisch weit hinten im öffentlichen Teil des Speisesaals, statt des privaten Nebenraums, den Ray für die Band organisiert hatte, um sie vor Fans abzuschirmen. Möglicherweise wusste Lauren aber auch gar nicht von diesem Bereich, da sie und Tim in den vergangenen Tagen nie mit den anderen gegessen hatten, sondern vermutlich gute Kunden des Zimmerservice geworden waren.

Ein Kellner nahm ihre Getränkewünsche entgegen und eilte sofort wieder davon.

Maja lächelte Lauren aufbauend an. »Ich bin so froh, dass wir endlich reden können«, begann sie ehrlich, »in den letzten Tagen hatte ich keine Chance, dich mal alleine zu erwischen.«

Erneut sah Lauren sich nervös um, ehe sie nickte. »Mir kommt es vor, als wollten Tim und dieser Adrian mich am Liebsten mit keinem anderen Menschen sprechen lassen«, gestand sie ernst, unmittelbar bevor der Kellner mit ihrer Bestellung zurückkam.

Maja dankte ihm freundlich und wartete geduldig ab, bis er außer Hörweite war. Glücklicherweise war um diese Zeit in dem Frühstücksraum so viel Betrieb, dass der Kellner sofort mit dem nächsten Tisch beschäftigt war und sicher kein Ohr für ihr Gespräch hatte.

»Tim benimmt sich seltsam«, fuhr Lauren leise fort. »Eigentlich hatten wir darüber gesprochen, dass ich heimfahren will und er hatte nichts dagegen, aber dann hat er mich am Flughafen abgefangen und mich gebeten bei ihm zu bleiben.«

Maja rührte nachdenklich in ihrer Kaffeetasse. Laurens Worte bestätigten, was sie bisher nur vermutet hatte, gleichwohl erklärte es nicht vollständig Tims Handeln. Eigentlich hatte gerade er betont, wie wichtig es wäre, Lauren zu vertreiben.

»Hat er gesagt, warum?«, hakte Maja besorgt nach, weil ihr Tims Sinneswandel vermutlich genauso wenig behagte wie Lauren. Bisher war er der Verlässlichste in der Band gewesen, nun war da diese Sache mit Lauren und die noch viel verwirrendere Sache mit Adrian, wodurch er unberechenbar geworden war. Zudem distanzierte er sich so sehr von den anderen, dass keiner eine Chance hatte, zu verstehen, was ihn umtrieb.

Lauren schüttelte den Kopf. »Erst hat er versichert, ich könnte jederzeit gehen, wenn ich es wollte, aber gestern meinte er plötzlich, er könnte mich nicht mehr gehen lassen.«

Was erklärte, warum Lauren nun barfuß und mit zerzaustem Haar mit Maja am Tisch saß. Sie alle mussten froh sein, dass Lauren nicht direkt zur Polizei gegangen war – Freiheitsberaubung hätte sich bestimmt gut in den Schlagzeilen gemacht.

Nun ahnte Maja leider, was Tim bewegte und dazu trieb, Lauren gefangen zu halten. »Hast du eine Affäre mit Tim?«, fragte sie unumwunden, obwohl die Vorstellung ihr Angst einjagte.

Wieso hatten sie diese Entwicklung alle übersehen? Stattdessen hatten sie sich Sorgen gemacht, dass Lauren ihre Geheimnisse enthüllen könnte oder dass Bills Interesse an ihr eine gefährliche Grenze überschritt. Dabei war es dafür längst zu spät! Tim war gar nicht die Vernunft in Person, die versuchte, Bill zu schützen – im Gegenteil, er wäre es gewesen, den man hätte schützen müssen.

Lauren sah auf ihren Latte macchiato und zögerte, vielleicht weil sie sich schämte, dass sie sich unprofessionell verhalten hatte.

Maja lächelte aufmunternd, um ihr zu verstehen zu geben, dass sie sich darüber nicht aufregen würde. Woher sollte sie das Recht dazu nehmen? Sie hatte ja selbst eine Affäre mit dem Gitarristen der Band gehabt.

»Ich werde es keinem erzählen«, versicherte sie leise, obwohl sie sich nicht sicher war, ob sie dieses Versprechen halten konnte. Wenn diese Affäre Konsequenzen hatte, von denen Tims Brüder wissen mussten, würde Maja nicht umhinkommen, zumindest Andeutungen zu machen.

»Inzwischen schon«, räumte Lauren ein und fuhr sich dabei über die Oberarme, als wäre ihr kalt.

»Eigentlich wollte ich ja abreisen und dachte, es wäre okay, so zum Abschied.«

Aber nach diesem einen Mal hatte Tim wohl seine Meinung geändert und sie nicht gehen lassen. Maja musste schlucken, weil ihr dieser Ablauf erschreckend vertraut vorkam. Sie hatte auch gedacht, sie müsste sich keine Gedanken wegen eines One-Night-Stands mit James machen, und nicht geahnt, welche Folgen das hatte.

Dennoch lächelte sie weiterhin. »Wahrscheinlich mag er dich wirklich«, versicherte sie so, dass es nach einer guten Nachricht klang, obwohl Majas Magen sich schmerzhaft verknotete und sie nicht sicher war, ob es gut für Lauren war, wenn Tim solche Gefühle haben sollte.

Lauren sah auf die Tischdecke. »Ich bin mir da nicht sicher, er benimmt sich nicht, als wollte er so etwas wie eine Beziehung.«

Auch das passte zu den Befürchtungen, die Maja hatte. Keiner der Brüder wollte eine Bindung eingehen, so wie James und Maja es getan hatten. Sie hatten sich bisher darüber geäußert, als wäre es eine Krankheit, und Bill hatte sogar davon gesprochen, seine fiktive unfreiwillige Partnerin gegen ihren Willen festzuhalten – genau das, was Tim nun offensichtlich tat.

Glücklicherweise war Lauren offenbar noch bereit, das Ganze zu ertragen, aber allmählich war wohl ihre Schmerzgrenze erreicht, das zeigte schon die Tatsache, dass sie sich rausgeschlichen hatte, um mit Maja zu sprechen.

»Die Jungs sind nicht unbedingt Beziehungsmenschen«, erklärte Maja lächelnd, weil sie sich nur zu gut an die vielen Diskussionen über ihre Beziehung mit James erinnerte – bevor die Brüder hatten einsehen müssen, dass diese Beziehung nicht mehr zu verhindern war.

»Ich auch nicht«, gestand Lauren, was Maja nicht allzu sehr verwunderte, schließlich reiste die Fotografin viel umher, wann sollte sie da schon eine Beziehung führen? Für sie war diese Bindung wahrscheinlich eine ähnlich schwerwiegende Katastrophe wie für Tim.

»Ich würde ja vielleicht mit Tim zusammen sein wollen«, fuhr sie fort, »wenn er mich nicht wie eine Gefangene behandeln würde. Außerdem ist da noch dieser Kerl.«

Maja schluckte erneut. Selbst, ohne dass Lauren die Wahrheit über Adrian wusste, schien sie instinktiv zu wissen, dass er gefährlich war.

»Hat Adrian dir etwas getan?«, hakte sie besorgt nach, obwohl sie schon ahnte, dass das für Adrian keinen Sinn ergeben würde.

Lauren schüttelte den Kopf. »Aber er und Tim flüstern ständig und schließen mich aus. Und jedes Mal, wenn Tim zur Probe oder zu einem Auftritt muss, besteht er darauf, dass ich bei Adrian bleibe.«

Lauren umklammerte ihren Kaffee, als wollte sie sich daran festhalten. »Weißt du, wer der Kerl ist?«, hakte sie leise nach und Maja schluckte schwer.

»Er ist James' Vater«, antwortete sie ehrlich, obwohl sie ahnte, dass das für Lauren nicht Antwort genug war. Sie würde sich zu Recht fragen, was er dann von Tim wollte. »Es ist kompliziert«, setzte sie entschuldigend hinzu.

»Er macht mir Angst«, wiederholte Lauren ernst und Maja konnte nur nicken. Und auch, wenn sie Lauren nicht einweihen konnte, war doch klar, dass sie Lauren helfen musste. Sie hatte es weder verdient, wie eine Gefangene behandelt zu werden, noch im Ungewissen zu bleiben. Sie musste die Wahrheit erfahren, falls sie tatsächlich eine lebenslange Bindung mit Tim eingegangen war, weil das ihr weiteres Leben prägen würde, auch wenn sie es nicht wollte.

»Wir sollten mit James reden, er kann vielleicht etwas bei Adrian und Tim erreichen.« Viel Hoffnung hatte Maja zwar nicht, doch auch bei allen anderen Unterfangen, würde es helfen, wenn er mit im Boot war. Sobald James hörte, was Lauren berichtete, würde er einsehen müssen, dass sie die Wahrheit verdiente.

Zudem könnte wohl kaum einer Tim besser zur Vernunft bringen, als James, der dasselbe durchgemacht hatte. Nur er konnte nachvollziehen, wie Tim sich fühlen musste, gerade frisch in diese Bindung gestürzt und vermutlich damit gänzlich überfordert. Es war sicher nicht gut, dass Tim nun ausgerechnet unter dem Einfluss von Adrian stand, dem sie alle nicht wirklich trauten.

Lauren nahm den ersten Schluck von ihrem Kaffee und nickte zögernd. »Ist vielleicht eine gute Idee. Hoffentlich hört Tim auf seine Freunde.«

Kurzentschlossen griff Maja nach Laurens Hand und drückte sie. »Bestimmt.« Doch auch, wenn es nicht der Fall sein sollte, musste sie einen anderen Weg finden, Laurens Probleme zu lösen.

Erschrocken realisierte Maja, dass Tim auf sie zukam. Er hatte sich offenbar ebenso hastig angezogen, wie Lauren – vor allem aber schien er wütend.

Maja drückte Laurens Hand noch einmal und setzte dann ein demonstratives Lächeln für Tim auf. Sie vertraute darauf, dass er sich schon allein wegen der vielen Zuschauer benehmen würde.

»Guten Morgen, willst du mit uns frühstücken?«, bot sie lächelnd an und erntete einen bösen Blick, bevor er sich direkt an Lauren wandte.

»Was machst du hier?«

Erneut umklammerte Lauren ihr Kaffeeglas, als bräuchte sie dieses zum Schutz und suchte scheinbar überfordert nach einer Antwort.

»Frauengespräche«, erwiderte Maja an Stelle der Fotografin mutig.

Tim funkelte sie zornig an und fasste Laurens Hand, die sich erstaunlich wenig gegen seinen Griff wehrte. Tim hatte wirklich Glück, dass sie scheinbar trotz seiner wenig charmanten Art immer noch Zuneigung empfand, wo Maja vermutlich längst die Flucht ergriffen hätte.

Aber bloß, weil Lauren sich nicht wehrte, bedeutete das nicht, dass Maja sie mir dieser Situation alleine lassen wollte. Lauren war verunsichert und suchte Hilfe, das machte deutlich, dass sich nicht wohlfühlte mit der Rolle, in die Tim sie drängte.

»Wusstest du, dass ich angeblich schwanger bin?«, platzte Maja heraus, um Tim abzulenken und zugleich auszutesten, ob er von dieser Lüge gewusst hatte.

Tim sah sie verwirrt und ratlos an. »Nein.« Immerhin schien er angestrengt nachzudenken, was gut war, weil er so seine Wut auf Lauren vergaß.

»Davon wollte ich Lauren erzählen, deshalb habe ich sie vorhin überredet, mit mir zu frühstücken«, log Maja und sah, dass Tim nun tatsächlich in Gedanken bei ganz anderen Fragen war, als bei Laurens Fluchtversuch.

»Darüber solltest du mit James sprechen.« Tim hatte also bisher nichts von der Pressekonferenz mitbekommen und scheinbar hatte Adrian ihm auch nichts von seiner Finte erzählt.

»Wie wäre es, wenn wir alle gemeinsam mit James sprechen.«, schlug Maja kurzentschlossen vor, als Tim sich besann und ansetzte, Lauren von ihrem Platz hochzuziehen.

»Das solltet ihr besser unter euch ausmachen«, lehnte er tonlos ab.

Maja biss sich einmal auf die Lippe und erhob sich dann entschlossen, als Lauren aufstand. »Ich denke, solche Dinge gehen uns alle an, und ich habe den Eindruck, du hast uns auch etwas zu sagen.« Sie konnte mitten in einem öffentlichen Raum nicht einfach damit herausplatzen, dass Tim mit seinen Brüdern über seine übernatürliche Bindung mit Lauren sprechen sollte. Aber sie vertraute darauf, dass

Tim wusste, worauf sie anspielte. Er musste ja selbst bemerkt haben, was zwischen ihm und Lauren vor sich ging, wenn er sie kaum noch aus den Augen ließ.

»Kümmer dich um deinen Kram!«, kam die wenig verständnisvolle Antwort von Tim, wobei er sich samt Lauren bereits zum Gehen wandte.

Maja sah sich nervös im Saal um. Sie wollte ihn nicht einfach mit Lauren ziehen lassen, andererseits wollte sie keinen öffentlichen Streit.»Was auch immer los ist, wir müssen drüber reden!«, beharrte sie gerade so laut, dass er sie hörte, ohne dass es alle Welt hörte.

Er warf ihr einen kalten Blick über die Schulter zu. »Haben wir im Grunde nicht schon oft über dieses Thema geredet, ohne dass sich etwas geändert hat?«, widersprach er und gestand damit ein, dass er sich in derselben Situation sah, wie James vor einem halben Jahr.

Allerdings war James nie auf die Idee gekommen, Maja gewaltsam zum Bleiben zu zwingen.

Maja wollte ansetzen, ihn zurückzuhalten, doch Lauren schüttelte den Kopf, obwohl sie wissen musste, dass Tim sie wieder zurück in ihr Gefängnis schleppen würde.

Offenbar empfand sie für ihn so viel Zuneigung, dass sie immer noch bereit war, ihm zu folgen. Maja hätte gerne geglaubt, dass so eine wunderschöne Liebesgeschichte begann, aber sie verspürte vielmehr das Bedürfnis, Lauren schnellstmöglich zu befreien. Sie hatte das nicht verdient, egal wie sehr sie Tim liebte.

Allerdings würde sie das nicht alleine und nicht in der Öffentlichkeit tun. Sie brauchte Unterstützung, bevorzugt von James, wenn es nicht anders ging auch von der Polizei.

Lauren ging schweigend neben Tim, ohne sich über seinen Auftritt zu beschweren oder gegen den kraftvollen Griff um ihren Arm zu wehren. Sie waren immer noch in der Öffentlichkeit und sein Verhalten musste ohnehin schon einen merkwürdigen Eindruck hinterlassen. Wenn sie nun noch den Anschein erweckte, dass sie nicht mit ihm gehen wollte, würde möglicherweise wirklich jemand die Polizei rufen und die Angelegenheit könnte Tim den Rest seines Lebens verfolgen, weil die Fehltritte von Rockstars sich so klischeehaft gut in den Schlagzeilen machten.

Lauren ging mit ihm widerstandslos bis zum Aufzug, in dessen Abgeschiedenheit sie sich umso entschlossener von ihm losriss. »Das wäre nicht nötig gewesen!«, verkündete sie mit Bestimmtheit.

»Du hast dich rausgeschlichen, während ich geschlafen habe! Was dachtest du denn, was ich da tue?« Tim fuhr sich nervös durch die wirren Haare.

»Ausschlafen und warten, bis ich zurückkomme!«

Tim schüttelte den Kopf. »Du wärst nicht zurückgekommen. Maja hätte das verhindert, weil sie überzeugt davon ist, dass ich dich in Gefahr bringe.«

Möglicherweise hatte er Recht, das konnte Lauren gar nicht bestreiten. Sie war ja selbst nicht sicher, ob sie wirklich zu ihm zurückgegangen wäre, wenn er ihr diese Entscheidung nicht abgenommen hätte. Und eigentlich sollte Majas offensichtliches Misstrauen Tim selbst zu denken geben, schließlich gehörte sie zu dem Umfeld, mit dem er sich täglich umgab und hatte wahrscheinlich mehr Verständnis für ihn als Außenstehende. Wenn sie sein Verhalten problematisch fand, dann musste er doch auch einsehen, dass er sich falsch verhielt.

Lauren schluckte und verschränkte die Arme fest vor der Brust. »Findest du nicht, du solltest dein Verhalten überdenken, wenn sogar Maja als deine Freundin misstrauisch wird?«

Die Aufzugtüren öffneten sich wie erwartet im zehnten Stock und Lauren folgte Tim zurück in seine Suite.

Natürlich bekam sie keine Antwort. Tim wollte sich vor ihr genauso wenig rechtfertigen wie vor Maja. Aber im Gegenteil zu Maja hatte Lauren ein persönliches Interesse daran, Tim zu verstehen.

Erneut schweigend betrat sie neben ihm die Suite. Nun sah er offenbar wenigstens ein, dass er sie nicht wie eine Gefangene abführen musste, selbst wenn sie für ihn wirklich eine Gefangene sein sollte.

»Ich kann so nicht ewig weitermachen!«, herrschte Lauren ihn an. »Ich will wissen, was das alles soll, und so geht es zweifellos auch deinen Freunden! Du kannst nicht immer alles für dich behalten!«

Tim ließ sich schwer auf das Sofa fallen und sah aus dem Fenster, statt zu ihr, obwohl ihm klar sein musste, dass er sich diesem Gespräch nicht entziehen konnte.

»Sollst du ja auch nicht, nur so lange, wie es eben sein muss. So lange musst du mir vertrauen. Das ist auch zu deinem Besten.«

Lauren blieb in einiger Entfernung zu ihm stehen und stemmte die Hände in die Seiten, um ihrer Forderung mehr Nachdruck zu verleihen. »Ich kann selbst entscheiden, was zu meinem Besten ist. Das wirst du respektieren müssen, wenn ich bei dir bleiben soll.«

Tim wandte sich ihr langsam zu mit einem eher genervten als nachdenklichen Blick.

Lauren versuchte, sich noch ein paar Zentimeter größer zu machen.

»Du wirst mich nicht mehr hier halten können, wenn ich es nicht zulasse!«, verkündete sie selbstbewusst, im Vertrauen darauf, dass jemand die Polizei verständigte, falls sie irgendwann um Hilfe rief. Zudem konnte Tim sich nicht wochenlang verschanzen, er war schließlich auf Tour und hatte Termine wahrzunehmen.

Er maß sie mit einem langen Blick. »Du würdest mich wirklich verlassen, obwohl du weißt, wie sehr ich dich brauche?«

Lauren musste schlucken. Sie wollte ihn nicht verlassen, ganz gleich, ob er sie nun so sehr brauchte, wie er vorgab. Aber nüchtern betrachtet, wusste sie nicht einmal, was er mit diesem ‚brauchen‘ meinte. Brauchte er ihre Gegenwart? Ihren Beistand? Hatte er Sorgen, die er nur ihr anvertrauen konnte?

Lauren schluckte. »Ich weiß ja nicht einmal, ob du mich brauchst oder ob du das nur sagst, um mich unter Kontrolle zu halten!« Allerdings hoffte sie, dass es nicht so war, dass Tim sich nicht derart berechnend verhielt, aber bisher hatte sie keine Möglichkeit wirklich nachzuvollziehen, was an diesem ‚Brauchen‘ dran war. Bei ihm klang es beinahe, als wäre er körperlich auf sie angewiesen, doch Lauren wusste keinen logischen Grund, weshalb das der Fall sein sollte. Auch die Zeiten, in denen er ihr seine Gedanken anvertraut hatte, vorbei schienen, seit Adrian aufgetaucht war. Und egal, was sie nun für ihn empfand, sie würde nicht bei ihm bleiben, wenn sie für ihn nicht mehr als ein Sexobjekt war. Er hatte zwar nie von der großen Liebe gesprochen, aber immerhin hatte er ihr anfangs das Gefühl gegeben, er wüsste sie als Gesprächspartnerin zu schätzen.

»Was denkst du, warum ich mir so etwas ausdenken sollte? Meinst du nicht, dass mir diese Situation genauso unangenehm ist?«

Wieder musste sie schlucken, eigentlich hatte sie gehofft, dass er nichts zu klagen hatte, wenn sie ohnehin schon all seine Marotten erduldete.

»Seit du unter dem Einfluss von diesem Adrian stehst, weiß ich nicht mehr, was ich über dich denken soll!«, platzte sie ehrlich heraus, obwohl sie nicht damit rechnete, dass

Tim Verständnis für diese Beschwerde hatte. Falls er ihre Meinung überhaupt zur Kenntnis nahm.

»Sei lieber froh, dass ich nicht tue, was Adrian will!«, konterte Tim erschreckend ernst. »Das wäre erst recht nicht zu deinem Vorteil.«

Lauren zuckte erschrocken zusammen. Was sollte sie aus Tims Worten schließen? Dass Adrian sie einsperren wollte?

Warum sollte er das tun? Was für ein Interesse hatte er an ihrem Verhältnis mit Tim?

»Was will er überhaupt von dir? Ich dachte, er wäre James' Vater. Warum mischt er dich dann in deine Angelegenheiten ein? Und warum lässt du das auch noch zu?«

Tim zuckte gelassen mit den Schultern. »Adrian ist ein sehr erfahrener Mann. Ich habe ihn um Hilfe gebeten bei Dingen, von denen er mehr versteht als ich.«

Nein, auch das ergab keinen Sinn. Zumindest nicht mit den Informationen, die sie hatte. Zweifellos verheimlichte Tim ihr immer noch Dinge und möglicherweise hatte selbst Maja nicht die ganze Wahrheit gesagt. Wusste sie vielleicht mehr über Adrian, als sie gesagt hatte? Immerhin war er James' Vater.

»Ich denke nicht, dass er einen guten Einfluss auf dich hat. Seit er aufgetaucht ist, benimmst du dich wie ein Krimineller und sprichst kaum noch mit mir.«

Tim winkte ab. »Glaub mir, was ich dir sagen könnte, willst du nicht hören. Manchmal ist Unwissenheit ein Segen.«

Obwohl Lauren ahnte, dass Tim wirklich Geheimnisse hatte, die ihr noch mehr Angst machen würden als sein unverständliches Verhalten, schüttelte sie den Kopf. »Ich will die Wahrheit wissen und wenn du die mir nicht verrätst, kann ich nicht länger bei dir bleiben!«

Tim lachte bitter und schüttelte den Kopf. »Dann frag doch Adrian, der ist quasi Experte. Er wird es dir gerne erklären, vermutlich unmittelbar, bevor er dich umbringt.«

Lauren starrte ihn fassungslos an, weil sie darauf wartete, dass er diese Worte zurücknahm oder zumindest relativierte, aber Tim tat nichts dergleichen. Er wandte sich lediglich ab und griff nach seinem Handy. Lauren wanderte langsam ins Schlafzimmer, um etwas Distanz zwischen sich und Tim zu bringen.

Eigentlich hatte weder Adrian noch Tim einen Grund ihr etwas anzutun. Sie verhielt sich als Gefangene doch ziemlich vorbildlich, sogar Tim hatte ja zugegeben, dass sie Gelegenheiten zur Flucht ungenutzt hatte verstreichen lassen. Andererseits klang Tim nicht, als hätte er einen unangemessenen Scherz gemacht oder als hätte er überreagiert. Es wirkte, als glaubte er, was er gesagt hatte, und das machte Lauren mehr Angst als seine Worte an sich.

Wenngleich sie nicht wusste, warum Adrian ihr etwas antun sollte, traute sie es ihm zu.

»Ich will dich nur beschützen«, setzte Tim leise hinzu, bevor er mit dem Handy in der Hand die Suite verließ.

Lauren fiel rücklings auf die Matratze und schloss die Augen. War sie mit ihrer morgendlichen Flucht zu Maja vielleicht zu weit gegangen? Hatte sie damit den letzten Funken Anstand in Tim vernichtet? Wenn Adrian tatsächlich in Betracht zog, ihr etwas anzutun, spielte es doch keine Rolle, welche Gründe er dafür hatte. Lauren musste sich in Sicherheit bringen, bevor einer der beiden diese Drohungen wahrmachte.

Maja ließ sich schwer neben ihn fallen und James realisierte genervt, dass sie vollständig angezogen war und offenbar schon eine ganze Weile auf den Beinen, während er wie ein Stein geschlafen hatte.

»Wie spät ist es?«, murmelte er, wobei er nach seinem Handy tastete, um die Uhrzeit selbst herauszufinden. Natürlich hatten sie keinen Grund, sich über die Zeit zu sorgen. Diesen Tag hatten sie frei, bis auf eine Begehung des Konzertorts für den nächsten Auftritt. Ein Termin, den James auch bedenkenlos versäumen könnte. Wozu hatten sie schließlich Ray?

»Kurz nach acht.«

Müde blinzelte er Maja an. »Warum bist du um kurz nach acht schon angezogen?«

Er war es gewohnt, dass sie mindestens genauso lange schlief wie er. Er konnte sich kaum vorstellen, dass sie früher jeden Morgen um diese Zeit bereits im Büro gesessen hatte, das unregelmäßige Bandleben schien ihr doch viel mehr zu liegen. Zumindest seit sie ihr Bedürfnis nach einem Job überwunden und sich damit arrangiert hatte, dass sie Teil der Band war, ohne auf der Bühne zu stehen.

»Ich habe mich mit Lauren unterhalten.«

Als hätte sie ihm einen Eimer kaltes Wasser ins Gesicht geschüttet, schreckte James hoch und war mit einem Schlag hell wach.

»Wann?« Er setzte sich kerzengerade hin und starrte sie erstaunt an. Hatte Maja etwa in aller Frühe bei Tim geklopft und Lauren irgendwie alleine angetroffen?

Er hatte nicht einmal damit gerechnet, dass sie so etwas vorhatte und wenn er es gewusst hätte, hätte er sie davon abgehalten, weil Tim im Moment vollkommen unberechenbar war.

»Sie hat sich wohl rausgeschlichen, als Tim geschlafen hat. Wir haben zusammen Kaffee getrunken, bis Tim kam.« Majas Worte bestätigten bereits, wie James bereits befürchtet hatte, dass Tim und Lauren eine Affäre hatten. Es ergab zwar eigentlich keinen Sinn, weil Tim vorgegeben hatte, er müsste Lauren vor Bill schützen, aber Majas Worte waren eindeutig. Warum sonst, sollte Lauren sich davon schleichen, während Tim schlief?

»Und was hast du von ihr erfahren?«

Wirklich sagen musste sie es eigentlich gar nicht. James war bereits klar, was Maja herausgefunden hatte. Wenn Tim eine Affäre mit Lauren hatte und sie ständig bewachte, war es kaum noch zu bestreiten, dass er wohl eine Verbindung mit ihr eingegangen sein musste.

»Zwischen Lauren und Tim läuft etwas«, bestätigte Maja besorgt. »Und Lauren hat angedeutet, dass Tim sie von der Abreise abgehalten hat. Ich denke, die beiden haben eine ähnliche Verbindung wie wir.«

James seufzte frustriert. »Nur offenbar etwas weniger harmonisch, wenn er sie einsperren muss.« Da seine Schläfrigkeit nun endgültig verflogen war, erhob James sich aus dem Bett und zerrte aus seinem chaotischen Koffer Jeans und Shirt hervor.

»Und offensichtlich verbringt Tim viel Zeit mit Adrian«, fügte Maja ernst hinzu, obwohl James sich darüber ohnehin im Klaren war.

Er fuhr sich einmal durch sein wirres Haar und band sich mit dem einem Haargummi schnell einen halbwegs ordentlichen Zopf. »Hatten wir ja schon vermutet. Leider weiß Lauren wohl auch nicht, was die beiden aushecken.«

Maja saß immer noch auf der Bettkante und zog nachdenklich ein Bein an, um das Kinn darauf zu legen. »Nein«, bestätigte sie leise, »aber sie hat Angst.«

James erstarrte erneut und sah Maja an. Für ihn selbst hatte Lauren keine große Bedeutung, er sorgte sich eher, was Adrian und Tim zusammenhielt oder was für Folgen das für ihn und seine Brüder haben würde. Lauren war für ihn in der ganzen Angelegenheit eher eine Randnotiz, bestenfalls eine Informationsquelle, allerdings hörte er aus

Majas Stimme ernsthafte Sorge. Viel Zeit hatten die zwei Frauen zwar nicht miteinander verbracht, aber irgendeine Form von Freundschaft schien in dieser Zeit entstanden zu sein. Diese bedeutete Maja möglicherweise umso mehr, weil Lauren nun auch noch ihr Schicksal teilte.

James ging langsam auf sie zu und legte ihr tröstend eine Hand an die Wange. »Vielleicht kann ich etwas erreichen, wenn ich nochmal mit Tim spreche, immerhin kann ich am besten nachvollziehen, was er durchmacht.«

Allerdings hatte James diese Dinge mit sich alleine ausgemacht, ohne den zweifelhaften Einfluss von Adrian, wenngleich er damals für jeden Beistand dankbar gewesen wäre. Inzwischen ahnte er, dass es ein Segen für ihn und Maja war, dass Adrian keine Gelegenheit gehabt hatte, Ratschläge zu geben, denn bei Adrian schien er alles zu verkomplizieren.

»Ich habe Tim gebeten, mitzukommen und mit dir zu sprechen, aber er wollte nichts davon hören.«

James setzte sich dicht neben sie, legte einen Arm um Majas Schultern und zog sie eng an sich. »Ich werde ihn schon zum Reden bringen.« Er drückte ihr einen Kuss auf den Scheitel. »Wahrscheinlich ist es sogar besser, wenn wir auch Bill mitnehmen.« Zumal Bill zu Beziehungen eine ähnliche Einstellung hatte wie Tim, daher konnte er vielleicht die richtigen Worte finden, um Tims Aufmerksamkeit zu gewinnen.

»Du musst dir keine Sorgen um Lauren machen, wenn deine Vermutung zutrifft, ist Tim auf sie angewiesen, also wird er sie gut behandeln.« Deshalb machte James sich auch nicht wirklich Sorgen um die Fotografin, Tim konnte ihr gar nichts antun, ohne sich selbst zu schaden.

Ganz unbestreitbar hatte Tim diese Verbindung nicht gewollt. Das war etwas anderes als bei Maja und James, denn er hatte schnell begriffen, dass er eine Beziehung mit

Maja wollte. Vom ersten Blickkontakt an, hatte sie ihm irgendetwas gegeben, das er nie mehr missen wollte, obwohl er nicht einmal benennen konnte, was es war.

8. KAPITEL

Maja entdeckte Bill und James bereits, als sie sich dem privaten Frühstücksraum näherte, blieb aber zögernd stehen. James hatte sie gebeten, ihm einige Minuten Vorsprung zu lassen, damit er ein paar Worte von Bruder zu Bruder mit Bill wechseln konnte. Es hätte keinen Sinn zu leugnen, dass Bill wenig begeistert wäre, wenn Maja bei diesem Gespräch dabei wäre. Bill war noch nie glücklich über ihre Anwesenheit gewesen und es würde vermutlich noch lange dauern, bis sich daran etwas änderte. Eigentlich hatte Maja keine Lust auf einen Streit mit Bill, trotzdem hatte sie auch ernste Zweifel, ob sie dieses Gespräch wirklich James alleine überlassen konnte.

Im Moment setzte er andere Prioritäten als sie. James wollte in erster Linie Tim helfen und fühlte sich gleichzeitig scheinbar immer noch auch Adrians verpflichtet.

Maja dagegen sorgte sich vor allem um Lauren, die nicht einmal ahnte, in welcher ernsten Lage sie war. Sie glaubte wohl einfach an eine schwierige Beziehung mit Tim, ihr war nicht klar, dass es auch um ihre Gesundheit ging. Aber Maja würde sie nicht im Stich lassen, wenn James schon keinen Wert auf Laurens Schicksal legte, würde Maja sich eben umso mehr für die Fotografin einsetzen.

»Maja, warte!«, fing sie plötzlich Ray ab, bevor sie sich doch entscheiden konnte, James und Bill zu stören. Aber natürlich hatte James den Manager gehört, er warf ihr einen prüfenden Blick zu, bevor er sich weiter mit Bill unterhielt.

»Stimmt es, was da gestern gesagt wurde? Bist du schwanger?«, platzte der Manager hörbar nervös heraus. Vielleicht sorgte er sich darum, wie diese befürchtete Schwangerschaft sich auf die letzten Etappen der Tour auswirken würde.

Maja lächelte betreten. »Nein, es ist nur ein Missverständnis gewesen, wir müssen das möglichst bald richtigstellen.«

Sie sah in Rays Gesicht eine Welle der Erleichterung, schon bevor er nickte. Er konnt ja nicht wissen, wie sehr es sie schmerzte, das auszusprechen, weil sie ahnte, dass sie nie ein Kind bekommen würde.

»Gut«, er lächelte, »aber wir müssen über diesen Mann reden, der sich als James' Vater vorgestellt hat.«

Maja maß den Manager mit einem langen Blick. Bisher hatte er sich kaum in diese Angelegenheiten eingemischt, lediglich geholfen, wenn James darum bat. Es kam daher unerwartet, dass er sich nun so bestimmt einbringen wollte.

Zögernd nickte Maja und führte den Manager zu Bill und James, deren Gespräch von einer Sekunde zur andern erstarb, als sie den Manager näher kommen sahen. Obwohl er seit Jahre Bestandteil ihres Lebens war, hatten sie ihm ihr Geheimnis nie anvertraut und vermieden es auch, ihm Einblick in die Streitereien innerhalb der Band zu gewähren.

James und Bill rückten mit ihren Stühlen zur Seite, sodass Ray und Maja sich zu ihnen setzen konnten.

Die beiden Brüder sahen ihn verwirrt an, offensichtlich unschlüssig darüber, wie sie ihn loswerden sollten, weil sie ihr unterbrochenes Gespräch fortsetzen wollten.

»Dieser Mann«, begann Ray sachlich, »Adrian, der sich als dein Vater präsentiert, ist nicht der, der er vorgibt zu sein.«

James und Bill musterten Ray nachdenklich und immer noch nicht wirklich interessiert an seiner Meinung. »Ich denke schon, dass er mein Vater ist«, antwortete James voller Überzeugung. Bisher hatte auch Maja keine Zweifel daran, dass Adrian tatsächlich der Vater der Brüder war, das war vermutlich der einzige Teil seiner Geschichte, den sie nicht in Frage stellte.

Ray faltete nachdenklich die Hände, fast als wollte er beten. »Ich meinte auch nicht, dass er nicht dein Vater ist, und natürlich genauso der Vater von Tim, Bill, Charlie und Mike«, antwortete Ray kühl, als wäre es nicht das erste Mal, dass er durchblicken ließ, dass er von ihrer Verwandtschaft wusste. Vermutlich sollte es sie alle eigentlich nicht überraschen, schließlich hatte Ray seit fast einem Jahrzehnt täglich mit ihnen zu tun und hatte sicher den einen oder anderen Hinweis auf ihre Familienbande gefunden.

James nickte, statt diese Enthüllung zu kommentieren.

»Aber ich bezweifle, dass er euch in irgendeiner Weise helfen kann. Im Gegenteil, ich befürchte, dass er versucht, euch zu spalten. Ihr könnt nicht bestreiten, dass die Spannungen zwischen euch jeden Tag größer werden.«

Maja schluckte schwer und sah erwartungsvoll zu James und Bill.

»Ich denke, das sind Angelegenheiten, von denen du zu wenig weißt«, erklärte Bill schließlich zögernd.

Obwohl sie Ray bisher bewusst nie ins Vertrauen gezogen hatten, gehörte er doch irgendwie zur Familie, ohne tatsächlich dazu zu gehören. Ihn so offen in seine Schranken zu weisen, fiel sicher auch Bill nicht leicht.

Ray fuhr sich einmal nervös mit der Hand über die Glatze. »Ich weiß vielleicht nicht dieselben Dinge wie ihr, aber ich weiß andere Dinge, die ihr nicht wisst.«

Maja griff nervös nach James' Hand, obwohl sie nicht wusste, ob sie damit sich oder ihn beruhigen wollte. Er drückte ihre Finger und umschloss sie fest. In seiner Miene sah Maja seine Wut, weil das geplante Gespräch mit Bill gestört worden war, jedoch auch Neugier auf das, was Ray zu wissen glaubte.

»Nimm es mir nicht übel, Ray«, begann Bill herablassend, »aber ich fürchte, von unseren Familienproblemen verstehst du relativ wenig.«

Ray seufzte. »Es sind nicht nur die Probleme eurer Familie. Diejenigen, die Adrian erschaffen haben, sind sehr besorgt darüber, wie sich seine Kinder entwickeln.«

James und Bill versteiften sich, als sie realisierten, dass Ray nicht nur über ihre Familienbande im Bilde war, sondern offenbar auch über ihre anderen Geheimnisse.

Maja fand als Erste ihre Sprache wieder, vielleicht weil sie Ray noch nicht so lange kannte und weil es nicht ihre Geheimnisse waren, die er so einfach ausplauderte. »Was weißt du darüber?«

Ray lehnte sich zurück und zuckte mit den Schultern. »Nur, was ich wissen muss.«

Der Manager warf einen prüfenden Blick über die Schulter, als wollte er sich nun auch gegen Zuhörer absichern.

Tatsächlich kam gerade ein Kellner, der Bill und James mit Kaffee versorgte und die Wünsche von Maja und Ray aufnahm. Eigentlich war Maja nicht danach, etwas zu essen oder zu trinken, aber um den Schein eines normalen Frühstücks zu wahren, bestellte auch sie einen Kaffee. Dabei hatte sie schon den Kaffee zuvor mit Lauren nahezu unberührt stehen lassen. Und dieses Gespräch versprach mindestens genauso aufwühlend zu werden, allerdings machte Maja sich keineswegs Hoffnung, dass Ray unerwartet die Lösung all ihrer Probleme präsentieren würde.

»Und was ist das, was du wissen musst?«, platzte nun Bill unüberhörbar gereizt heraus.

Ray musterte ihn nachdenklich, als wäre er sich nicht sicher, was er verraten konnte und sollte.

Maja seufzte laut. »Ray, es ist wichtig, dass wir endlich alles erfahren, nicht nur die InformationsHäppchen, die Adrian uns hinwirft.«

Der Manager maß sie mit einem ernsten Blick und schlagartig fragte sie sich, ob er die wahren Hintergründe ihrer Beziehung zu James kannte.

Schließlich nickte er. »Ich weiß wohl auch nur Bruchstücke«, gab er zögernd zu. »Ich wurde damit beauftragt, auf euch aufzupassen und zu berichten, damit sie rechtzeitig eingreifen können, wenn ihr euch ähnlich problematisch entwickelt wie Adrian. Ich weiß nur, dass er wohl eine Art Experiment war, das sich irgendwie verselbstständigt hat. Irgendwann stellte sich heraus, dass Adrian Kinder hat, und es wurde beschlossen, euch unbehelligt zu lassen, so lange es möglich ist.«

Maja nickte, nicht etwa weil sie verstand, was er da erklärte, sondern weil sie es gehört hatte.

»Wer sind ‚sie‘?«, bohrte James nach, während er Majas Hand fester umschloss.

Ray zögerte erneut. »Mächtige Leute, die sich auf irgendeine uralte Magie verstehen, die wiederum für Leute arbeiten, die wohl eher politische Macht haben.«

Entweder wusste Ray nichts Genaueres oder er wagte es nicht, mehr zu sagen, obwohl er von sich aus das Gespräch gesucht hatte. Und das hätte er nicht tun müssen, keiner von ihnen wäre auf die Idee gekommen, dass der Manager etwas über ihre Herkunft wissen könnte.

»Die Leute, die Adrian geschaffen haben?«, hakte Bill ernst nach.

Ray nickte und nahm bereitwillig seinen Kaffee von einem Kellner entgegen, der mit seinem Erscheinen erneut das Gespräch für einen Augenblick unterbrach.

James lehnte sich entschlossen vor. »Adrian sagt, dass diese Leute unsere Mutter entführt haben.«

Ray hielt Bills und James prüfenden Blicken mühelos stand und überlegte kurz. »Darüber weiß ich nichts. Aber ich kann sie bitten, sich mit euch zu treffen und die Situation zu erklären.«

Bill gab ein verächtliches Schnauben von sich. »Warum sollten sie das tun, nachdem sie uns jahrelang im Dunkeln tappen lassen haben. Wenn sie uns helfen wollten, hätten sie das längst tun können.«

Ray seufzte. »Ich weiß nicht, warum sie das bisher nicht getan haben. Vielleicht gab es keinen Grund dazu.«

Bill schüttelte verärgert den Kopf. »Spätestens nach der Sache mit Maja und James wäre es höchste Zeit, dass sie sich melden. Aber wir hören erst ihnen, weil sie eigentlich Adrian wollen. Wir sind denen doch egal! Für die spielt es keine Rolle, ob James und Maja an dieser dämlichen Verbindung zu Grunde gehen.«

Ray wurde bleich und sah betroffen zu Maja, die den Blick hastig abwandte, obwohl sie sich für nichts schämen musste. Doch wenn Ray den Auftrag hatte, die Brüder zu beobachten, wusste er sicher längst, dass sie nicht nur verliebt waren. Aber offenbar war es für Ray und seine Auftraggeber vertretbar, sie ihrem Schicksal zu überlassen.

»Ich denke nicht, dass es ihnen egal wäre, wenn einem von euch Gefahr droht. Mir haben sie zu verstehen gegeben, dass diese Verbindung kein Grund zur Sorge ist.«

Also hatte er sich ganz offensichtlich längst mit den Magiern über die Verbindung ausgetauscht, alles ohne, dass einer von ihnen etwas geahnt hatte. Als wären sie alle Laborratten, deren Leben beobachtet und analysiert wurde, ohne dass einer ihnen erklärte, was vorging und was mit ihnen geschehen würde.

»James wäre beinahe gestorben!«, platzte Bill wütend heraus und offenbarte damit, wie aufwühlend die Situationen für ihn war. Maja hatte damals nicht verstanden, wie sehr James' Brüder sich sorgten und welche Ängste sie ausstehen mussten. War vielleicht einer der Gründe, dass

Bill so schlecht mit ihr umgehen konnte, dass er ihr die Schuld an James' Beinahe-Tod gab? Es wäre zwar nicht gerecht, weil sie genauso wenig wie er geahnt hatte, welche Konsequenzen ihre damalige Trennung haben würde, aber sie könnte seine Gefühle zumindest nachvollziehen.

»Ray kann auch nichts dafür«, beschwichtigte Maja zögernd, weil der Manager nur betreten schwieg.

Bill schnaubte erneut. »Er hätte uns längst informieren können, schon bevor Adrian hier auftaucht, Menschen umbringt und wer-weiß-was ausheckt!«

Leider konnte Maja dem nichts entgegensetzen.

»Es war nicht anzunehmen, dass Adrian sich an euch wenden würde. Er hat schließlich in den vergangenen Jahren kein Interesse an seinen Kindern gezeigt.«

James nickte nachdenklich. »Also geht es euch wirklich nur darum, dass wir euch Adrian ausliefern, oder? Ganz so wie, er es behauptet hat.«

Ray zögerte kurz. »Ich weiß nur, dass Adrian gefährlich ist und ich ihn von euch fernhalten sollte.«

Maja verzichtete darauf, Ray zu sagen, dass er da wohl versagt hatte, immerhin hatte Adrian nun schon fast eine Woche lang die Band begleitet und Unruhe gestiftet.

»Adrian sagt, dass die Magier unsere Mutter verschleppt haben. Das spricht nicht gerade dafür, dass wir diesen Leuten und dir vertrauen können«, stellte James ernst fest.

Ray seufzte. »Ich weiß nichts darüber und wüsste auch nicht, warum sich jemand an eurer Mutter vergreifen sollte. Sie spielte nie eine Rolle. Aber ich kann euch sicher ein Treffen mit den Magiern verschaffen, sodass ihr eure Fragen stellen könnt.«

Bill schüttelte erneut den Kopf. »Und dann sperren sie uns genauso ein wie früher Adrian!«

James nickte zustimmend, Maja indes glaubte nicht daran. Wenn diese Leute so mächtig waren und noch mächtigere Auftraggeber hatten, dann hätten sie mit Sicherheit die Brüder längst verschleppen können, wenn sie das wollten. Wahrscheinlich war es für sie spannender, zu sehen, wie sie sich in der Welt zwischen den normalen Menschen durchschlugen.

»Ich denke nicht, dass jemand euch etwas tun will, und es ist in unser aller Interesse, dass man Adrian unter Kontrolle bringt.« Ray klang ernst und schien keinerlei Zweifel daran zu haben.

Bill lehnte sich kampflustig vor. »Warum? Was hat er getan, dass man ihn unbedingt einsperren muss? Was ist an ihm so viel anders als an uns?«

Ray zuckte erneut mit den Schultern. »Das weiß ich nicht.«

»Was weißt du eigentlich?«, knurrte Bill zornig. »Du bist nichts als eine Marionette, die tut, was auch immer diese Kerle befehlen, ohne Fragen zu stellen! Und wir sollen dir vertrauen?«

Maja konnte Ray ansehen, wie sehr ihn dieser Vorwurf verletzte. Obwohl Bills Anschuldigungen nicht gänzlich aus der Luft gegriffen waren, hatte Ray sie doch so viele Jahre treu begleitet und sich um ihr Wohlergehen bemüht, dass er eigentlich ein Mindestmaß an Vertrauen verdiente.

Zumindest vertraute Maja ihm immer noch mehr als Adrian und sie konnte es Ray auch nicht vorwerfen, dass er ihnen nicht von Anfang an die Wahrheit gesagt hatte. Letztlich hatte ihre Unwissenheit den Brüdern wahrscheinlich ein friedlicheres Leben beschert, als wenn sie gewusst hätten, dass sie unter Beobachtung standen.

»Wenn ihr die Magier trefft und ihnen eure Fragen stellt, werden sie euch sicher Antworten geben«, wiederholte Ray voller Überzeugung, obwohl er doch selbst von diesen Leuten offenbar immer nur die nötigsten Informationen bekommen hatte.

Bill winkte genervt ab und James fuhr sich einmal angestrengt durch die Haare. »Wir werden das mit unseren Brüdern besprechen«, entschied er schließlich überraschend vernünftig, nachdem er so lange geschwiegen hatte und obwohl Maja eigentlich eher mit einem Wutausbruch gerechnet hatte.

»Tut das.« Offenbar interpretierte Ray James' Worte als Aufforderung, zu gehen, und erhob sich. »Ich werde sie nun auf jeden Fall darüber informieren, dass Adrian hier ist und versucht, euch zu beeinflussen.«

Maja hätte ihm am liebsten aufgetragen, auch gleich von der Verbindung zwischen Lauren und Tim zu erzählen, in der Hoffnung, dass zumindest die Magier daran interessiert waren, Lauren zu helfen. Aber ihr war klar, dass sie Bill und James verärgern würde, wenn sie Ray nun diese neue Information anvertraute, bevor sie in der Runde der Brüder diskutiert worden war. Möglicherweise wusste Ray ohnehin längst über Tim und Lauren Bescheid, er schien ja eine gewisse Beobachtungsgabe mitzubringen.

Ray ging, ohne dass einer von ihnen ihn zurückhielt, und James rührte schweigend in seinem Kaffee. Maja knabberte halbherzig an einer Scheibe Toast, weil sie ahnte, dass die kommenden Diskussionen mit leerem Magen noch anstrengender werden würden.

»Ich schreibe den anderen, dass wir uns bei mir treffen«, verkündete Bill, als er geschäftig sein Handy zückte, und begann zu tippen, ohne auf Zustimmung zu warten.

James nickte wie betäubt. »Glaubst du, Ray sagt die Wahrheit?« Er sah unsicher zu Bill.

Der zuckte mit den Schultern. »Lass uns das besser mit den anderen gemeinsam diskutieren.«

Allerdings glaubte Maja nicht, dass sie in der großen Runde eine aufschlussreiche Unterhaltung führen konnten, die Brüdern konnte sich ja schon nicht einigen, wie mit

Adrian umzugehen war, warum sollte es bei Ray anders sein?

Keine halbe Stunde später hatten sich tatsächlich alle Bandmitglieder in Bills Suite versammelt, verteilt auf zwei große Sofas um einen Tisch voller Softdrinks aus der Minibar. Bill fasste kurz zusammen, was Ray ihnen offenbart hatte, und alle hörten sich diese Geschichte schweigend an.

James hielt Maja auf seinem Schoss fest und sie lehnte ihren Rücken an seine Brust, sodass sie seine Anspannung ständig spürte. Vermutlich schwieg er nur, um die Reaktionen seiner Brüder nicht zu beeinflussen. Auch Bill hatte sich bisher bemüht, neutral zu sprechen.

»Was denkt ihr?«, fragte Bill schließlich in die Runde, als keiner von sich aus das Wort ergriff, obwohl die Spannung spürbar in der Luft lag.

Tim, der tatsächlich ohne Diskussionen zu diesem Treffen erschienen war, richtete sich langsam auf und maß sie alle mit einem langen Blick. »Adrian traut diesen Leuten nicht und er hat wahrscheinlich guten Grund dazu. Dass Ray uns seine Rolle in dieser Geschichte bisher verheimlicht hat, spricht nicht gerade für ihn.«

Maja schluckte kurz. »Aber im Gegensatz zu Adrian ist Ray seit vielen Jahren Teil eures Lebens und ihr wisst, was ihr an ihm habt.« Zumindest sagte Maja ihr Bauchgefühl, dass sie ihm vertrauen konnten. Wenn sie weder Adrian noch Ray trauten, würden sie wieder mit leeren Händen dastehen. Ray stellte ihnen immerhin in Aussicht, sie zu denjenigen zu führen, die tatsächlich ihre Fragen beantworten konnten.

»Aber Ray hat uns ebenfalls jahrelang belogen«, beharrte James ernst und in den Gesichtern seiner Brüder sah Maja bereits ähnlichen Widerspruch.

Intuitiv schmiegte sie sich enger an ihn, weil es gut tat, seine Nähe zu spüren, obwohl sie so gar nicht seiner Meinung war. Dabei sollten sie in einer so angespannten Lage eigentlich zusammenhalten, aber Maja konnte unmöglich tatenlos zusehen, wenn die Männer eine wichtige Chance verpassten, nur weil sie wegen Rays jahrelange Lügen beleidigt waren.

»Ihr habt ihn genauso belogen«, gab sie sachlich zurück.

»Wir belügen alle Menschen, weil das Dinge sind, die nur uns etwas angehen. Ray allerdings weiß Dinge über uns und hat sie uns vorenthalten. Das ist etwas ganz anderes«, beharrte Bill stur.

»Und allem Anschein nach gehört Ray zu unseren Feinden«, ergänzte Tim ernst. »Zu den Leuten, die unsere Mutter gefangen halten.«

Maja schüttelte den Kopf. »Das behauptet Adrian, wir wissen nicht, was da dran ist, oder, ob nicht vielleicht er unser eigentlicher Feind ist.« Sie erntete von allen Brüdern die gleichen zweifelnden Blicke und seufzte resigniert.

Die Brüder waren es gewohnt, alle Außenstehenden als Feinde zu betrachten, das galt scheinbar auch für Ray, der schon so lange Teil ihres Lebens war. Dagegen fühlten sie sich offenbar doch alle Adrian irgendwie verpflichtet, möglicherweise weil er mit ihnen blutsverwandt war.

»Wer sollte denn sonst Mom entführt haben? Es wäre schon ein großer Zufall, wenn das nichts mit Adrians Feinden zu tun hätte«, erwiderte Tim voller Überzeugung.

Maja machte sich einmal mehr bewusst, dass sie immer eine andere Sicht auf die Dinge haben würde, als die Brüder, die seit Jahrzehnten ihren Weg gemeinsam gingen.

»Müsstest nicht gerade du verstehen, dass ich Adrian gegenüber skeptisch bin? Immerhin hast du ihn damals vor die Tür gesetzt. Ray dagegen hat euch jahrelang keinen Grund gegeben, an ihm zu zweifeln!«, beharrte Maja ernst und bemüht ruhig, obwohl sie Tim am Liebsten den Kopf abgerissen hätte, weil er sich so von diesem Kerl beeinflussen ließ.

Der seufzte schulterzuckend. »Damals wusste ich nicht, wieso Adrian sich so verhalten hat, aber er musste es eben tun, um uns zu schützen. Aber Ray führt scheinbar blind Befehle aus, selbst wenn sie zu unserem Nachteil sind.«

James drückte Maja vorsichtig. »Maja, du kannst nicht nachvollziehen, wie sich das für uns anfühlt.«

Ohne darüber nachzudenken, rückte Maja automatisch ein Stück von ihm ab. Noch deutlicher musste er ihr nicht zu verstehen geben, dass ihre Meinung in dieser Sache keine Rolle spielte. Sie hatte es verstanden und zu einem gewissen Grad sah sie ein, dass sie bei diesen Familien-angelegenheiten nicht viel zu sagen hatte, aber sie glaubte doch, dass sie Ray und Adrian ganz gut einschätzen konnte. Vielleicht war es sogar gut, dass sie eine andere Sicht auf die beiden hatte.

»Wir sollten hören, wie Adrian darüber denkt«, verkündete Tim ernst und Maja zwang sich, zu schweigen, obwohl ihr dieser Gedanke gar nicht behagte. Ray hatte sie so eindringlich vor Adrian gewarnt, war es da wirklich klug, ihr neues Wissen über Ray mit Adrian zu teilen? Schlimmstenfalls brachten sie damit Ray sogar in Gefahr und vielleicht auch die Leute, für die Ray arbeitete und denen Adrian offenkundig den Krieg erklärt hatte.

Allerdings war ihr klar, dass keiner in der Runde ihre Bedenken ernstnehmen würde. Aber auch ohne die Zustimmung der Brüder würde sie Ray nicht ahnungslos lassen, falls sie wirklich entschieden, Adrian ins Vertrauen zu ziehen. Es war schwer vorherzusagen, wie Adrian auf diese Enthüllung reagieren würde, aber da er David kurzerhand umgebracht hatte, traute Maja ihm alles zu. Und sie wollte Ray nicht in Gefahr bringen.

Bill fuhr sich nervös durch die Haare. »Selbst, wenn Adrian sagt, dass Ray unser Feind ist, weiß ich immer noch nicht, ob wir Adrian trauen sollten.«

Mike, der sich in diesen Diskussionen stets zurückhielt, nickte zögernd. »Im Grunde können wir keinem von beiden vertrauen, solange wir nichts Genaues wissen.«

Tim dagegen schüttelte den Kopf. »Adrian ist unser Vater und er hat Maja gerettet, wir können ihm eher vertrauen, als allen anderen. Ray hat bisher nie etwas getan, um uns zu helfen, obwohl er gewusst haben muss, wie sehr wir Hilfe gebraucht hätten. Er gibt sich erst jetzt zu erkennen, weil wir ihm und seinen Chefs in die Suppe spucken, wenn wir mit Adrian zusammenarbeiten.«

Überrascht bemerkte Maja, wie Bill sie erwartungsvoll ansah. Vermutlich erwartete er, dass sie erneut Partei für Ray ergriff, aber sie hatte beschlossen, dass sich nicht weiter an dieser Entscheidungsfindung zu beteiligen. Die Männer diskutierten darüber, was sie tun sollten, Maja traf ihre eigenen Entscheidungen und die hatte sie diesmal längst getroffen. Sie war kein Teil der Familie, das hatte man ihr ja gerade deutlich zu verstehen gegeben, also war sie nicht an deren Entscheidungen gebunden. Sie würde tun, was sie für richtig hielt.

»Es ist aber genauso im Rahmen des Möglichen, dass Ray die Wahrheit sagt«, stellte James zögernd fest, dabei war Maja sicher, dass er das nur sagte, um sie zu besänftigen.

Tim erhob sich entschlossen. »Ich werde mit Adrian sprechen«, verkündete er voller Überzeugung, ohne dass ihm jemand widersprach, obwohl zumindest Bill ebenso an Adrian zweifelte. Niemand hielt Tim auf, als er ging, aber alle anderen blieben schweigend sitzen.

»Vielleicht ist es gut, wenn Tim ihn informiert. Vielleicht gibt uns Adrians Reaktion Aufschluss darüber, was wirklich in ihm vorgeht«, dachte Mike laut nach.

»Es sei denn, Adrian zieht sofort los und bringt Ray um, bevor wir überhaupt eine Chance hatten, von ihm nützliche Informationen zu bekommen«, gab James ernst zurück.

»Willst du nun doch lieber Ray glauben?«, platzte Bill verärgert heraus. »Du kannst nicht für beide sein, du musst sich entscheiden! Wir alle müssen uns entscheiden, wenn wir vorankommen wollen und wir müssen dringend vorankommen, bevor Tim noch von der Polizei verhaftet wird, weil er Lauren gefangen hält.«

Mike und Charlie blickten erstaunt auf, scheinbar hatten sie bisher nicht realisiert, wie ernst die Situation mit Tim und Lauren war.

»Maja hat sich mit Lauren unterhalten und wir glauben, dass es eine Verbindung zwischen den beiden gibt, wie bei mir und Maja. Allerdings weiß Lauren nicht, was vor sich geht, und fühlt sich offenbar auch nicht sonderlich wohl bei Tim«, erklärte James den beiden so ruhig wie möglich, obwohl ihn das Thema sicher immer noch bewegte.

»Deshalb ist es umso wichtiger, dass wir schnell klären, was hinter dieser Verbindung steckt und wie man es beenden kann, sonst endet Tim wirklich im Knast«, erläuterte Bill eindringlich.

»Sind wir denn sicher, dass es diese Verbindung gibt?«, hakte Mike nervös nach, »oder ist das nur eine Vermutung? Vielleicht führen die beiden nur eine sehr eigenwillige Beziehung. Ist das nicht gerade in? ‚Fifty Shades of Grey‘ und so?«

James zuckte mit den Schultern und verärgerte mit dieser teilnahmslosen Reaktion Maja noch mehr. Sie war sich ihrer Sache sicher, warum konnte er das nicht respektieren? Sie hatte immerhin genauso viel Erfahrung mit dieser Beziehung wie er und genauso viel Verständnis dafür. Außerdem hatte sie als Einzige mit Lauren gesprochen.

»Lauren hat sich recht deutlich ausgedrückt«, beharrte Maja ernst, obwohl es ihr davor schon klar war, dass man ihre Meinung nach wie vor nicht hören wollte.

»Wenn es so wäre, hätte Tim uns doch sicher längst davon erzählt «,widersprach Charlie voller Überzeugung. »Eigentlich hat er ja kein großes Interesse an Frauen, deshalb kommt es mir unwahrscheinlich vor, dass er sich auf irgendwas mit Lauren eingelassen haben soll.«

Bill fuhr sich erneut durch die stacheligen Haare. »Schade, dass Tim schon gegangen ist, er könnte uns wohl als Einziger sagen, was los ist.«

Mike erhob sich plötzlich. »Dann lasst ihn uns abfangen, bevor er wieder bei Adrian aufschlägt.«

9. KAPITEL

Maja folgte den Brüdern nicht, als diese zu Tims Suite stürmten, weil sie bezweifelte, dass Tim irgendetwas zugeben würde. Entweder er hatte entschieden, diese Sache alleine zu meistern, oder er stand zu sehr unter dem Einfluss von Adrian, um die Hilfe seiner Brüder anzunehmen. Egal, was Tim sagen sollte, es würde keinem weiterhelfen. Außerdem Maja war sich ihrer Sache sicher.

Sie zog sich stattdessen zurück unter dem Vorwand, duschen zu wollen. James war zwar offensichtlich irritiert, hatte es aber zu eilig, seinen Brüdern zu folgen, als dass er sich die Zeit genommen hätte, mit ihr zu diskutieren.

Sie ging nur bis zur nächsten Biegung des Hotelflurs und wartete dort, bis die Männer außer Sichtweite waren, dann wählte sie Rays Nummer.

»Wir müssen reden«, forderte sie entschlossen. »Sofort!«

So hatte Adrian zumindest keine Chance, sich Ray vor zu knüpfen, bevor er gewarnt wurde.

»Sicher.« Der Manager nannte ihr seine Zimmernummer und Maja machte sich hastig auf den Weg dorthin, wo er sie sie bereits in der Tür erwartete.

»Was gibt es?«, erkundigte Ray sich ruhig, sobald er die Tür hinter ihr geschlossen hatte.

»Tim hat vor, Adrian von dir zu erzählen«, erklärte sie ernst, sah allerdings keine Spur von Furcht in Rays Miene. Entweder hatte er keine Vorstellung davon, wie gefährlich Adrian war, oder er war sicher, dass er sich gegen ihn wehren konnte. Es wäre wohl auch seltsam, wenn seine Auftraggeber ihn nicht darauf vorbereitet hätten, dass er eines Tages auf Adrian treffen könnte.

»Ich will mit diesen Leuten sprechen«, fuhr Maja entschlossen fort. »Ich werde auch versuchen, James zu überzeugen, dass er mitkommt, aber zur Not mache ich es eben alleine.«

Von diesen Worten war Ray sichtlich überrascht, doch ihr fiel es leicht, sich mit dieser Entscheidung anzufreunden, obwohl ihr zweifellos lange Diskussionen mit James bevorstanden.

»Dann warten wir, bis du mit James gesprochen hast«, schlug er sachlich vor.

»Nein.« Maja schüttelte nachdrücklich den Kopf. »Wir haben nicht viel Zeit. Bitte sie um ein Treffen, so schnell wie möglich, egal, was James sagt.«

Ray rieb sich das Kinn und musterte sie nachdenklich. »Warum die Eile? Bist du doch schwanger?«

Maja schüttelte entschieden den Kopf und verfluchte in Gedanken erneut Adrian für diese dumme Lüge, die sie wohl noch eine Weile verfolgen würde. »Nein, aber zwischen Lauren und Tim geht irgendetwas vor sich. Ich glaube, dass sie eine ähnliche Verbindung haben, wie James und ich.« Es fühlte sich seltsam beruhigend an, Ray das anzuvertrauen, endlich offen mit jemand Außenstehenden zu sprechen, doch es fühlte sich auch wie Verrat an. Sie schluckte. »Aber ich bin mir nicht sicher, ob Tim Lauren gegen ihren Willen festhält.«

Rays Gesicht verlor an Farbe und er nickte, statt Fragen zu stellen oder ihr zu widersprechen, wie James es sofort getan hatte. James wollte nicht wahrhaben, was sein Bruder möglicherweise tat, Ray war da hoffentlich weniger voreingenommen.

»Wir müssen alles erfahren, was diese Leute über diese Verbindung sagen können«, fuhr Maja ernst fort.

»Ich werde mich bemühen«, versicherte Ray.

Maja atmete erleichtert auf. »Ich mache mir Sorgen um Lauren, sie wirkt verängstigt und Tim kapselt sich immer mehr von den anderen ab und er hat viel mit Adrian zu tun.«

Ray nickte und bedeutete ihr, sich zu setzen, während er an die Minibar ging und eine kleine Flasche Wasser herausholte. »Alles, was ich weiß, ist, dass diese Verbindung kein Grund zur Sorge ist«, erklärte Ray, als er ihr das Wasser in die Hand drückte. »Ich habe nachgefragt, als du mit James zusammengekommen bist, weil ich mir Sorgen um dich gemacht habe. Man hat mir versichert, dass es keinen Grund zur Sorge gibt.«

Maja nahm einen Schluck Wasser und blickte unsicher auf die Flasche. »Haben sie dir gesagt, ob es einen Weg gibt, das zu beenden? Ich glaube nicht, dass Lauren diese Verbindung will, und befürchte, dass Tim ihr schon zu viel zugemutet hat.«

Ray setzte sich neben sie und schüttelte den Kopf. »Ich hatte bisher keinen Grund, zu fragen.«

Maja nickte scheinbar verständnisvoll, obwohl sie diesen Leuten regelrecht Löcher in den Bauch gefragt hätte, wenn sie die Chance dazu hätte. Sie wollte ihm gar keine Vorwürfe wegen seines bisherigen Verhaltens machen oder ihn über die wenigen Dinge, die er wusste, ausfragen. Sie wollte an die Quelle, auch auf die Gefahr hin, dass sie dort nur Informationen erhielt, die alles noch schlimmer machten, und im Bewusstsein, dass James ihr diesen Alleingang übelnehmen würde.

James verdrehte genervt die Augen und klopfte als Erster an Tims Zimmertür. Sie waren alle mutig hierher gestürmt, um Tim zur Rede zu stellen, aber nun wollte keiner den ersten Schritt machen.

Wovor hatten sie Angst? Noch mehr spalten konnte sich ihre Gruppe kaum, also fürchteten sie sich wahrscheinlich vor der Wahrheit, die sie bisher nicht wahrhaben wollten.

Dabei ahnten sie wohl alle, dass Maja mit ihrer Einschätzung ins Schwarze getroffen hatte.

Tim öffnete die Tür und starrte auf seine Brüder. »Was wollt ihr?«

James schob entschlossen die Tür weiter auf, bis er erleichtert feststellte, dass Adrian nicht zu sehen war, ebenso wenig Lauren. Also konnten sie offen sprechen.

»Es gibt da noch etwas, das wir mit dir klären wollen.« Er trat an Tim vorbei ins Wohnzimmer der Suite und seine Brüder folgten ihm beinahe im Gänsemarsch, wobei sie plötzlich ein paar Zentimeter geschrumpft schienen. Hatten sie Angst vor Adrian oder vor Tim? Oder vor dem Streit an sich?

»Bitte, kommt nur herein. Wir haben uns ja schon so lange nicht mehr unterhalten«, grummelte Tim, als er geräuschvoll die Tür hinter ihnen zuwarf.

Stehend versammelten sich um die Sofas im Wohnzimmerbereich, wobei James' übrige Brüder betreten zu Boden blickten, während Tim ungeduldig die Arme vor der Brust verschränkte. Nicht einmal James konnte bestreiten, dass es ihm schwerfiel, ihr bisheriges Familienoberhaupt schon wieder in Frage zu stellen. Früher war Tim die Stimme der Vernunft und oft auch der Vermittler bei Streitigkeiten gewesen, jetzt war er unberechenbar und sie konnten ihm nicht mehr trauen. Hoffentlich änderte sich das, wenn sie sich Gewissheit verschafft hatten, ob Majas Verdacht zutraf.

»Maja hat da noch eine Frage aufgeworfen«, erklärte James ernst und entschlossen, wohingegen seine Brüder scheinbar ihre Stimmen verloren hatten. »Sie denkt, dass es zwischen dir und Lauren dasselbe Band gibt wie zwischen mir und ihr«, erläuterte James unumwunden und merkte beim Aussprechen erst, dass diese Vorstellung gar nicht so abwegig war, wie er es bisher hingestellt hatte. Tim hatte eigentlich nie großes Interesse an Frauen gezeigt, daher kam es überraschend, dass er sich nun an Lauren gebunden haben sollte. Aber James wusste nur zu gut, dass dieses Band keine bewusste Entscheidung war. Er selbst hatte auch keinerlei Bestrebungen verspürt, die Frau fürs Leben zu suchen, bis er sich an Maja gebunden hatte.

Diese Bindung zu Lauren würde zumindest Tims Verhalten erklären: Warum er Lauren mit sich herumschleifte, möglicherweise gegen ihren Willen, und, dass er so auf Adrian fixiert war, der ihnen Antworten in Aussicht gestellt hatte.

»Maja verrennt sich da in etwas«, erwiderte Tim kühl, während er sich scheinbar entspannt auf ein Sofa fallen ließ.

»Was soll dann das mit Lauren? Schick sie weg, wenn du sie nicht brauchst! Wir haben gerade wirklich genug Sorgen auch ohne, dass einer von uns Geiseln nimmt!«, mischte sich nun Bill aggressiv ein.

Tim zuckte mit den Schultern. »Ich will sie aber nicht wegschicken.«

James seufzte. »Also hat Maja Recht«, stellte er sachlich fest. »Vielleicht willst du es nicht wahrhaben, aber wenn du Lauren unbedingt hierbehalten willst, geht es sicher nicht darum, dass sie so tolle Fotos schießt.«

Tim starrte ihn mit frostigem Blick an, wusste wohl aber selbst, dass er gar nichts mehr sagen musste, sie hatten alle längst ihre Schlüsse gezogen.

»Hat Adrian dir in Aussicht gestellt, dir mit dieser Sache zu helfen?«, hakte Bill ernst nach, offenbar durch das unausgesprochene Eingeständnis nun etwas ruhiger.

Tim zuckte mit den Schultern. »Er hat von uns allen die meiste Erfahrung mit dieser Sache.«

Ehe James widersprechen konnte, schüttelte Bill bereits entsetzt den Kopf. »Das heißt nicht zwangsläufig, dass er den besten Weg kennt, damit umzugehen! Immerhin hat er unsere Mutter aller Wahrscheinlichkeit nach in den Wahnsinn getrieben.«

Erneut hob Tim die Schultern. »Wenigstens hat er einen Weg gefunden, damit zu leben, ohne mit unserer Mutter zusammenzuleben.«

Unweigerlich ballte James die Hände zu Fäusten. »Aber er hat ihr so möglicherweise mehr geschadet, als wenn er bei ihr geblieben wäre. Maja und mir geht es weitaus besser als den beiden. Deshalb glaube ich nicht, dass du dir Adrian als Vorbild nehme solltest.« Anfangs hatte er selbst wohl zu große Erwartungen in ihren Vater gesetzt.

Tim erhob sich wieder und kam mit energischen Schritten auf James zu. »Ich will aber nicht das, was du da mit Maja versuchst. Ich will dieses Leben nicht und Lauren wird wohl kaum den Rest ihres Lebens bei mir bleiben wollen!«

James verschränkte die Arme vor der Brust und schüttelte entschlossen den Kopf. »Du glaubst doch nicht, dass du eine Wahl hast! Für euch beide gibt es vermutlich nur einen Weg, diese Bindung zu überleben, indem ihr zusammenlebt. Und wenn du sie nicht wie eine Gefangene behandeln würdest, wäre Lauren vielleicht auch bereit, bei dir zu bleiben!«

Tim wandte sich ab und ließ den Blick aus dem Fenster schweifen. »Du behauptest, dass wir keine Wahl haben!«

James zog scharf die Luft ein, als ihm klar wurde, dass Tim sich Adrian nicht nur zugewandt hatte, weil er so viel Erfahrung mit der Problematik dieser Beziehungen hatte. Offenbar hatte er zumindest vorgegeben, er hätte eine Lösung. Dabei hatte er James gegenüber gesagt, es gäbe keinen Weg, die Bindung wieder zu lösen. Wen von ihnen hatte er belogen? Ihn oder Tim oder sogar sie beide?

»Hat Adrian behauptet, es gäbe eine Alternative?«, hakte James angespannt nach. »Mir hat er gesagt, es gäbe nichts, was wir gegen diese Verbindung tun können. Wir müssen damit leben und das Beste draus machen.«

Tim wandte sich wieder zu ihm um und musterte ihn nachdenklich. »Vielleicht wollte er dir die Wahrheit nicht sagen, weil du nicht damit umgehen könntest.«

James spürte das Blut in seinen Adern pulsieren. Er würde alles tun, um Maja von dieser ungewollten Verbindung zu befreien. Er hatte zwar nichts dagegen, an sie gebunden zu sein, und würde freiwillig den Rest seines Lebens mit ihr verbringen, allerdings er wollte sich nicht den Rest seines Lebens fragen, ob ihre Beziehung nur wegen dieser Verbindung Bestand hatte. Maja sollte die Freiheit haben, ihn verlassen zu können, wenn sie das wollte, damit er Gewissheit hatte, dass sie wirklich aus Liebe blieb. Außerdem wollte er sicherstellen, dass sie nicht langsam durch ihre Verbindung ausblutete und zugrunde ging, weil sie ihn ernähren musste.

Tim musterte ihn lange und ernst, bis er sich offensichtlich entschied, die angeblich zu harte Wahrheit weiterhin für sich zu behalten.

James näherte sich ihm. »Sag mir, was du weißt! Es geht ja nicht nur um mich, ich würde alles tun, um Maja ihre Freiheit zurückzugeben!«

Tim verzog das Gesicht zu einem grimmigen Lächeln. »Die Wahrheit ist aber, dass du sie nicht befreien kannst. Du kannst nur dich selbst befreien, Maja ist längst verloren.«

James musste hart schlucken, weil ihm bereits Böses schwante, trotzdem wollte er es hören, klar und deutlich damit er sich nicht mehr vormachen konnte, er hätte Tim falsch verstanden. »Wie?«

Tim zuckte mit den Schultern. »Du müsstest Maja umbringen, dann bist du frei.«

James spürte, wie die Farbe aus seinem Gesicht wich. Gleichzeitig war er unfassbar erleichtert, dass Maja nicht hier war und das nicht hören musste. Falls es überhaupt wahr war, sollte sie das nicht wissen.

»Niemals!«

Tim zuckte erneut mit den Schultern. »Deshalb hat Adrian es dir wohl nicht gesagt. Ihm war schon klar, dass du es nicht hören willst.« Er lächelte, als würde es ihn nicht belasten, was er da gerade so sachlich verkündet hatte. »Für euch ist es ja auch okay so, wie es ist – ihr liebt euch, also kann alles beim Alten bleiben. Aber für mich und Lauren funktioniert das nicht.«

Unvermittelt raste Bill auf Tim zu und stieß ihn schwungvoll gegen eine Wand, noch bevor James die Tragweite von Tims Worten erkannt hatte. »Du kannst doch nicht ernsthaft in Erwägung ziehen, Lauren etwas anzutun!«, brüllte der Sänger seinen großen Bruder an, wobei er ihn mit beiden Händen am Kragen packte und rücksichtslos gegen die Wand drückte.

Tims Miene war seltsam ernst, aber nicht verängstigt, wohingegen Bill vollkommen außer sich schien und damit offenbarte, dass sein anfängliches Interesse an Lauren noch nicht ganz verflogen war.

»Soll es denn besser sein, wenn ich sie den Rest meines Lebens zwinge, mich zu begleiten? Du weißt so gut wie ich, dass ich sie nicht mehr gehen lassen kann. Du warst doch derjenige, der vor geraumer Zeit in Betracht gezogen hatte, eine Frau im Keller anzuketten, falls einer von uns sich binden sollte. Ist es nicht besser, wenn wir sie erlösen, als sie jahrelang zu foltern?«

James spürte Übelkeit in sich aufsteigen und damit die Erkenntnis, dass Maja noch viel mehr im Recht war, als er es bisher begriffen hatte. Lauren war in Gefahr und brauchte Hilfe, weil Tim offensichtlich den Verstand verlor, was vermutlich zumindest teilweise der Verdienst von Adrian war.

Sie benötigten verlässliche Informationen, aber die konnten sie nicht von Adrian erwarten, nicht nachdem er versucht hatte, Tim zu einem Mord zu überreden.

»Du kannst nicht ernsthaft in Erwägung ziehen, ihr etwas anzutun, nur wegen etwas, das Adrian behauptet hat!«, fuhr Bill seinen großen Bruder erneut an und drückte ihn so fest gegen die Wand, dass es für Tim schmerzhaft sein musste. Sie alle waren zwar immun gegen Krankheiten, aber nicht unverletzbar.

Mike und Charlie näherten sich langsam von beiden Seiten Bill, um ihn aufzuhalten, bevor er Tim ernsthaft verletzte, James indes war immer noch erstarrt. Er wusste nicht, wie er mit dieser Situation umgehen sollte. Er verstand, was Tim meinte und warum das er sagte, er wusste jedoch auch, dass Maja sich für Lauren einsetzen würde. Eigentlich war es naheliegend, dass James im Zweifelsfall seinen Bruder schützte, aber ein Mord war etwas anderes, als zuzulassen, dass er Lauren gefangen hielt – und auch das war schon kaum hinnehmbar gewesen.

»Glaub mir, Bill«, krächzte Tim in Bills unerbittlichem Griff, »ich wollte wirklich, ich hätte mich nicht eingemischt und du hättest dich Hals über Kopf in diese dämliche Bindung mit ihr gestürzt!«

Bills Augen funkelten gefährlich und verrieten so, dass Eifersucht eine unbestreitbare Rolle in diesem Streit spielte. Das konnte James ihm auch nicht verdenken. Bill hatte von Anfang an Interesse an Lauren gezeigt, allerdings hatte er sich zurückgehalten, vielleicht zu seinem eigenen, möglicherweise aber auch zu Laurens Schutz. Doch unbemerkt von ihnen allen war etwas zwischen Lauren und Tim gewachsen und keiner von ihnen hatte es geahnt. Sie hatten sich darauf verlassen, dass Tim alles im Griff hatte, weil er eben Tim war.

»Ich lasse nicht zu, dass du sie umbringst!«, knurrte Bill zwischen zusammengebissenen Zähnen.

»Das wird dir auch nichts mehr bringen. Selbst wenn du dich ihr jetzt als Retter und Beschützer präsentierst, werde ich nicht zulassen, dass du Lauren bekommst. Sie gehört jetzt mir, auch wenn wir beide das eigentlich nicht wollten. Aber es ist jetzt so!«

Bill löste eine Hand von Tims Kragen, ballte sie zur Faust und holte zum Schlag aus.

Gerade noch rechtzeitig hielt Mike ihn fest.

»Beherrscht euch!«, brüllte das Nesthäkchen aufgebracht. »Es bringt nichts, wenn wir uns gegenseitig umbringen!«

Bill schüttelte Mikes Hand mühelos ab, ließ sie aber sinken, statt erneut auszuholen. »Woher willst du das wissen? Wenn er sich befreien kann, indem er Lauren tötet, können wir Lauren bestimmt umgekehrt befreien, wenn wir ihn töten!«

Hastig kam James nun seinen beiden jüngeren Brüdern zur Hilfe und gemeinsam lösten sie Bill von Tim.

Tim lockerte seinen Schultern und machte einige Schritte fort von Bill. »Du willst wirklich einen deiner Brüder umbringen, um dieser Frau zu helfen?«, wiederholte er ungläubig, während Charlie ihn am Arm fasste und weiter von Bill wegführte.

»Niemand wird hier jemanden umbringen!«, beharrte James ernst. »Es muss andere Lösungen geben. Zur Not müssen wir Lauren eben die Situation erklären und hoffen, dass wir eine für alle erträgliche Lösung finden!«

‚Eine für alle erträgliche Lösung‘?

Lauren erhob sich vom Boden vor der Schlafzimmertür, wo sie bisher gesessen und gelauscht hatte. Inzwischen unterhielten sich die Männer so laut, dass sie nicht länger an der Tür ausharren müsste, allerdings hatte sie mehr als genug gehört. Zwar hatte sie vieles nicht verstanden, weil ihr noch wichtige Informationen fehlten, aber eines war doch deutlich geworden: Tim würde sie weiterhin gefangen halten, vermutlich sogar mit dem Segen der anderen Bandmitglieder. Sie stritten nur noch darüber, ob es zu weit ging, sie umzubringen – Freiheitsberaubung war scheinbar kein Grund für Diskussionen.

Mit zittrigen Knien näherte Lauren sich dem Schlafzimmerfenster. Sie lebte seit Tagen fast ausschließlich in diesem Zimmer und hatte sich vom ersten Tag über die Fluchtmöglichkeiten Gedanken gemacht. Vor dem Fenster befand sich eine Feuertreppe aus Metall, sie war sogar als Notausgang ausgewiesen. Und angesichts der Mordgedanken ihres Liebhabers war sie wohl zweifellos in einer Notlage.

Lauren müsste nur das Fenster öffnen und hinausklettern. Es kam ihr fast zu leicht vor, aber scheinbar rechnete Tim einfach nicht damit, dass sie einen Fluchtversuch unternahm.

Sicherheitshalber horchte Lauren noch einmal auf die Stimmen im Nebenraum, die unverändert stritten, nun wollte sie allerdings gar nicht mehr verstehen, was dort gesprochen wurde. Tim und Adrian wollten sie umbringen und die anderen Musiker schienen nicht bereit, sie zu schützen. Wenn überhaupt, dann würde Bill Anspruch auf sie erheben und sie irgendwo einsperren! Keiner zog in Erwägung, nach ihrer Meinung zu fragen!

Entschlossen riss Lauren das Fenster auf, stieg auf die Fensterbank und schob sich hinaus auf das Metallgestell des Fluchtbalkons. Geduckt schlich sie sich unter den übrigen Fenstern der Suite hindurch, bis zu einer Treppe, die am Gebäude hinunter führte.

Sie musste möglichst schnell außer Sichtweite gelangen – am besten, ehe die Männer ihre Flucht bemerkten, denn sie würden sich denken können, wie sie entkommen war, und ihr folgen.

Leider hatte sie noch keine Idee, an wen sie sich nun wenden sollte. Selbst, wenn sie zur Polizei ging, war doch fraglich, ob man ihr glauben würde. Sie hatte nicht einmal eine Ahnung, welche Motive Tim haben könnte, sie umzubringen. Sie würde es ja selbst nicht glauben, wenn sie es nicht aus seinem Mund gehört hätte.

Sie könnte einfach erneut zum Flughafen fahren, aber wie wahrscheinlich war es, dass sie es in ein Flugzeug schaffte, bevor Tim sie einholte? Tim wollte sie umbringen, um ihre Beziehung zu beenden, dabei müsste es doch genug Distanz sein, wenn sie in einem anderen Land war. Es war ja auch durchaus realistisch, dass sie sich nie mehr über den Weg laufen mussten, wenn sie es nicht wollten. Aber Lauren hatte keine Hoffnung, dass er das einsehen würde.

Auf zittrigen Beinen erreichte sie das Ende der Treppe und eine alarmgesicherte Tür, die sie ohne Zögern öffnete und hindurch stürmte. Sie hatte ja kein Problem damit, Aufmerksamkeit erregen, im Gegenteil: Eine Gruppe aufstrebender Musiker konnte sie schwerlich verfolgen, wenn alles wegen eines möglichen Feueralarms in hellem Aufruhr war. Das könnte ihr Zeit verschaffen, sich Hilfe zu suchen.

Idealerweise jemanden, der ihr einige Fragen beantworten konnte.

10. Kapitel

Maja wählte erneut James' Nummer, aber er reagierte wieder nicht und sie konnte sich denken, dass das Gespräch mit Tim wenig harmonisch verlief und keinen Raum für Telefonate unter Liebenden ließ.

Er konnte ja nicht ahnen, dass sie wirklich dringend mit ihm sprechen musste.

Mit einem Kopfschütteln legte sie abermals auf und stieg mit Ray in das wartende Taxi. Sein Kontakt bei den Magiern verlangte ein sofortiges Treffen und Maja würde sich sehr viel wohler fühlen, wenn sie James an ihrer Seite wüsste. Aber sie war nicht bereit, sich diese Gelegenheit entgehen zu lassen, und sie würde auch nicht Tims Suite stürmen und James auffordern, sie zu begleiten. Er hatte schließlich ebenfalls etwas Wichtiges zu klären und sie wollte diese Diskussion nicht stören.

Maja steckte das Handy weg und lehnte sich lächelnd zurück.

»Du musst keine Angst haben, bisher habe ich immer einen guten Eindruck von diesen Leuten gehabt«, versicherte Ray. Der wohl ihre Anspannung erahnte. Er kannte sie inzwischen eine Weile und vielleicht besser, als Maja bewusst war.

»James traut diesen Leuten nicht«, gestand Maja ehrlich und wusste nicht einmal, wie sie selbst darüber dachte.

»Das kann man ihm auch nicht verdenken. Er kennt sie nicht und muss ohnehin schon viele neue Erkenntnisse verarbeiten. Aber es ist gefährlich, wenn er stattdessen Adrian vertraut.«

Erstaunlich schnell hielt das Taxi am vereinbarten Treffpunkt, einem großen Bürogebäude, das von außen weder gruselig noch vertrauenserweckend wirkte. Gar nicht so viel anders als das Gebäude, in dem Maja früher für ein Maklerbüro gearbeitet hatte.

Ray stieg zuerst aus dem Wagen und hielt ihr die Tür auf. »Wir treffen hier meinen Kontaktmann.« Er lächelte sie aufbauend an. »Er hat hier ein Büro.«

Maja schüttelte innerlich die Vorstellung von einem geheimen Informanten im Trenchcoat und Verabredungen in dunklen Gassen ab. Das war wohl nicht mehr zeitgemäß.

Ray führte sie routiniert vorbei an einer Empfangsdame zu einem Büro im Erdgeschoss. Laut Schild arbeitete dort angeblich der Anwalt Richard Müller. Vielleicht war er sogar wirklich ein Anwalt und als Mittelsmann beauftragt worden, ohne so richtig dazuzugehören – so wie Ray.

Der Manager klopfte an und öffnete, sobald eine Stimme von innen sie dazu aufforderte. Richard Müller – wenn er denn so hieß – stand hinter einem schwarzen Metallschreibtisch über zahlreiche Papiere gebeugt, gekleidet in einen schlichten grauen Anzug, der fast perfekt auf die letzten grauen Haare auf seinem Kopf abgestimmt war. Er dürfte beinahe sechzig Jahre alt sein, vielleicht sogar älter. Vielleicht erklärte das, warum in diesem Büro jede moderne Elektronik fehlte: Kein Computer, nicht einmal ein Fax-Gerät war zu sehen. Offenbar überließ er derartige Dinge seiner Sekretärin. Dafür erhob sich hinter ihm ein deckenhohes Regal voller dicker Bücher, von denen einige aussahen, als wären sie noch älter als er.

»Ray, was für eine Freude!«, begrüßte der angebliche Anwalt sie freudig und strahlte, als würde er einem alten Freund begegnen.

»Ganz meinerseits.« Ray umarmte den betagten Mann.

»Ich habe Maja mitgebracht«, verkündete Ray gut gelaunt, wobei er sie geradezu väterlich am Arm fasste und zu dem angeblichen Anwalt führte. »Richard verwaltet seit vielen Jahren den Kontakt meiner Auftraggeber zur Außenwelt«, fuhr er sachlich fort.

Offenbar musste er nicht erklären, wer sie war und warum er sie mitbrachte, Richard und somit wohl auch die ominöse Gruppe im Hintergrund wussten vermutlich längst, wer sie war, und welche Rolle sie spielte. Es war ein seltsamer Gedanke. Wie detailliert berichtete Ray wohl über das Leben seiner Schützlinge?

Bisher hatte es den Anschein erweckt, als hielte er sich vollkommen im Hintergrund und überließ ihnen die Freiheit, ihr Leben zu gestalten, wie sie es für richtig hielten – keine Vorwürfe über Affären mit Groupies, über Parties oder versäumte Proben. Aber vielleicht war er nur so ein guter Schauspieler, dass er die Brüder glauben lassen hatte, sie hätten das Sagen, während er ihre Geschicke gelenkt hatte?

Richard reichte ihr die Hand und lächelte sie an. »Freut mich, dich kennenzulernen, Maja.« Er drückte ihre Hand vorsichtig. »Ich hatte immer gehofft, mir selbst einmal einen Eindruck verschaffen zu können, wo ich doch sonst nur Informationen aus zweiter Hand bekomme.«

Sie erwiderte sein Lächeln, weil sie in seinen hellblauen Augen eine geradezu kindliche Freude sah, die ihn augenblicklich sympathischer machte.

Richard ließ ihre Hand sinken und bedeutete ihr, sich vor seinen Schreibtisch zu setzen, während Ray stattdessen umher schlenderte und die Titel der Bücher im Regal studierte.

»Ray hat mir erzählt, dass du mit unseren Auftraggebern sprechen willst«, berichtete Richard ernst und Maja stellte sich unwillkürlich darauf ein, dass er ihr sagen würde, dass sie nicht zu diesen Leuten durfte. Sie hatten sich bisher nie gezeigt und scheinbar hatte ja selbst Ray keinen direkten

Kontakt, also warum sollten sie sich ausgerechnet ihr zeigen?

Trotz ihrer Zweifel nickte sie. »Wir brauchen ihr Wissen, um zu verstehen, was mit James und mir passiert, und vielleicht auch mit Tim und Lauren.« Geheimniskrämerei schien ihr hier keinen Sinn zu machen, sie ging ohnehin davon aus, dass Ray Richard längst informiert hatte.

Der mutmaßliche Anwalt nickte. »Ja, es scheint eine heikle Situation zu sein, das ist uns bewusst. Zumal Adrian wieder aufgetaucht ist.«

Maja nickte ebenfalls und hoffte, dass Richard wirklich verstand, wie ernst die Situation war.

»Ich habe bereits mit ihnen darüber gesprochen, wie wir euch unterstützen können.« Richard sah auf einige Papiere voller handschriftlicher Notizen, von denen Maja nicht einmal einen Buchstaben zu entziffern vermochte. »Ich soll dir sagen, dass sie helfen wollen. Um genau zu sein, haben sie das ohnehin bereits Hannah versprochen.«

Maja fuhr erschrocken hoch. »Wissen sie, wo Hannah ist?«

Richard sah zu Ray und nickte schließlich. »Hannah hat sich ihnen gestellt und für euch um Hilfe gebeten, allerdings ist die Voraussetzung dafür, dass ihr euch von Adrian distanziert.«

Hannah sollte sich gestellt haben? In der Klinik hatte gewirkt, als hätte sie selbst große Angst vor und wäre sie froh, dort in Sicherheit zu sein. Außerdem machte sie nicht den Eindruck einer Person, die derartige Deals aushandelte.

»Das kommt wahrscheinlich überraschend für dich. Wir waren genauso wenig darauf vorbereitet, dass Hannah sich offenbart,« fuhr Richard ruhig fort. »Wenn du bereit bist, kannst du dich mit Hannah und unseren Auftraggebern treffen.«

Maja nickte wieder, obwohl das alles irgendwie zu einfach klang. Hannah sollte in Sicherheit sein? »Wer sind diese Leute?«, hakte sie forsch nach.

Richard lehnte sich zurück und zögerte. »Sehr alte und weise Leute, die gerne unter sich bleiben. Sie meiden die Menschen und leben zurückgezogen, um die Magie zu erforschen nachzugehen.«

Maja nickte zögernd. »Und Adrian ist das Ergebnis dieser Forschung?«

Richard sah erneut zu Ray, der wiederum ihn erwartungsvoll ansah, offenbar genauso an der Antwort interessiert wie Maja. Doch möglicherweise hatte sie diese Frage der falschen Person gestellt. Richard wirkte zwar alt, aber da er in einem Büro mitten in einer menschlichen Stadt arbeitete, war er wohl selbst keiner dieser Magier, sondern auch nur ein Mittelsmann mit bruchstückhaftem Wissen. Er war eine Schachfigur, wie Ray.

Richard nickte zögernd, doch vielleicht aber tat er das nur, um sein Unwissen zu kaschieren, obwohl es so offensichtlich war. »Scheint so. Es war wahrscheinlich ein Versuch, eine Waffe zu schaffen, die Frieden bringt, aber außer Kontrolle geraten ist.«

Maja hob skeptisch eine Augenbraue. Die uralten, ach-so-weisen, menschenscheuen Magier sollten dieselben Fehler begangen haben, wie die Erbauer der Atombombe? Wie so viele Menschen in der Vergangenheit, die sich einbildeten, eine besondere Waffe könnte den Frieden bringen? Aber warum sollten die Magier über derartigen Hochmut erhaben sein?

»Und wo kann ich diese Leute treffen?« Instinktiv dachte sie an Nepal, an einen Rückzugsort hoch oben in den Bergen, wo sich kein Mensch hin verirrte. Nicht, dass sie diesen Weg nicht auf sich nehmen würde, wenngleich die lange Reise ihr sehr ungelegen käme, da sie für Lauren schnell Antworten brauchte.

Richard lächelte. »Gar nicht so weit, ein paar Stunden Autofahrt von hier, aber du wirst mindestens einen Tag fort sein. Du solltest also Vorkehrungen treffen. Wir wollen nicht, dass Adrians Söhne bei deinem Verschwinden in Panik ausbrechen und etwas Dummes tun. Am besten wäre es wohl, wenn dich einer von ihnen begleitet.«

Maja schluckte. »Ich werde es versuchen, aber aktuell sind die Jungs zurückhaltend mit ihrem Vertrauen.« Dennoch hatte Richard Recht. Sie konnte nicht von einer Sekunde auf die andere für einen Tag oder länger verschwinden, nicht einmal, wenn sie James eine Nachricht hinterließ.

»Verständlich, aber sie werden irgendwem vertrauen müssen, und ich fürchte, sie entscheiden sich für die falsche Seite. Deshalb sind wir froh, dass du hier bist, und uns zuhören willst.«

Es gefiel Maja nicht, dass es klang, als würde sie sich gegen die Brüder stellen. Sie hoffte doch immer noch, dass sich wenigstens James auf ihre Seite schlug und sie diesen Weg gemeinsam gingen.

»Aber wir haben nicht viel Zeit«, fuhr Richard ernst fort. »Adrian hat keinen guten Einfluss auf seine Söhne. Wir müssen schnell handeln.«

In diesem Punkt war Maja zumindest einer Meinung mit Richard, besonders wenn sie an Tims Umgang mit Lauren dachte. Sie hätte gerne geglaubt, dass Tim gar nicht in der Lage wäre, jemandem etwas anzutun, aber Maja hatte die Angst in Laurens Augen gesehen und konnte das nicht ignorieren.

Richard sah noch einmal auf die Papiere. »Man erwartet dich morgen gegen Mittag. Das heißt, ihr müsst morgen früh aufbrechen. Du, Ray und wen auch immer du überreden kannst, euch zu begleiten. Je mehr von euch dort auftauchen, desto eher wird es zeigen, dass ihr ernsthaft an einer Zusammenarbeit interessiert seid.«

Maja schluckte erneut und sah zu Ray, der selbst überrascht schien.

»Wir haben Morgen Termine, die Band muss auftreten«, erinnerte der Manager ernst und stieß bei Richard damit nicht gerade auf Begeisterung.

»Als ob sie in der Verfassung wären, sich irgendwo als Band zu präsentieren. Lass dir etwas einfallen. Diese Bandsache, steht für uns nicht im Vordergrund.«

Nun ließen Richards Worte doch erahnen, dass er seinen Auftraggebern näher stand, als es im ersten Moment den Anschein gemacht hatte. Allerdings war Maja nicht überrascht, dass die Tarnung der Brüder für die Magier nicht von Bedeutung war. Die Band war eine Tarnung, um unter den Menschen nicht aufzufallen – etwas, wofür eine Gruppe zurückgezogen lebender Zauberer schwerlich Verständnis haben konnte. Sie hatten sich einfach entschieden, den Kontakt zu Menschen zu meiden und mussten sich daher auch nicht verstellen.

Ray seufzte. »Diese Bandsache ist wichtig, damit die Jungs ein normales Leben führen können.«

Kopfschüttelnd winkte Richard ab. »Je länger sie sich mit Adrian abgeben, desto unwahrscheinlicher wird es, dass sie je ein normales Leben führen werden.«

Ray verzog angespannt die Miene, schwieg aber.

Maja nickte ernst. »Morgen«, bestätigte sie entschlossen. »Wenn es nicht anders geht, gehe ich alleine.« Vielleicht wäre das sogar besser. James misstraute den Magiern und würde bei einem Gespräch schlimmstenfalls eher hinderlich als hilfreich sein, außerdem war es weniger riskant, wenn sich nur eine Person in Gefahr begab statt der ganzen Familie. Dennoch wäre sie auch froh, wenn sie James an ihrer Stelle wüsste. Doch sie würde zu ihrer Entscheidung stehen, weil sie daran glaubte, dass sie die andere Seite hören mussten. Adrian teilte sein Wissen mit seinen Söhnen nur spärlich und bruchstückhaft, darauf konnten sie sich nicht verlassen.

James rieb sich das lädierte Kinn und sagte sich, dass es ihm immer noch besser ging als Tim, der weiterhin heißer war, weil Bill ihn erneut gewürgt hatte, oder Bill, der sich mit schmerzverzerrter Miene die Hand hielt.

Bisher war keiner von ihnen als Sieger aus dieser Auseinandersetzung hervorgegangen. Nicht Bill, der Anspruch auf Lauren erheben wollte, nicht Tim, der auf seinem vermeintlichen Vorrecht bestand und nicht James, der Majas Freundin verteidigen wollte. Mike und Charlie stritten sich unterdessen, wie sie den Streit ihrer größeren Brüder am besten beenden konnten. Indessen war längst so etwas wie Ruhe eingekehrt, weil sich einer von Rays Sicherheitsmännern besorgt in der Tür gezeigt hatte, als er ihren Streit vom Flur gehört hatte.

Nun saßen sie alle schweigend auf den Sofas und starrten auf den Boden, wissend, dass Ray vermutlich bereits von ihrem ausgearteten Streit erfahren haben musste und mit ihnen schimpfen würde. In Anbetracht der neuen Erkenntnisse über hn, bedeutete das wohl auch, dass nun die seltsamen Magier davon erfuhren.

»So kann es nicht weitergehen«, begann Mike leise und eindringlich. »Wir müssen in Erfahrung bringen, was an diesen Geschichten dran ist, damit wir eine Lösung finden können. Uns gegenseitig die Köpfe einzuschlagen, bringt uns mit Sicherheit nicht weiter.«

James nickte schwerfällig und scrollte durch die Anrufliste auf seinem Handy. Maja hatte fünfmal versucht, ihn zu erreichen. Vielleicht hatte sie auch die

Kampfgeräusche gehört und sich Sorgen gemacht. Aber es war gut, dass sie nicht hier war. Sie wäre alles andere als begeistert davon, dass er sich mit seinen Brüdern geprügelt hatte, obwohl ihr doch so viel daran lag, dass er den anderen wieder näher kam.

»Und woher sollen wir verlässlichere Informationen bekommen?«, brach Bill skeptisch das Schweigen. »Die einen von uns trauen Ray nicht, die anderen nicht Adrian. Wenn noch eine Quelle auftaucht, werden wir die wohl genauso skeptisch betrachten.«

James nickte erneut und fuhr sich mit der Hand über sein Kinn, das sich zum Glück inzwischen schon etwas besser anfühlte. Vielleicht verfügten ihre Körper tatsächlich über besondere Selbstheilungskräfte.

Tims aufgeplatzte Lippe schien allerdings unverändert blutig. Er hatte wohl den heftigeren Schlag abbekommen.

»Dann dürfen wir eben keinem von beiden einfach trauen«, schlug Mike versöhnlich vor. »Wir hören beiden zu und vergleichen ihre Geschichten, die Wahrheit wird wahrscheinlich irgendwo in der Mitte liegen.«

James fuhr sich durch die Haare und erneuerte seinen zerzausten Zopf. »Hättest du das nicht vorschlagen können, bevor wir uns geprügelt haben?«

Nicht, dass es das erste Mal wäre, dass sie sich in den Haaren lagen. Bevor Maja ins Bandhaus gezogen war, war es dort durchaus öfter hochhergegangen wegen vergleichbar lächerlicher Themen, wie dem Abendessen, einer ausgetrunkenen Flasche Whisky oder einem besonders heißen Groupie.

Mike zuckte mit den Schultern. »Eure Prügelei hatte eben erhellende Wirkung.«

James musste schon wieder lächeln, weil es irgendwie nicht klang, als hätte ihr Nesthäkchen Mitleid mit den großen Brüdern.

Vielleicht hatten sie auch gar kein Mitleid verdient.

Tim stand indessen auf und fuhr sich durch seine Haare, als wäre es wichtig, ob jede einzelne Strähne an Ort und Stelle war.

»Wo willst du hin?«, hakte Charlie misstrauisch nach, während er sich erhob, um Tim zu folgen.

»Nach Lauren sehen«, kam die erschütternde Antwort.

Keiner von ihnen hatte sich Gedanken darum gemacht, wo sie sich aufhielt, obwohl sie doch eigentlich alle bemerkt hatten, dass sie ständig in Tims Nähe war.

»Wo ist sie?«, hakte Bill sofort in schneidendem Ton nach und schon wieder lang eine unheilvolle Spannung in der Luft, als hätten sie ihren Zwist nicht gerade überwunden gehabt. Es war unverkennbar, dass Bill immer noch ein gewisses Interesse an der Fotografin hatte.

Sobald sie das Problem mit der unerwünschten Bindung zwischen Lauren und Tim gelöst hatten, mussten sie sich wohl mit einem Eifersuchtsstreit zwischen Tim und Bill auseinandersetzen.

Berauschende Aussichten.

Und das alles während einer Tour, die immer mehr an Bedeutung verlor, obwohl sie doch eigentlich ihren Durchbruch ermöglichen sollte.

»Sie wollte sich vorhin hinlegen.«

Also war Lauren vermutlich im angrenzenden Schlafzimmer und hatte dort unbestreitbar mehr als genug von dem Streit mitbekommen, der sogar die Sicherheitskräfte auf dem Gang nervös gemacht hatte.

Bill fluchte leise. »Das heißt, sie hat alles mitangehört?«

Tim starrte ihn erschrocken an, als hätte er daran bisher keinen Gedanken verschwendet. »Sie schläft sicher, sonst wäre sie bestimmt nicht so ruhig geblieben«, spekulierte er, obwohl er kaum ernsthaft glauben konnte, dass sie friedlich geschlafen hatte, während die Männer sich anbrüllten und prügelten.

Allerdings hatte Tim durchaus Recht damit, dass Lauren nicht der Typ war, der still in der Ecke saß, wenn sich nebenan solche Szenen abspielten. Sie war selbstbewusst und hätte vermutlich versucht, zu schlichten. Nein, es passte wirklich nicht zu ihr, sich einfach zu verkriechen, aber wer konnte schon sicher sagen, wie sie reagierte angesichts von Tims seltsamem Verhalten in den letzten Tagen? Zudem hatte sie möglicherweise aus dem Gespräch einige verstörende Informationen gezogen – hatte sie gehört, dass Tim in Betracht zog, sie zu töten? Dass Bill Ansprüche auf sie erhob?

James konnte nicht widerstehen sich direkt hinter Tim ins Schlafzimmer zu schieben, um sich Gewissheit zu verschaffen.

Es war beunruhigend still.

Tim stürmte an dem leeren Bett vorbei durch die offenstehende Badezimmertür, während James bereits das geöffnete Schlafzimmerfenster anstarrte. Leise kam hinter ihm Bill herein.

»Hat wohl auch keiner von uns wirklich geglaubt, dass sie hier still sitzt und darauf wartete, dass Tim sich die Ehre gibt, mit ihr zu sprechen«, stellte der Sänger beinahe schadenfroh fest, während er an das Fenster trat.

Tim kam mit stapfenden Schritten ebenfalls hinzu und stieg sofort hinaus auf die Feuerleiter vor dem Fenster. Dort blieb er stehen und starrte an dem Gerüst hinauf und hinunter, offenbar in der Hoffnung, Lauren zu entdecken.

Dabei lagen ihre Prügelei und die folgende Diskussion mit dem Sicherheitsdienst bereits eine halbe Stunde zurück. Lauren war längst über alle Berge und würde sicher nicht irgendwo in Sichtweite darauf warten, gefunden zu werden.

»Du sperrst sie hier tagelang ein und prüfst nicht, ob sie die Möglichkeit zur Flucht hat?«, schnaubte Bill verärgert Tim an, als der wieder ins Zimmer kletterte.

Vor einer Stunde hatte Bill sich noch grundsätzlich über Laurens Gefangenschaft beschwert, nun klang es eher, als störte er sich an den laschen Sicherheitsvorkehrungen für diese Gefangenschaft.

»Ich dachte nicht, dass sie fliehen würde«, rechtfertigte Tim sich sichtlich fassungslos – sogar sein Gesicht hatte an Farbe verloren und seine Augen huschten haltlos durch den Raum, als hoffte er, dort doch irgendwo Lauren zu entdecken.

Bill schüttelte ungläubig den Kopf. »Denkst du, ihr gefällt es, hier eingesperrt zu sein?«

James rieb sich den vor Anspannung schmerzenden Nacken. Er konnte tatsächlich verstehen, dass Tim nicht mit einer Flucht gerechnet hatte. Immerhin hatte Lauren scheinbar seit Tagen die Fluchtmöglichkeit vor Augen gehabt und nicht genutzt. Das legte den Schluss nahe, dass Lauren für Tim ebenso Gefühle hatte, wie er für sie. Warum sonst hätte sie bleiben sollen?

»Sie hat bisher nie den Eindruck gemacht, als wollte sie fort«, rechtfertigte Tim sich und James verzichtete darauf, ihn an den Vorfall in Rom zu erinnern, als Lauren offensichtlich hatte abreisen wollen. Tim wusste das nur zu gut.

»Vielleicht hat sie gehört, worüber wir geredet haben«, mutmaßte James sachlich und überlegte angestrengt, was sie wohl alles mitbekommen hatte. Dass sie alle Brüder waren, wäre noch die harmloseste Erkenntnis, aber sicher nicht Ansporn genug, auszurechen. Dass Tim in Erwägung zog, sie umzubringen, war allerdings ein guter Grund, aus dem Fenster zu klettern.

»Fuck!«, fluchte Tim laut.

Bill verschränkte die Arme vor der Brust. »Vielleicht hast du Glück und sie ist nicht zur Polizei gerannt, wegen deiner Mordpläne.«

Tim sackte auf der Bettkante zusammen und stürzte das Gesicht in die Hände. »Ich will sie doch nicht umbringen!«

Das glaubte James ihm sogar, er hatte sich von Adrian zwar scheinbar einreden lassen, dass ein Mord geradezu gnädig wäre, aber offensichtlich hatte Tim sich nicht durchringen können, zu handeln – sonst würde er Lauren nicht von Stadt zu Stadt mitschleifen.

»Dann hättest du das vorhin besser nicht sagen sollen! Was denkst du, tut eine vernünftige Frau, wenn sie von solchen Plänen hört?«, fuhr Bill ihn patzig an. »Nur, dass du es weißt, wenn es soweit kommt, gehst du dafür alleine ins Gefängnis!«

Tim stöhnte gequält und James wandte sich von der Szene zu Mike und Charlie, die im Moment vermutlich hilfreicher waren als Tim in seinem Selbsthass und Bill mit seiner blinden Eifersucht.

»Lauren ist weg«, erklärte James ernst, für den Fall, dass die beiden Jüngsten das noch nicht mitbekommen haben sollten.

Mike nickte. »Wir sollten versuchen, sie zu finden. Vielleicht hat sie Kontakt zu Ray aufgenommen.«

Oder zu Maja, ergänzte James in Gedanken und fragte sich unweigerlich, ob ihre vergeblichen Anrufe bei ihm möglicherweise damit zu tun gehabt hätten.

»Ich werde mit Maja zu reden. Vielleicht hat sie etwas mitbekommen.« Außerdem konnte sie am besten nachempfinden, wie Lauren sich fühlte, und vielleicht konnte sie sogar einschätzen, was die verzweifelte Frau tun würde.

»Lasst uns ausschwärmen, hier können wir nichts mehr erreichen«, schlug Bill erstaunlich sachlich vor. »Wir müssen

Lauren finden, bevor sie mit ihrer Geschichte an die Falschen gerät.« Wobei im Grunde nahezu jeder Mensch in diesem Zusammenhang , falsch' wäre.

Leider hatte wohl kaum einer von ihnen eine Ahnung, was sie tun sollten, wenn sie Lauren fanden. Im Moment wusste auch James keine andere Lösung, als sie unter Arrest zu stellen. Auf keinen Fall konnten sie zulassen, dass sich Laurens Geschichte verbreitete. Diese Gedanken behagten ihm gar nicht, aber es ging um ihr aller Sicherheit, nicht nur um Tim, wie Bill angedeutet hatte. Wenn Lauren auspackte, dann würde sie sicher auch Tims Brüder nicht decken.

Lauren beobachtete von der Hotelbar aus die Straße. Sie könnte einfach hinausstürmen und zur Polizei gehen, aber irgendwie schien ihr das nicht die richtige Institution für ihre Geschichte.

Sie hatte vieles, von dem, was in Tims Suite gehört hatte, nicht verstanden, doch je länger sie hier saß, desto deutlicher wurden die Erkenntnisse. Children of an Unknown war keine Gruppe von Freunden, sie waren Brüder und der seltsame Adrian war ihr Vater. Das ging unbestreitbar aus dem Gespräch der Männer hervor. Und aus irgendeinem Grund schien für Tim ihre Affäre so eine einschneidende Verbindung, dass er sich nicht einfach von ihr trennen konnte, sondern sie gleich töten musste. Das ergab keinen Sinn, wäre aber sicher genug, um die Polizei zum Eingreifen zu bewegen.

Es wäre ihr gutes Recht, zur Polizei zu gehen und Tim anzuzeigen. Er verdiente es, eingesperrt zu werden! Eigentlich …

Andererseits war ihr auch klar, dass sie irgendein wichtiges Detail nicht kannte. Irgendwas, das Tim dazu brachte, einen Mord zu erwägen. Sie wollte sich einreden, dass dieses etwas alleine Schuld daran war, dass Tim sich so benahm. Also brauchte sie Hilfe von jemandem, der mehr wusste. Jemand, der Einblick in die Welt der Brüder hatte und zugleich doch kein Teil dieser verschworenen Gemeinschaft war: Maja.

Aber natürlich war sie nicht auf ihrem Zimmer, als Lauren dort anklopfte. Deshalb hatte Lauren sich nun in der Bar niedergelassen, umgeben von so vielen Menschen, dass keiner der Brüder ihr hier etwas antun konnte. Hier würde sie bleiben, bis sie Maja oder Ray fand – oder zur Not eben doch einen Polizisten.

Aber zu Laurens Erstaunen stiegen Maja und Ray gerade zusammen aus einem Taxi und näherten sich dem Hotel. Kurz entschlossen klopfte Lauren von innen gegen die Fensterscheibe, um Aufmerksamkeit zu erregen.

Maja blickte sie sofort an, während sie ihr Handy mit der anderen Hand hielt, dessen leuchtendes Display einen eingehenden Anruf anzeigte.

Sie senkte das Handy und verabschiedete sich von Ray, bevor sie durch die Glastür in die Bar spazierte, den Blick auf ihr vibrierendes Handy gesenkt.

Gerade, als sie an Laurens Tisch angelangte, nahm sie ab.

»Hey!« Sie lächelte Lauren an und setzte sich, noch in ihr Telefonat vertieft. »Ich war mit Ray unterwegs. Wir sollten uns nachher darüber unterhalten«, berichtete sie der Person am anderen Ende der Leitung – vermutlich James. Und vermutlich hatte sie mit Ray etwas besprochen, wovon Lauren nichts wissen sollte.

Sie konnte nur hoffen, dass Maja wirklich vertrauenswürdig war und nicht mit den Brüdern unter einer Decke steckte. Allerdings hatte Lauren aus dem Gespräch herausgehört, dass sie theoretisch in einer ähnlichen Situation war, wie Lauren, nur dass James einen Mord sehr deutlich ausgeschlossen hatte.

Maja hörte James einen Moment lang zu und blickte dabei Lauren durchdringend an. Vielleicht erzählte er ihr gerade, dass Lauren geflohen war, und Maja sie suchen sollte.

»Ich werde mich gleich umsehen gehen«, antwortete Maja schließlich und bestätigte damit Laurens Verdacht. Dann legte sie auf und sah noch einen Moment lang nachdenklich auf das Handy.

»Danke«, hauchte Lauren leise, weil ihr durchaus klar war, dass Maja ihretwegen gerade ihren Freund belogen hatte, was ihr sichtlich zu schaffen machte.

Maja starrte weiter auf ihr Handy, obwohl sie im dunklen Display nur ihr Spiegelbild sehen konnte. Bereute sie ihre Lüge schon?

Ein aufmerksamer Kellner trat an den Tisch und erkundigte sich nach Majas Wünschen. Sie bestellte einen Milchkaffee und Lauren einen dritten Latte macchiato.

»Was ist passiert?«, fragte Maja schließlich ernst, immer noch mit dem Handy in der Hand.

»Tim hat sich mit den anderen gestritten, auf seinem Zimmer, ich konnte alles mithören«, begann Lauren leise und sah gleich, wie Maja hellhörig wurde.

»Was ‚alles'?«, ihre Stimme klang etwas höher als sonst und verriet so, dass sie eine Ahnung hatte, was Lauren gehört haben könnte. Sie wollte sich wohl nur erst vergewissern, welche Geheimnisse Lauren bereits kannte, damit sie nicht noch mehr preisgab. Wie viel dunkler mochten diese Geheimnisse wohl sein?

Ihrerseits dachte Lauren einen Moment nach, wie viel sie sagen sollte, damit Maja nicht versuchte, ihr noch etwas Entscheidendes vorzuenthalten.

»Unter anderem ging es darum, dass Tim in Erwägung zieht, mich umzubringen«, berichtete sie flüsternd und Majas entgleister Miene nach zu urteilen, überraschte sie dieses Geständnis. Was auch immer James ihr am Telefon gesagt hatte, dieses Detail hatte er scheinbar ausgelassen.

Sofort starrte Maja wieder auf ihr Handy.

Majas Reaktion zeigte beruhigenderweise, dass sie nicht Teil dieser Sache war und auch nicht mit Tims Plänen einverstanden war. Also würde sie Lauren hoffentlich helfen.

»Warum sollte er das wollen?«, brachte Maja schließlich verwirrt hervor. »Ich hatte eher den Eindruck, dass er sich in dich verliebt hat.«

Irrwitzigerweise hatte Lauren eigentlich ebenfalls angenommen, dass Tim tiefere Gefühle haben könnte und diese ihn so sehr überforderten, dass er sich nicht anders zu helfen wusste, als sie gefangen zu nehmen. Das war zwar nicht in Ordnung, doch immerhin irgendwie erträglich. Vielleicht wünschte sie sich sogar, dass er solche Gefühle für sie hegte und nicht nur ein Wahnsinniger war. Die traurige Wahrheit war jedoch, dass sie Gefühle für ihn hatte, er aber wohl nicht für sie – höchstens seine seltsam-gruseligen Besitzansprüche.

Lauren sah auf ihr leeres Kaffeeglas und hoffte, dass der Kellner bald mit dem Nachschub kam. Sie spürte in sich eine fürchterliche Kälte und sehnte sich nach Wärme – eigentlich wohl vor allem nach einer tröstenden Umarmung, vorübergehend tat es allerdings auch der heiße Kaffee.

»Das weiß ich nicht. So weit ich verstanden habe, war es ein Vorschlag von Adrian«, berichtete sie ehrlich und beobachtete, wie sich Majas Augen weiteten – vor Entsetzten oder Unglauben?

Sie schluckte trocken und ihre Finger zuckten bereits Richtung Handy, aber Lauren wollte nicht riskieren, dass sie auf die Idee kam, die Brüder anzurufen.

»Ich bin abgehauen, während sich die Männer darüber gestritten haben, ob sie diesen Vorschlag umsetzen sollen«, gestand Lauren mit bebender Stimme und Majas Finger schlossen sich um das Handy.

»Ich sollte unbedingt mit James darüber reden. Es wird ein Missverständnis sein«, flüsterte sie sichtlich nervös. Kurzentschlossen legte Lauren ihre Hand auf Majas und drückte diese samt Handy auf die Tischplatte, bevor die überforderte Maja etwas Verhängnisvolles tun konnte.

Ausgerechnet nun kam der Kellner mit dem Kaffee und zwang Lauren durch seine Anwesenheit, einen unerträglich langen Moment zu schweigen, während er die Getränke abstellte und sich dem nächsten Kunden zuwandte.

»Ist es nicht. Ich verstehe vieles nicht, was ich gehört habe, aber in diesem Punkt bin ich mir sicher«, beteuerte Lauren entschlossen und hielt Majas Hand weiterhin auf den Tisch gedrückt »Erklär mir, was ich da gehört habe! Du bist so lange mit diesen Männern unterwegs, dass du diese Dinge wissen musst.«

Maja schluckte erneut, zog ihre Hand zurück, ließ aber das Handy auf dem Tisch liegen. »Ich kann dir unmöglich alles erzählen, was ich weiß«, erklärte Maja leise, scheinbar schuldbewusst.

»Dann erklär mir wenigstens das, was ich gehört habe. Sie sind Brüder, richtig?«

Maja zögerte, nahm ihrem Kaffee und nickte schwerfällig.

»Und sie alle sind die Kinder von diesem Adrian?«, hakte Lauren weiter nach. Es fiel ihr schwer, all ihre neuen Erkenntnisse überhaupt in Worte zu fassen. So vieles brannte ihr unter den Nägeln, dass sie Angst hatte, etwas zu vergessen. Sie musste sich Stück für Stück vorarbeiten und sie fing mit den harmloseren Informationen an.

Maja nickte erneut. »Davon gehen wir zumindest aus. Aber wir sind nicht sicher, ob man Adrian glauben kann.«

Lauren hob skeptisch eine Augenbraue und spürte einen Hauch von Erleichterung, weil Maja gesprächiger wurde und wohl sogar Laurens Skepsis über Adrian teilte.

»Wer ist er?«, hakte Lauren nach.

Und Maja zuckte mit den Schultern. »Vielleicht am ehesten so etwas wie ein ehemaliger Geheimagent, der sich selbstständig gemacht hat. Er hat mich in Rom gefunden, befreit und meinen Ex umgebracht.«

Diese neue Erkenntnis war auch nicht gerade vertrauenserweckend. Wenn Adrian bereits einen Menschen auf dem Gewissen hatte und nun Lauren ins Visier genommen hatte, sollte sie sich wohl besser in acht nehmen.

»Dann sollten wir zur Polizei gehen und ihn anzeigen«, schlug Lauren vor, obwohl sie ahnte, dass Maja sich dagegen wehren würde. Aber sie musste herausfinden, wie weit Maja sie unterstützen würde.

»Das geht nicht«, antwortete Maja forsch. »Die Polizei ist Adrian nicht gewachsen.«

Instinktiv glaubte Lauren das sogar, weil an diesem Mann zweifellos mehr dran war als nur eine gewisse Mordlust, er wirkte unmenschlich eisig und gefühllos. Obwohl sie wusste, dass es unmöglich war, war Lauren überzeugt, dass Adrian rein gar nichts empfand – nicht die kleinste, menschliche Regung.

»Warum nicht? Was ist an ihm so besonders?«, bohrte Lauren nach, wild entschlossen, sich von Maja nicht mit Ausflüchten abspeisen zu lassen.

Maja zuckte mit den Schultern. »Ich weiß es nicht so genau, aber er ist gefährlich.«

Lauren seufzte und nahm einen großen Schluck von ihrer Latte. Dieses Ausweichen von Maja nervten sie, obwohl sie ahnte, dass sie sich verpflichtet fühlte, die Geheimnisse der Band zu wahren, weil es auch die Geheimnisse von James waren. Das sprach dafür, dass sie tatsächlich Gefühle für ihn hatte und nicht etwa eine Gefangene war, wie Lauren. Trotzdem saß sie nun hier mit Lauren, statt sie an die Brüder ihres Freundes zu verraten. Sie stand zwischen den Fronten und wollte wohl beide Seiten nicht im Stich lassen. Deshalb würde Lauren weiterbohren, bis Maja mit der Wahrheit herausrückte – oder zumindest mit dem Teil der Wahrheit, den Lauren erfahren musste, um über ihre nächsten Schritte entscheiden zu können.

»Und sind seine Kinder auch so gefährlich wie er?«, wechselte sie das Thema, um wieder auf die eigentlichen Fragen zurückzukommen. Die Details über Adrian wollte sie vielleicht gar nicht wissen, sie musste sich von ihm fernhalten, das war im Grunde schon genug.

Maja sah erschrocken auf. »Nein!«, antwortete sie voller Überzeugung. »Ich kann mir nicht vorstellen, dass einer von ihnen einem Menschen etwas antun könnte.«

Lauren nickte zögernd, weil sie ihr glaubte, dass Maja sich das nicht vorstellen konnte, sie vertraute den Männern offensichtlich. Nur leider teilte Lauren dieses Vertrauen nicht.

»Tim sagte, er habe keine andere Wahl, wenn er sich von mir befreien wollte. Und er sagte, dass es bei dir und James im Grunde dasselbe ist.«

Majas braune Augen weiteten sich erneut. »Das kann gar nicht sein, es war nie die Rede davon, dass einer von uns sterben müsste.«

Lauren nickte. »James schien auch kein Interesse daran zu haben, aber Tim sagte, es wäre besser für mich, wenn er mich umbringt, als wenn es beim jetzigen Zustand bleibt.« Nervös fuhr Lauren sich durch die blonde Mähne. »Und ehrlich gesagt, verstehe ich bisher nicht einmal, was das für ein Zustand sein soll. Was habe ich getan, dass Tim glaubt, mich umbringen zu müssen?« Sie blickte Maja erwartungsvoll an, während diese auf ihrer Unterlippe herumkaute.

»Nichts«, antwortete sie erneut unverblümt ehrlich, »du hast sicher nichts getan.« Sie zuckte seufzend mit den Schultern. »Aber Tim kann auch nichts für die Situation. Wir wissen nicht genau, wie es passiert.«

Lauten nickte, obwohl die überhaupt nicht kapierte, worauf Maja hinauswollte. Zumindest verstand sie, dass Maja deutlich machen wollte, dass weder sie noch Tim Schuld an der Situation hatten – was auch immer das für eine Situation sein sollte.

»Wie was passiert?«, bohrte Lauren hartnäckig weiter, denn sie spürte, dass Majas Widerstand bröckelte und sie der Wahrheit näher kam.

Maja starrte auf ihre Hand mit dem vermutlich teuren Verlobungsring daran, dann legte sie beide Hände in den Schoss. Sie lehnte sich auf dem Stuhl zurück und hob ernst den Kopf. In ihren Augen sah Lauren eine wilde Entschlossenheit und einen gewissen Frust.

»Eigentlich bin ich nicht die Richtige, um das zu erklären, aber die anderen wissen auch nicht mehr als ich«, begann sie schließlich, sichtlich frustriert. »Aber ich kann es dir vielleicht besser erklären, als die Männer, weil ich in einer ähnlichen Situation bin wie du.« Damit bestätigte Maja endlich, was Lauren längst vermutet hatte, wenngleich sie es bisher nicht in Worte fassen konnte. »James und ich sind nicht nur einfach ein Paar, weil wir uns verliebt haben, wir sind irgendwie miteinander verbunden, sodass James krank wird, wenn ich nicht bei ihm bin. Er wäre fast gestoben, als ich mich von ihm getrennt hatte.«

Lauren erinnerte sich an die Schlagzeilen über diese Trennung und an die plötzliche Versöhnung, gefolgt von einem fluchtartigen Urlaub der Band. War das nur eine Lüge gewesen, um davon abzulenken, dass James krank war?

Maja streckte eine Hand nach Lauren aus und ergriff ihre. »Ich befürchte, dass es mit dir und Tim dasselbe ist. Dass ihr auch diese Verbindung aufgebaut habt.«

Lauren entzog ihr automatisch die Hand, weil sie von so einer Verbindung nichts hören wollte. Abgesehen davon, dass Majas angebliche Verbindung keinerlei logische Grundlage hatte, wollte Lauren gar nicht darüber nachdenken, dass sie irgendwie mit einem Mann verbunden sein könnte, der plante sie umzubringen.

Wollte er sie umbringen, weil diese Vorstellung für ihn so furchtbar war, dass er sie lieber tötete, als mit ihr zusammen zu sein?

»Müsste ich das nicht wissen? Ich würde mich niemals auf irgendeine Art Bindung mit Tim einlassen, der das ja offensichtlich selbst nicht will.«

Maja schüttelte traurig den Kopf. »Ich hatte auch keine Ahnung, sogar James hat es anfangs nicht bemerkt. Aber es erklärt, warum Tim dich davon abgehalten hat, abzureisen und warum er dich jetzt regelrecht einsperren will. Er weiß, dass er sterben würde, wenn du fortgehst.«

Romantisch.

Fürchterlich romantisch.

Geradezu gruselig romantisch.

»James und die anderen wollten vorhin zu Tim, um mit ihm darüber zu sprechen, ob er diese Verbindung mit dir hat. Es war bisher nur ein Verdacht.«

Der Verdacht hatte sich offenbar bestätigt und aus dem klärenden Gespräch hatte sich der Streit entwickelt, den Lauren unfreiwillig mitangehört hatte und ihr die Gelegenheit zur Flucht gegeben hatte.

»Der Verdacht hat sich wohl bestätigt, darin schienen sie sich einig«, gab Lauren leise zurück, »und es klang, ehrlich gesagt, nicht, als hätte ich eine besonders rosige Zukunft vor mir.« Nicht nur, dass Tim davon gesprochen hatte, sie umzubringen, Bill hatte vorgeschlagen, sie einzusperren, und, dass man sie nicht an dieser Diskussion beteiligt hatte, verriet schon, welches Gewicht ihre Meinung in dieser Sache hatte.

Majas Miene verfinsterte sich. »Sie sind mit der Situation überfordert und haben sicher nicht damit gerechnet, dass du mithörst.«

»Ich bin froh, dass ich das gehört habe. Bisher dachte ich immer, Tim würde sich vielleicht irgendwann wieder fangen, aber jetzt ist mir klar, dass er mir nur noch Schlimmeres antun wird, wenn ich ihm die Gelegenheit dazu lasse.«

Lauren nahm einen Schluck von ihrem Kaffee. »Wir sollten zusammen fliehen. Du bist schließlich auch nicht wirklich besser dran als ich.«

Maja schüttelte heftig den Kopf. »Ich will James nicht im Stich lassen, wir lieben uns und ich würde genauso bei ihm bleiben, wenn ich es nicht müsste. Ich habe mich schon für ihn entschieden, bevor ich von der Verbindung wusste.«

Lauren spürte einen Stich. Sie würde sich auch gerne für Tim entscheiden, weil sie ihn tatsächlich mochte, trotz all seiner Fehler und seines seltsamen Verhaltens. Aber sie konnte sich nicht für ihn entscheiden, nachdem sie gehört hatte, wie verzweifelt er einen Weg suchte, sie loszuwerden. Das machte alles kaputt, jeden Kuss der vergangenen Tage, alles war erzwungen, weil er keine Wahl gehabt hatte, als mit ihr zu leben.

»Ich werde dir helfen«, verkündete Maja schließlich. »Wir werden herausfinden, was es wirklich mit dieser Verbindung auf sich hat und wie wir sie auflösen können, ohne dass jemand zu schaden kommt.«

Lauten wurde warm ums Herz bei dieser kämpferischen Ankündigung, die ihr tatsächlich Hoffnung machte, dass sie das nicht alleine durchstehen musste.

»Wirst du nicht Probleme mit James bekommen, wenn du mir hilfst, obwohl sie mich vermutlich gerade überall suchen?«

Maja blickte erneut auf ihr Handy, an dem sie James zuvor versichert hatte, die Augen nach Lauren aufzuhalten.

»Wir wollen alle dasselbe«, begann sie leise, »wir wollen die Wahrheit herausfinden und erfahren, wie wir am besten damit umgehen. Wir haben nur verschiedene Ansichten, wo wir die Wahrheit finden werden. Tim glaubt offensichtlich immer noch, Adrian könnte ihm helfen, was ich nicht glaube.«

Lauren nahm ihren Kaffee mit beiden Händen, um sich zu wärmen und Halt zu finden, weil sie immer mehr fürchtete, den letzten Halt zu verlieren. Majas Erklärungen waren verwirrend und keineswegs beruhigend, aber zumindest glaubte Lauren daran, dass sie die Wahrheit sagte – auch wenn es wahrscheinlich nur ein Bruchteil war, weil Maja selbst nicht das ganze Bild kannte.

»Und was ist die Alternative?«, hakte Lauren unsicher nach.

Maja sah nachdenklich auf ihren Kaffee. »Ich treffe mich morgen mit einer Gruppe von Leuten, die uns vielleicht weiterhelfen kann.«

Das klang zumindest besser, als Adrian und seine Mordpläne ernst zu nehmen. »Was für Leute?«

Maja lächelte geheimnisvoll. »Magier, die möglicherweise einen gewissen Anteil an allem haben, was uns bisher widerfahren ist. Sie haben angeblich Adrian erschaffen und vielleicht können sie uns diese Verbindung erklären.«

Lauren hörte dieses Wort gar nicht gerne. Bisher war Tim schlimmstenfalls ein Verrückter gewesen, aber durch Majas Wortwahl änderte sich alles. Sie sprach von Magie, die Lauren bisher ins Märchenbuch verbannt hatte.

»Magier?«, wiederholte sie ungläubig. »Zauberkünstler wie in Las Vegas?« Insgeheim ahnte sie schon, dass Maja nicht die Art von Zauberern meinte, die Jungfrauen zersägte und wieder zusammensetzte.

Maja zuckte mit den Schultern. »Ich weiß nicht, was für Magier das sind. Ich kann es mir selbst kaum vorstellen, aber ich hoffe, sie wissen, wie wir diese Verbindung zwischen dir und Tim auflösen können, ohne dass jemand zu Schaden kommt.«

Dabei fragte Lauren sich unwillkürlich, wen Maja wohl eher schützen würde. James hatte sich zweifelsohne bereits dafür entschieden, seinem Bruder beizustehen, würde Maja dann nicht logischerweise ihm folgen? Vielleicht konnte sie sich gar nicht gegen ihn stellen.

»Wird James dich nicht aufhalten wollen, wenn er glaubt, dass sein Bruder dabei Schaden nehmen kann?«

Wieder sah Maja ihr Handy an, als erwarte sie Widerspruch von dem Gerät. »James wird es am Ende verstehen«, flüsterte sie zögernd. »Ich will ja auch ihm helfen.« Allerdings klang sie nicht unbedingt überzeugt, obwohl sie sich wahrscheinlich überzeugt geben wollte.

Wenngleich ihre Augen traurig wirkten, lächelte Maja wieder. »Wir zwei gehen morgen zusammen zu den Magiern und fragen sie nach der Wahrheit. Hoffentlich bekommen wir Antworten, die uns voranbringen. Bis dahin sollten wir James und den anderen aus dem Weg gehen.« Es klang überraschenderweise, als hätte Maja bereits einen Plan.

»Bringst du James damit nicht in Gefahr, wenn ihn eure Trennung damals krank gemacht hat?«, erkundigte Lauren sich besorgt, obwohl sie doch eigentlich froh war, dass Maja sich hinter sie und gegen die Musiker stellte.

Maja lächelte. »Ich habe ja nicht vor, mich lange zu verstecken. Ein paar Tage übersteht James ohne mich. Das ist in Ordnung, auch wenn er nicht begeistert sein wird.«

11. Kapitel

Maja war klar, dass es nicht in Ordnung war, auch ohne, dass sie einen von James' vermutlich zunächst besorgten, dann wütenden Anrufen annahm. Sie hatte ihm geschrieben, dass sie eine Spur zu den Magiern verfolgte und sich später bei ihm melden würde.

Natürlich war er alles andere als begeistert von ihrem Vorhaben und hätte sie wohl nur zu gerne umgestimmt. Vielleicht hätte er das auch geschafft, wenn sie ihm die Gelegenheit dazu gelassen hatte, deshalb gab sie ihm diese Gelegenheit gar nicht erst.

Sie hatte sich zusammen mit Lauren in einem anderen Hotel eingemietet, das ihnen Ray glücklicherweise ohne Fragen zu stellen organisiert hatte. Letztlich wusste er wohl ohnehin, weshalb sie ein neues Quartier bezog.

»Weißt du, wo Lauren ist?«, fragte James morgens in einer Textnachricht, als er sich scheinbar ein wenig beruhigt hatte – zumindest klangen seine Worte sachlich.

Da sie fest an ein baldiges Wiedersehen und ein Happy End glaubte, antwortete Maja ebenso ehrlich: »In Sicherheit.«

Tatsächlich stand Lauren im Moment unter der Dusche und bereitete sich so auf die bevorstehende lange Autofahrt vor. Ray wollte in einer Stunde da sein und sie abzuholen, um gemeinsam mit ihnen zu den Magiern zu fahren.

»Tim sorgt sich um sie«, kam James' Antwort prompt, während Maja lustlos an ihrem Frühstücksbrötchen knabberte. Der Zimmerservice in diesem Hotel war nicht annähernd so gut wie in dem anderen Hotel. Oder der Koch hatte einen sehr schlechten Tag, vielleicht hatte aber auch einfach ihre Laune Maja den Geschmack verdorben. Sie fühlte sich unwohl dabei, sich vor James zu verstecken, als wäre er ihr Feind. Dabei vertraute sie ihm eigentlich und glaubte an das Gute in ihm.

Aber sie hatte nicht mehr ignorieren können, dass seine Prioritäten andere waren als ihre. Logischerweise waren ihm seine Brüder wichtiger als Lauren. Ob er sich entschieden hatte, Tim zu helfen? Auch auf Laurens Kosten?

»Wir sind spätestens morgen zurück«, versicherte Maja schließlich und schaltete das Handy aus. Sie traute James durchaus zu, dass er einen Weg fand, ihr Handy zu orten. Motivation hatte er mehr als genug, er wusste am Besten, wie abhängig er von ihr war, und er würde sicher nicht einfach Däumchen drehen.

Lauren trat sichtlich verunsichert aus dem Bad und zwang sich, zu lächeln. Maja deutete auf das zweite Tablett mit Zimmerservice-Frühstück. »Du solltest etwas essen, heute dürfte ein langer Tag werden.«

Und sie beide hatten ohnehin schon nicht viel geschlafen. Maja hatte ihr klingelndes Handy ignoriert, Lauren sich verboten all die Fragen zu stellen, die ihr zweifellos durch den Kopf gingen und von denen Maja wohl die wenigsten hätte beantworten können: Fragen zu den Brüdern, zu der Verbindung und zu Majas Beziehung mit James. Selbst bei den Fragen, die sie beantworten könnte, hielt Maja sich allerdings zurück. Sie schuldete es James und seinen Brüdern, dass sie ihre Geheimnisse wahrte, zumindest alle, die Lauren nicht direkt betrafen. Sie musste nicht wissen, dass die Brüder seit Jahren von der Lebensenergie ihrer Fans zehrten oder dass ihre Mutter verrückt und verschwunden war. Noch hoffte Maja, dass sie einen Weg fanden, Lauren und Tim von der ungewollten Verbindung zu erlösen, sodass Lauren gehen konnte. Und dann sollte sie so wenig wie möglich wissen. Es wäre etwas anderes, wenn Lauren vorhätte, Teil der Familie zu werden, aber vermutlich wollte sie das genauso wenig wie Tim. Sie wollte zurück in ihr altes Leben und das wollte Maja ihr nicht verbauen.

Maja dagegen hatte freiwillig alles zurückgelassen und mit James neu angefangen, weil ihr Leben sich davor in eine Richtung entwickelt hatte, die sie nicht weiter verfolgen wollte. Lauren hingegen hatte offensichtlich etwas, zudem sie zurückwollte und dazu sollte sie auch die Möglichkeit haben.

Ray erwartete sie mit einem Mietwagen vor dem Hotel und keiner von ihnen wusste, etwas zu sagen, als sie einstiegen.

Vielleicht war Ray derselben Ansicht wie Maja und wollte Lauren so wenig wie möglich erklären, damit sie irgendwann wieder gehen konnte.

Sie fuhren aus dem allmählich erwachenden, morgendlichen Berlin und über Landstraßen an Feldern, Bauernhöfen und Ferienhäusern vorbei. Es war eine Gegend, in der man eher Urlaub machte als unheimliche Magier zu vermuten.

Daran änderte sich auch nichts, als Ray schließlich auf ein Tor zusteuerte. »Privatgelände«, wie auf einem Schild in mehreren Sprachen geschrieben stand, aber das Tor öffnete sich und Ray lenkte den Wagen hindurch in einen großzügigen Garten mit penibel getrimmtem Rasen – kein Kräutergarten, keine Steinkreise, eher eine Art Golfclub als ein modernes Stonehenge.

»Wir werden erwartet«, erklärte Ray bemüht ruhig und doch hörbar nervös.

Maja nickte, natürlich wurden sie erwartet, nicht etwa, weil die Magier in die Glaskugel geschaut hatten, sondern weil Richard sie angekündigt hatte. Und es war kein wirklich gutes Gefühl, dass diese scheinbar mächtigen Leute auf dieses Treffen vorbereitet waren, wohingegen Maja nur ihre Fragen und eine überforderte Lauren im Gepäck hatte. Wie sehr vermisste sie nun James. Er sollte in dieser Situation eigentlich an ihrer Seite sein, sie suchte schließlich auch für ihn nach Antworten, nicht nur für Lauren. Wahrscheinlich ging es ihr sogar mehr um ihn als um die Fotografin.

Ray hielt vor einem Gebäude, das absolut nichts sagend war. Dank der Vorhänge an allen Fenstern könnte es genauso gut ein Bürogebäude wie ein Wohnhaus sein – oder eben der Tempel einer Gruppe seltsamer Zauberer. Allerdings war das Gebäude erstaunlich klein. Bisher hatte Maja mit einer mächtigen Geheimorganisation und hunderten Mitgliedern gerechnet, dieses Haus jedoch hatte nur zwei Stockwerke – falls nicht das gesamte Gelände unterkellert war, bot dieses Haus lediglich Platz für eine durchschnittliche Familie.

Ray stieg aus und öffnete ihr die Fahrzeugtür, kurz bevor sich die Milchglastür des Gebäudes öffnete und ein junger Mann herauskam. Er trug einen hellgrauen Anzug und könnte eher Richards Nachfolger als ein Magier sein.

»Herzlich willkommen, wir haben euch schon erwartet.« Er hielt ihnen höflich die Haustür auf und Maja ging mutig an ihm vorbei, während Lauren ihr eilig folgte, als hätte sie Angst, den Anschluss zu verlieren. Dabei hatte Maja selbst Angst, davor, wer und was sie hier erwartete. Es könnte immerhin auch sein, dass sie sich dramatisch geirrt hatte, dass Adrian der Vertrauenswürdige war und nicht etwa Ray und seine Kontakte.

Aber mitten in einem großen Wohnzimmer voller ausladender Grünpflanzen erwartete sie Hannah in einem offensichtlich bequemen Baumwollkleid mit Blumenmuster – ohne Fesseln oder ohne Wärter. Sie stand dort mitten im Raum, als wäre sie die Herrin des Hauses und bereit zum Empfang ihrer Gäste.

»Maja«, lächelnd kam Hannah näher und streckte ihr die Hand entgegen. Maja nahm sie an, wobei sie möglichst unauffällig Hannahs Handgelenk begutachtete – keine Fesselspuren, keine blauen Flecken, keine Abschürfungen. Sie schien in guter Verfassung, deutlich entspannter und mit auffällig wachem Blick verglichen mit ihrem letzten Treffen. Zudem wirkte sie jünger.

»Es freut mich so, dich wiederzusehen«, versicherte Hannah lächelnd, ganz die Traumschwiegermutter.

Maja atmete tief durch und lächelte. »Es freut mich auch, ich hatte gar nicht erwartet, dich hier zu treffen.« Im Grunde hatte sie nicht einmal zu hoffen gewagt, dass sie Hannah so einfach finden würde. »James wird unglaublich froh sein, zu hören, dass es dir gut geht.«

Hannah nickte. »Ich wollte euch keine Angst machen.« Lächelnd führte Hannah sie in einen angrenzenden Raum mit modernen Ledersofas, während Maja immer noch heimlich nach einem klischeehaften Pentagramm auf dem Boden, Räucherstäbchen oder mythischen Symbolen suchte. Aber sogar der freundliche Mann von der Haustür war verschwunden. Offenbar war Hannah allein das gesamte Empfangskomitee.

Hannah setzte sich und Maja konnte nicht anders, als ihrem Beispiel zu folgen, während Lauren unschlüssig stehen blieb.

»Das ist Lauren«, stellte Maja ihre Begleitung zögernd vor. »Tim hat sich offenbar in sie verliebt.«

Hannah musterte ihre unfreiwillige zweite Schwiegertochter nachdenklich. »Das überrascht mich nicht, gerade bei Tim«, antwortete Hannah schließlich, obwohl alle anderen gerade davon überrascht waren, dass ausgerechnet Tim sich verliebte.

Mit einem gekünstelten Lächeln versuchte Maja ihre Verwirrung zu überspielen. »Gerade bei Tim?«

Hannah nickte und seufzte. »Er ist der Älteste, viele Jahre älter als die anderen. All die Jahre muss er sich schrecklich alleine gefühlt haben. Und, nachdem James sich mit dir verbunden hat, hat Tim sich bestimmt danach gesehnt, ebenfalls eine Partnerin zu finden.«

Maja zwang sich, ihre Überraschung zu verbergen. Niemand hatte je gesagt, wie groß der Altersunterschied zwischen Tim und seinen Brüdern war. Und er hatte nie über Einsamkeit geklagt – oder hatte ihm nur keiner zugehört?

»Aber Tim will diese Partnerschaft nicht, er spricht sogar davon, Lauren umzubringen, um es zu beenden«, erklärte Maja bemüht ruhig, obwohl es ihr schwerfiel, diese Dinge in Laurens Gegenwart auszusprechen. Es musste sie verletzen, wie unerwünscht sie für Tim war. Obendrein musste Maja Hannahs Illusion einer glücklichen Romanze zerstören und konnte nicht abschätzen, welche Auswirkungen das auf deren Geisteszustand hatte, schließlich war sie kürzlich dem Wahnsinn noch näher gewesen als ihren Söhnen. Konnte sie schlechte Nachrichten überhaupt verkraften?

Hannah schüttelte den Kopf. »Das klingt nicht nach Tim.«

Langsam kam auch Lauren heran, setzte sich allerdings nicht. »Ich habe es aus seinem Mund gehört. Er sagte, der Tod wäre gnädiger als den Rest meines Lebens mit ihm verbringen zu müssen.« Aus Laurens Worten sprach unüberhörbar der Schmerz, den sie angesichts von Tims Äußerungen verspürte. Maja konnte das nur begrenzt einschätzen, was Lauren für Tim empfand. Zweifellos hatte sie Gefühle für ihn, sonst hätte sie gewiss früher die Flucht ergriffen, aber was ging nun in ihr vor, nachdem er sie eingesperrt und sogar ihren Tod geplant hatte?

»Hannah, wir müssen wissen, was wirklich hinter dieser Verbindung steckt. Du musst uns alles sagen, was du weißt, damit wir Tim zur Vernunft bringen können«, bat Maja ernst. »James und ich kommen klar, aber bei Lauren und Tim liegen die Dinge anders. Offensichtlich will Tim diese Verbindung unter keinen Umständen akzeptieren.«

Es tat ihr leid, dass so vor Lauren auszusprechen, die vielleicht heimlich darauf hoffte, dass Tim doch Gefühle für sie haben könnte. Maja wollte nicht den Eindruck erwecken, es könnte für sie und Tim kein Happy End geben, zugleich musste sie Hannah jedoch den Ernst der Lage aufzeigen.

»Es liegt an Adrian«, begann Hannah ernst, »er hat Tim vermutlich auf diese Idee gebracht.« Sie seufzte. »Für Adrian ist diese Verbindung die Hölle auf Erden geworden, deshalb sucht er einen Weg, sie zu beenden.« Hannah klang irritierend sachlich, obwohl diese Worte ihr nahe gehen mussten, immerhin liebte sie ihn genug, um ihm fünf Söhne zu schenken und ihm jahrelang den Rücken zu stärken.

»Kann man diese Verbindung wieder lösen?«, hakte Maja nach, wohingegen Lauren vollkommen mit sich selbst beschäftigt schien.

Hannah seufzte erneut. »Adrian ist davon überzeugt und es klingt logisch, dass dieses Band zertrennt wird, wenn einer von beiden Beteiligten stirbt.«

Maja nickte halb betäubt und realisierte, wie Lauren sich schwer neben sie fallen ließ.

»Trotzdem hat Adrian nie versucht, dich umzubringen«, stellte Maja ernst fest, um gar nicht weiter darauf einzugehen, was Tim darüber denken mochte. Lauren sollte sich nicht zu sehr damit beschäftigen, was Tim ihretwegen empfand.

Hannah nickte. »Bisher nicht. Tim hat ihn fortgeschickt, als Adrian begann, sich seltsam zu äußern.«

Was es umso irritierender wirken ließ, dass Tim nun Adrian so sehr vertraute. War es die Verzweiflung, weil er sich nicht anders zu helfen wusste? Oder hatte Adrians Rausschmiss damals noch andere Gründe gehabt?

»Die vergangenen Jahre war ich in der Anstalt sicher.«

Maja horchte auf. »Warum bist du dann nicht dort geblieben? Hat man dich entführt?« Über all die neuen Eindrücke hätte Maja fast vergessen, Hannah zu fragen, was ihr widerfahren war.

Hannah schüttelte den Kopf. »Nachdem du mit James bei mir warst, wusste ich, dass ihr Hilfe braucht. Deshalb musste ich jemanden suchen, der euch helfen kann.«

Maja schluckte erneut. »Und wer soll das sein?«

Nicht, dass das Wiedersehen mit Hannah nicht interessant war, aber sie hatte eben doch auch nur Informationen aus zweiter Hand.

»Adrian«, gestand Hannah, »er ist der Einzige seiner Art, der einzige, der ansatzweise versteht, was hier vorgeht, und er hat alles so viele Jahre untersucht und erforscht.«

Maja spürte, wie ihr kalt wurde und die Farbe aus ihrem Gesicht wich. Unweigerlich sah sie sich um, in der Angst, dass Adrian plötzlich hinter ihnen stehen könnte, weil sie ihm in die Falle gegangen waren. Sie hatte Lauren in Aussicht gestellt, sie vor Adrian zu schützen, und hatte sie ihm möglicherweise auf dem Silbertablett serviert, abseits von James und den anderen, die ihnen helfen könnten.

»Was ist mit den Magiern, die Adrian erschaffen haben?«, hakte Maja irritiert und hoffnungsvoll nach, während sie heimlich nach Fluchtmöglichkeiten suchte. Es stand außer Frage, dass sie Lauren Adrian nicht ausliefern würde. »Die müssten doch noch mehr wissen.«

In etwa das hatte Adrian selbst erzählt und inzwischen hoffte Maja sogar, dass es die Wahrheit war.

Hannah blickte sie seltsam überrascht und verwirrt an. »Ich weiß nicht, wovon du sprichst«, gab sie schließlich zurück. »Adrian wurde genauso wenig von irgendwem erschaffen, wie die Menschen aus Lehm geformt wurden.«

Majas Herz blieb einen Moment stehen.

Hatte sie nicht die ganze Zeit an Adrians Geschichte von Militär und Magiern gezweifelt? Da sollte es sie doch nicht überraschen, dass Hannah scheinbar nichts davon wusste. Aber sie war auch Teil dieser Geschichte, Adrian zufolge hatte sie ursprünglich für diese Leute gearbeitet. Wenn das nicht den Tatsachen entsprach, wie war sie dann in das alles hinein geraten?

»Adrian sagte, er sei von Magiern beschworen worden, wäre irgendwo für Forschungszwecke gefangen gehalten worden und mit dir geflohen, um dich vor diesen Leuten zu schützen.«

Hannah sah auf ihre Hände in ihrem Schoß und dachte einen Moment nach. »Davon habe ich noch nie gehört.« Sie zuckte mit den Schultern. »Ich kann natürlich nichts darüber sagen, ob irgendwer ihn bewusst erschaffen hat, aber ich kann euch versichern, dass es niemanden gab, vor dem wir geflohen sind.« Sie schloss einen Moment die Augen, als würde ihr das helfen, sich zu erinnern. »Wir haben uns auf einer Party kennengelernt, wir hatten eine Affäre, aus der mehr wurde, und wir hatten einige Jahre lang eine komplizierte Beziehung. Wir konnten nicht ohne einander und nicht miteinander.« Sie zuckte erneut mit den Schultern. »Ich glaube, er war ganz froh, als Tim seinen Tobsuchtsanfall hatte und ihn aus dem Haus warf, weil er dachte, dass er nun endlich frei wäre.«

Maja verbot sich, zu hinterfragen, warum Adrian eine ganz andere Geschichte erzählt hatte, und zwang sich, sich auf Hannahs Version einzulassen. »Wie konnte er frei sein, wenn er immer noch mit dir verbunden ist?«

Hannah seufzte. »Das spielt keine Rolle mehr oder zumindest war es so.« Sie sah sich ebenfalls um, als erwartete sie, dass jemand sie unterbrechen würde. »Der Grund, dass wir fünf Kinder bekommen haben, obwohl sie seine Begabung geerbt haben, war nicht, dass wir es nicht realisierten. Bei Tim waren wir noch ziemlich ratlos und verwirrt. Aber als er in die Schule kam, realisierten wir, dass es eine Verbindung zwischen ihm und Adrian gab. Immer wenn Tim Energie von anderen aufgenommen hat, bekam Adrian etwas davon ab. So mussten wir nicht mehr ständig zusammen sein. Und so war es nur logisch, unsere Familie weiter auszubauen.«

Unweigerlich spürte Maja eine gewisse Übelkeit in sich aufsteigen. Gegen Hannahs Version klang Adrians Gesichte richtig romantisch.

»Es war in unser beider Interesse. Adrian musste nicht länger bei mir bleiben und ich musste nicht als Batterie für ihn herhalten. Es war uns sogar ganz recht, dass Tim uns irgendwann voneinander trennen wollte.«

Maja verschränkte die Arme vor der Brust, ihre Sympathie mit Hannah schwand immer mehr. Das war noch ganz anders gewesen, als sie die gebrochene, schwache Frau in der Klinik gewesen war. Jetzt war sie manipulativ und kalkulierend, wenn nicht sogar egoistisch. Hatte sie in all der Zeit je darüber nachgedacht, was aus ihren Söhnen wurde, wenn sie irgendwann erwachsen wurde?

»So gut ist dir die Trennung wohl nicht bekommen«, stellte Maja kühl fest. »Als ich dich das erste Mal gesehen habe, warst du immerhin schwer verwirrt und nicht in bester Verfassung.«

Hannah nickte sichtlich zerknirscht. »Er kam nicht mehr zurück. All die Jahre zuvor, war er immer irgendwann zurückgekommen, aber diesmal schien er sich ein neues Leben irgendwo und möglicherweise mit einer anderen Frau aufzubauen.« Dann lächelte sie bitter. »Erst jetzt ist er zurückgekommen, weil er keine andere Wahl hatte.« Hannah lehnte sich vor. »Es scheint so zu sein, dass James und Tim, seit sie eigene Partnerinnen gefunden haben, keine Energie mehr an Adrian weiterleiten.«

Maja schluckte. »Deshalb hat er vorgeschlagen, Lauren zu töten.« Stellte sie entsetzt fest. »Er will nicht Tim helfen, sondern sich selbst.« Dann war es gar nicht so falsch, dass sie sich instinktiv von Adrian bedroht fühlte. Vermutlich wollte er letztlich auch sie loswerden, hatte es bisher nur nicht so konkret versucht, wie bei Lauren.

»Dann bist du jetzt wieder mit Adrian zusammen?«, hakte Maja besorgt nach, weil das bedeuten würde, dass sie mit ihm unter einer Decke steckte.

»Noch nicht«, antwortete sie ehrlich. »Aber daran führt kein Weg vorbei, wenn wir gemeinsam meinen Kindern die Situation erklären und ihnen klarmachen, dass Adrian sie nur ausnutzt.«

Maja atmete ein klein wenig auf, weil es wohl nicht in Hannahs Interesse war, Lauren und Maja etwas anzutun. Allerdings war sie offenbar in Adrian verliebt und würde daher früher oder später versuchen, ihm zu gefallen. Das machte sie unberechenbar.

Maja straffte sich. »Wenn es keine Magier gibt, für wen hat Ray all die Jahre gearbeitet?«, platzte sie heraus, obwohl sie bereits eine Ahnung hatte.

»Für Adrian. Er hatte die Idee, die Jungs zur Gründung einer Band zu überreden und einen Aufpasser zu engagieren. Er weiß nicht, dass ich auch schon lange Kontakt zu Ray habe, damit er mich auf dem Laufenden hält. Dank Adrians hanebüchenen Geschichten hat sich Ray sich nicht gewundert, dass er mehrere Kontaktpersonen zu seinen Auftraggebern hatte.« Sie zuckte mit den Schultern. »Und jetzt ist es nur eine Frage der Zeit, bis Ray Adrian und die Jungs hierher führt.«

Maja schluckte schwer. »Und wozu soll das führen? Tim plant, Lauren umzubringen. Wir sind hergekommen, um einen Weg zu finden, wie wir Lauren dieses Schicksal ersparen können, nicht um sie Tim zum Fraß vorzuwerfen.«

Hannah winkte ab. »Ich werde Tim überzeugen, dass diese Bindung nicht so schlimm für ihn ist, wie er denkt. Adrian und ich haben bewiesen, dass man trotz dieser Bindung nicht zusammen sein muss. Man kann da durchaus praktische Arrangements finden und Tim sollte das eigentlich wissen, er war schließlich alt genug, um es mitzuerleben.«

Maja sah prüfend zu Lauren. Für sich konnte sie sich nicht vorstellen, dass sie damit glücklich werden könnte, eine Art offene Beziehung mit James zu führen. Aber vielleicht sah Lauren das anders.

Lauren schlang die Arme um ihren Rumpf. »Ich weiß nicht recht.«

Hannah musterte sie streng. »Es ist die einzige Option, die dir bleibt. Oder willst du vor ihm davon rennen, bis er irgendwann qualvoll verhungert?«

Maja sah weiterhin zu Lauren. Auch wenn sie weder die eine noch die andere Vorstellung annehmbar fand. Eigentlich war Maja sich sicher, dass Lauren Tim nichts Schlimmes wünschte. Diese Bindung war entstanden, weil es irgendwelche Gefühle zwischen ihr und Tim gab. Offenbar waren diese Gefühle nicht Grundlage genug für eine Beziehung, aber vermutlich waren sie doch zu stark, als dass sie ihm den Tod wünschen könnte.

»Tatsache ist, du hast es in der Hand«, stellte Hannah fest. »Tim redet vielleicht davon, dich umzubringen, aber du hast dazu viel bessere Chancen.«

Lauren versteifte sich sichtlich und bestätigte damit, ohne ein Wort zu sagen, Majas Vermutung. Vorsichtig legte Maja eine Hand auf den angespannten Arm der Fotografin, um sie zu trösten.

»So einfach ist das alles nicht«, gestand Maja nun. »Wir haben den Eindruck, dass es mir schadet, mit James zusammen zu sein. Deshalb sucht James auch eine Möglichkeit, diese Verbindung zu lösen.«

Das hatten sie bisher weder den anderen Brüdern noch Adrian offenbart und es fühlte sich seltsam an, es nun ausgerechnet Hannah anzuvertrauen.

Hannah nickte. »Ja, das kenne ich. Das liegt daran, dass du noch nicht gelernt hast, diese Bindung für dich zu nutzen. Die Energie kann nicht nur in eine Richtung fließen. Wenn du lernst, ebenfalls Energie von James anzunehmen, wirst du sehen, dass du den Jackpot geknackt hast. Faltencreme wirst du jedenfalls mit Sicherheit nicht brauchen.«

Maja blinzelte ungläubig. Tatsächlich sah Hannah heute sehr viel jünger und gesünder aus als bei ihrem letzten Treffen. Bisher hatte Maja es darauf geschoben, dass die Umgebung einer Nervenheilanstalt nicht förderlich für Hannahs Allgemeinbefinden gewesen war. Aber sie hätte vielleicht schon früher stutzig werden müssen, denn für eine Mutter von fünf erwachsene Söhne hatte Hannah von Anfang an unglaubwürdig jung gewirkt. Warum hatten weder James noch Maja darüber überhaupt nachgedacht?

»Ich weiß nicht, wie das funktionieren soll«, antwortete sie zögernd.

»Versuch es einfach. Wenn du mit ihm zusammen bist, dann denk daran, dass du etwas von dieser Jugend, Gesundheit und Kraft abhaben willst, die er letztlich nur deinetwegen besitzt. Das steht dir ohnehin zu. Ohne dich würde er schließlich sterben!«

Besonders liebevoll sprach Hannah nicht von ihrem Sohn. Sie hätte auch sagen können, dass James sicher bereitwillig einen Teil seiner Energie an sie abgeben würde – Maja war sicher, dass er das tun würde. Stattdessen sprach Hannah von etwas, das Maja zustand, als hätten sie einen förmlichen Vertrag nicht eine Beziehung.

Plötzlich stand Lauren neben Maja auf und entfernte sich ein paar Schritte. »Wir sollten zurückfahren und mit den anderen sprechen.«, erklärte sie entschieden.

»Das wird nicht nötig sein.«, versicherte Hannah. »Es ist nur eine Frage der Zeit, bis die Männer herkommen, auf der Suche nach ihren Partnerinnen. Und es stärkt unsere Verhandlungsposition, wenn wir sie spüren lassen, wie sehr sie auf uns angewiesen sind.«

James warf sein Handy auf den Boden, sodass das Display einen Sprung davon trug, bevor er es wieder aufhob, damit er es nicht verpasste, wenn Maja sich endlich meldete.

Aber er wusste auch so, was sie getan hatte.

Das hatte er bereits geahnt, bevor er vergeblich versucht hatte, Ray zu erreichen. Maja hatte sich auf Rays Angebot eingelassen, sie war mit ihm alleine aufgebrochen zu diesen Magiern, um herauszufinden, was sie wussten. Und in Anbetracht der Tatsache, dass Majas verschwinden unmittelbar auf Laurens gefolgt war, waren die beiden möglicherweise zusammen gefahren.

Vielleicht sollte James stolz darauf sein, dass Maja so selbstständig war und für ihre Prinzipien eintrat – und ihm war klar, dass sie das auch für ihn tat. Aber er war wütend, weil sie sich in Gefahr brachte, ohne überhaupt mit ihm darüber zu sprechen.

»Maja hat wohl eigene Pläne«, bemerkte Bill kühl von seinem Platz auf dem Sofa aus. Sie warteten zusammen auf eine Nachricht von Maja, während Tim sich erneut mit Adrian verbarrikadiert hatte.

»Sie ist bestimmt mit Ray unterwegs«, murmelte James besorgt.

»Und wahrscheinlich mit Lauren«, ergänzte Bill, der nicht ahnen konnte, was Maja ihm geschrieben hatte. Davon hatte James seinen Brüdern nichts gesagt, damit sie sich nicht von Maja verraten fühlten. Sie würden nicht nachvollziehen können, dass Maja ihre Freundin genauso schützen wollte, wie sie ihren großen Bruder. Obwohl ihr Alleingang ihn verärgerte, ahnte James doch, dass ihr Handeln eine gewisse Berechtigung hatte.

Vielleicht hatte Maja recht damit, dass man Ray zuhören sollte. Inzwischen wäre James durchaus ebenfalls bereit, ihm eine Chance zu geben. Wenn Maja nur so lange gewartet hätte, bis er mit ihr kam, statt alleine loszuziehen!

»Sie wird zurückkommen«, versicherte James ernst und inspizierte sein Mobiltelefon, um zu prüfen, ob es durch den Sturz so beschädigt war, dass er Majas ersehnten Anruf nicht mehr annehmen konnte.

Er vertraute Maja und vertraute darauf, dass sie bald zurück sein würde, sie hatte es ihm immerhin zugesagt. Außer sie geriet in Gefangenschaft, so wie es seiner Mutter ergangen war, oder sie erfuhr irgendetwas so Verstörendes, dass sie nicht mehr zurückkehren wollte. Wenn sie inzwischen die Bestätigung haben sollte, dass die Beziehung mit James sie langfristig das Leben kostete, könnte er es ihr nicht verdenken, wenn sie die Flucht ergriff. Ihr Leben war nicht weniger wert als seines und er würde nicht wollen, dass sie bei ihm blieb, wenn es sie umbrachte.

Deshalb übte er sich nun in Geduld, statt eine großangelegte Suchaktion zu starten. Natürlich könnte er irgendwen dafür bezahlen, dass er ihr Handy ortete, aber das wäre wohl nicht das, was Maja wollte.

»Tim wird dich hassen, wenn er herausfindet, dass deine Freundin mit Lauren durchgebrannt ist«, stellte Bill beinahe schadenfroh fest.

»Nicht, wenn Maja Lauren hilft, alles zu verstehen. Maja bleibt immerhin freiwillig bei uns, obwohl sie Bescheid weiß. Also kann sie vielleicht auch Lauren überzeugen, uns eine

Chance zu geben. Wir könnten keine bessere Vermittlerin als Maja finden.« James lächelte, weil er überzeugt davon war, dass Maja sich längst als Vermittlerin betätigte, ohne dass irgendwer sie darum gebeten hätte.

»Oder Maja ändert ihre Meinung, wenn Lauren ihr erzählt, was sie gehört hat«, konterte Bill sachlich.

James kämpfte ständig dagegen an, genau diesen Gedanken zuzulassen. Er hätte gerne die Gelegenheit gehabt, Maja die Situation zu erklären. So hörte sie lediglich von Lauren, dass Tim sie umbringen wollte, weil er die Verbindung mit ihr nicht ertragen konnte. Das musste verstörend auf Maja wirken trotz ihrer Liebe zu James. Vielleicht dachte sie sogar, dass James ihr bewusst diese Information vorenthalten hatte.

Er wusste noch nicht, was er ihr sagen würde, wenn er die Gelegenheit dazu hätte, dennoch hätte er gerne die Gelegenheit. Denn selbst, wenn sein Leben davon abhinge, würde er nicht in Betracht ziehen, Maja umzubringen. Und im Grunde war er auch sicher, dass Tim das nicht wollte. Wie lange hatte er schon gewusst, dass Laurens Tod eine Lösung sein könnte? Dennoch hatte er ihr kein Haar gekrümmt. Seine Worte waren zweifellos von Adrian gelenkt, aber sein Handeln wurde wohl eher von Gefühlen bestimmt, wenngleich er sich diese Gefühle vielleicht nicht eingestehen wollte.

»Wir müssen Geduld haben«, erklärte James so ruhig wie möglich, obwohl er sich selbst nicht sicher war, wie lange sie sich das leisten konnten.

»Und so lange treiben Tim und Adrian wer-weiß-was«, murrte Bill, »und ihr dachtet alle, ihr müsstet Lauren vor mir beschützen. Dabei hätte ich nie in Betracht gezogen, ihr etwas anzutun.«

Sie alle hatten die Situation falsch eingeschätzt und Bill war zurecht sauer darüber, beschuldigt worden zu sein. Die

Folgen dieser Fehleinschätzung mussten sie nun versuchen, in Ordnung zu bringen, bevor es ein Leben kostete.

Endlich begann das lädierte Handy zu vibrieren und James brüllte geradezu panisch. »Wo bist du?«

Er hörte, wie Maja einmal laut einatmete, ehe sie antwortete. »Gleich zurück.«

James nickte. »Zum Glück«

Hastig und dicht gefolgt von Bill, der nebenbei eine Nachricht an ihre Brüder tippte, stürmte James durch die Hotelflure.

Maja lächelte, als James auf sie zukam, bis sie erkannte, dass er nicht alleine gekommen war, um sie in Empfang zu nehmen. Sie hatte gehofft, wenn sie ihn erst so kurzfristig anrief, käme er nicht auf die Idee, die ganze Familie zusammenzutrommeln, aber er kam dichtgefolgt von Bill und aus der Ferne sah sie zudem Tim herannahen.

Besorgt sah sie zu Lauren, die neben ihr den Männern entgegenging. »Dir wird nichts passieren«, versicherte Maja im Vertrauen darauf, dass sie sich auf James' Beistand verlassen konnte. Alleine könnte sie Lauren nicht vor Tim schützen.

James beschleunigte seine Schritte, bis er regelrecht auf sie zu stürmte, als hätten sie sich wochenlang nicht gesehen. Mitten in der Hotellobby schloss er sie in die Arme und küsste sie ungeduldig – ohne, dass ihre Lippen prickelten. Er hatte sie nicht so stürmisch begrüßt, weil er ihre Energie brauchte, sondern weil er froh war, sie wiederzusehen.

Maja lächelte und drückte ihn fest.

»Es ist alles gut«, versicherte sie leise, wobei sie eilig wieder einen Blick auf Lauren warf, weil nun auch Tim sich ungeduldig näherte.

Hastig machte sie sich von James los und stellte sich zwischen Lauren und Tim, der sie nun gefährlich von oben herab anfunkelte. »Geh mir aus dem Weg, Maja! Ich muss mit Laure reden.«

Maja richtete sich so groß wie möglich auf, allerdings war sie leider immer noch deutlich kleiner als Tim.

»Wir wollen aber erst miteinander reden«, erklärte sie entschlossen, »und wir befürchten, dass du etwas zu viel Zeit mit Adrian verbracht hast. Deshalb können wir dir nicht vertrauen.«

Es fiel ihr nicht leicht, das zu sagen, schließlich war Tim früher für sie ein verlässlicher Partner gewesen. Auch deswegen setzte sie nun schonungslose Ehrlichkeit ihm gegenüber, statt irgendwelche Ausreden vorzuschieben. Er sollte wissen, dass sie ihm misstraute und warum. Vielleicht trug das dazu bei, dass Tim wieder klar wurde, wem er vertrauen konnte.

Tim hob eine Hand und wollte sie wohl beiseite schubsen, aber James wehrte die Hand seines Bruders ab, bevor sie Maja überhaupt berührte.

Verärgert schnaubte Tim. »Ihr werdet doch einsehen, dass es Dinge gibt, die ich alleine mit Lauren besprechen will«, knurrte er mühsam beherrscht, »von Mann zu Frau.« Hilfesuchend sah er James an, der verständnisvoll nickte, ohne zur Seite zu treten. »Dafür wird es sicher Gelegenheit geben. Aber nicht jetzt. Maja und Lauren können selbst entscheiden, mit wem sie gehen wollen.«

Majas Herz schlug schneller vor Aufregung, weil James sich so entschlossen an ihre Seite stellte, obwohl sie ihn ohne Abschied verlassen hatte. Er hätte guten Grund, sauer zu sein, aber er hielt zu ihr, ohne dass sie darum gebeten hatte.

Sie griff nach seiner Hand und drückte sie zärtlich, um ihm ihre Dankbarkeit zu signalisieren.

»Du müsstest doch am besten verstehen, wie wichtig es für mich ist, dass Lauren zu mir kommt«, setzte Tim erneut an, diesmal wohl in der Hoffnung, James' Mitgefühl zu wecken.

Der nickte immerhin zögernd. »Verstehe ich, aber du wirst eine Nacht warten können.«

Tim schüttelte den Kopf und ballte eine Hand zur Faust. »Wie kannst du mir das antun?!«

Maja drückte James' Hand, weil sie ahnte, dass ihn diese Worte verletzen mussten. Ihm lag so viel an seinen Brüdern, dass er wohl nur sehr ungern, einen von ihnen vor den Kopf stieß – noch dazu einer Frau zuliebe, die er selbst kaum kannte.

»Ich versuche nur, das Richtige zu tun«, rechtfertigte James sich ruhig, »ich werde auf Lauren aufpassen und sicherstellen, dass sie nicht wieder verschwindet, aber ich kann auch nicht zulassen, dass du sie mitnimmst.«

Maja drückte erneut seine Hand, weil sie ihm vor seinen Brüdern nicht einfach um den Hals fallen konnte. Sie war so froh, dass er sie unterstützte, nachdem sie so einen Alleingang gewagt hatte.

James legte seine freie Hand auf die Schulter seines großen Bruders. »Wir alle wissen, wie ernst das Ganze für dich ist und ich würde nicht zulassen, dass du zu Schaden kommst, aber wir müssen jetzt vernünftig sein.«

Tim schüttelte die Hand ab.

»Komm!«, rief plötzlich Adrian vom Aufzug aus und Maja hätte Tim am Liebsten festgehalten, damit Adrian nicht noch mehr Einfluss auf ihn nehmen konnte.

Aber sie musste erst in Ruhe mit James sprechen, damit sie ihn sicher auf ihrer Seite hatte. Alles war einfacher, wenn nicht sie und Lauren alleine den Brüdern gegenüberstanden. Ihnen würden Bill und Tim ohnehin kaum glauben, aber vielleicht James, sobald sie ihn überzeugt hatten – falls ihnen das gelang.

James sah seinem großen Bruder nach und seufzte leise,

während Maja seine Hand fester umfasste.

»Danke«, flüsterte sie.

James zuckte mit den Schultern. »Ich hatte wohl keine große Wahl, schätze ich, und ich hoffe, du hast etwas erfahren, das uns hilft, dieses Chaos zu ordnen.«

Leider befürchtete Maja, dass eher das Gegenteil der Fall war. Und zu allem Überfluss wusste sie nicht sicher, wie viel Zeit ihnen blieb, Pläne zu schmieden, bevor das Chaos noch schlimmer wurde, wenn erst Hannah auf den Plan trat.

12. KAPITEL

Bill wandte sich schnaubend ab und ging zielstrebig zum Aufzug. Er war gar nicht begeistert davon, dass er hier nicht erwünscht war, hatte aber eingsehen, dass es sinnvoll war, wenn jemand ein Auge auf Tim und Adrian hatte – und sei es, dass er nur die geschlossene Tür ihrer Suite beobachtete.

James ließ sich auf das Sofa seiner Suite fallen und wartete mit eiserner Geduld, dass Maja sich zu ihm gesellte. Sie hatte darauf bestanden, dass Lauren bei ihnen blieb und sich erst einmal ausruhen sollte, weil sie so erschöpft, dass ihr die Augen schon im Stehen beinahe zugefallen wären. James war es ohnehin ganz recht, wenn er Zeit alleine mit seiner Freundin hatte, so konnte er immerhin offen mit ihr sprechen. Er befürchtete zwar, dass Lauren inzwischen bereits einiges mitbekommen hatte, wollte aber erst Gewissheit haben, inwiefern Maja sie eingeweiht hatte, bevor er selbst mit der Fotografin sprach. Hätte er ein Mitspracherecht gehabt, hätte Lauren vermutlich so gut wie nichts erfahren. Sie machte ohnehin nicht den Eindruck, als wäre sie dem gewachsen.

Endlich nahm Maja neben ihm platz und lehnte sich an ihn, scheinbar gar nicht darüber besorgt, dass er wegen ihres Alleingangs verärgert sein könnte. Daraus, wie schwer ihr Kopf sich auf seiner Schulter anfühlte, konnte James schließen, wie müde sie sein musste. Er hätte ihr gerne erst einmal etwas Schlaf gegönnt, aber er war nicht sicher, ob sie die Zeit dazu hatten – ganz abgesehen davon, dass Maja ungefragt ihr Bett Lauren überlassen hatte.

»Es tut mir leid«, begann sie zögernd, »ich hätte dich so gerne dabei gehabt, aber ich hatte keine Wahl.«

James nickte unglücklich. Er hätte gerne gesagt, dass er sie unterstützt hätte, wenn sie ihm eine Gelegenheit dazu gegeben hätte, es wäre jedoch gelogen. Er war überzeugt davon gewesen, dass man Ray nicht vertrauen konnte, deshalb hätte er Maja aufgehalten. Auch jetzt war er noch nicht überzeugt davon, dass sie das Richtige getan hatte.

»Ich weiß«, antwortete er, statt ihr Vorwürfe zu machen, weil sie sich in Gefahr gebracht hatte, oder klarzustellen, dass er sie niemals begleitet hätte. Dabei lagen ihm die Worte schon so schwer auf der Zunge, dass sie ihn fast erstickten. Aber was hätten ihm diese Vorwürfe genützt? Zumal Maja nun wohlbehalten zurück war und damit bewies, dass sie ein Gespür dafür hatte, wem Sie vertrauen konnte. Er dagegen hatte eher an Adrian geglaubt und zweifelte erst, seit er gehört hatte, dass dieser Tim zu einem Mord an Lauren gedrängt hatte.

»Ich bin nur froh, dass du zurück bist.« Das war es, worauf er sich konzentrieren wollte. Das war, was wirklich zählte.

»Wir haben eure Mutter getroffen«, begann Maja schließlich ernst. »Sie ist frei und hat uns vor Adrian gewarnt.« In ihrer Stimme schwang allerdings eine Unsicherheit mit, die nahelegte, dass sie nicht überzeugt war.

James spannte sich an. Er hatte nicht damit gerechnet, dass er so schnell etwas über den Verbleib seiner Mutter erfahren würde. Adrian hatte behauptet, sie wäre entführt worden, aber James hatte auch in Betracht gezogen, dass sie einfach abgehauen war, weil sie nichts mehr mit der Sache zu tun haben wollte.

»Also hat Adrian sich geirrt, sie ist nicht entführt worden?«, erkundigte er sich ruhig, obwohl ihm dieser Gedanke nicht behagte.

Maja nickte und legte sich einen Moment ihre Worte zurecht. »Er hat sich nicht geirrt, sondern gelogen. Deiner

Mutter zu folge, ist alles erfunden, was er uns über diese Magier erzählt hat. Es gibt keine Magier.«

James wollte sofort widersprechen. Er wollte nicht glauben, dass Adrian bewusst gelogen hatte, und doch war er nicht wirklich überrascht. Seine Geschichte hatte sie von Anfang an nicht alle überzeugen können, wahrscheinlich wollte James nur daran festhalten, weil es bisher die einzigen Informationen waren, die sie überhaupt über Adrian und seine Herkunft hatten.

»Aber Ray sagte doch auch, dass er für die Magier arbeitet«, widersprach James halbherzig, obwohl er von Anfang nicht viel von dem gehalten hatte, was der Manager ihnen erzählt hatte.

Maja zuckte mit den Schultern. »Er wurde auch belogen. Er hat seine Befehle von einem Anwalt bekommen, nie direkt von seinen Auftraggebern. Deshalb wusste er nicht, dass Adrian eigentlich derjenige war, dem er Bericht erstattet hat. Und scheinbar hat Hannah auch manchmal die Rolle des Auftraggebers eingenommen.«

James schluckte den weiteren Widerspruch runter, um Majas Bericht nicht abzuwürgen. Dabei standen ihre Eröffnungen in völligem Gegensatz zu dem Bild, das er sonst von seiner Mutter hatte. Er hatte sie als hilfsbedürftig gesehen, nicht erst, seit sie in einer Klinik untergebracht werden musste. Er hatte stets Mitleid mit ihr gehabt, aber Majas Worte legten nahe, dass sie ihnen ihre Schwäche nur vorgespielt hatte.

Maja fasste seine Hand und hielt sie fest umschlossen, vermutlich um ihn zu trösten, obwohl sie eigentlich selbst aufgewühlt wirkte und vielleicht Beistand brauchte, um die Ereignisse des vergangenen Tages zu verarbeiten.

»Hannah sagte, die Verbindung zwischen ihr und Adrian wäre schwächer geworden, weil Adrian eine Verbindung zu euch aufgebaut hatte.«

James nickte, etwas wacher. »Deshalb konnte er gehen, als Tim ihn vor die Tür gesetzt hat.«

Maja nickte ebenfalls. »Aber Hannah war das wohl nicht so recht. Sie liebt ihn scheinbar noch und hat darauf gehofft, dass er zurückkommt.«

James schluckte hart. »Und dann wurde sie vor Liebeskummer verrückt?« Die Vorstellung war so schmerzhaft, dass er am Liebsten direkt zu Tim gestürmt wäre, um ihn noch einmal zu verprügeln – diesmal, weil er Adrian damals fortgeschickt hatte. Für James klang es auch absolut nachvollziehbar, dass Hannah über diese Trennung krank geworden war.

Er konnte sich gar nicht vorstellen, wie er damit zurechtkommen sollte, wenn Maja irgendwann nicht mehr so eng mit ihm verbunden war, wie jetzt. Vielleicht könnte er darüber auch den Verstand verlieren. Dass Derartiges sogar bei normalen Beziehungen vorkam, hatte ja Majas Ex-Freund bewiesen, als er sie entführt hatte.

»Zumindest hat sie es selbst so dargestellt«, antwortete Maja ernst. »Ich bin mir nicht ganz sicher, was ich von dem halten soll, was sie uns erzählt hat.« Sie zögerte und fuhr dann nachdenklich fort. »Sie meinte außerdem, dass die Verbindung zu Adrian wieder stärker geworden ist, seit du und nun auch Tim sich eine eigene Partnerin gesucht hat. Und ihrer Meinung nach, will Adrian, dass Tim Lauren umbringt, damit er sich selbst aus seiner Bindung zu Hannah wieder mehr lösen kann.«

James schauderte bei der Vorstellung, dass Adrian bereit war, ein Menschenleben für seine Freiheit zu opfern und seinen eigenen Sohn zum Mörder zu machen.

Aber leider traute er seinem Vater derartiges Verhalten durchaus zu.

»Und was will Hannah?«, fragte James, obwohl er ahnte, dass Maja das schwerlich beantworten konnte.

Sie zuckte mit den Schultern. »Vermutlich, dass Adrian zu ihr zurückkommt und wenn es auch nur ist, weil er auf die Verbindung zu ihr angewiesen ist.«

»Wie romantisch«, murmelte James düster und Maja nickte zustimmend. »Vielleicht bin ich auch verrückt, weil ich mir jetzt wünsche, dass es doch irgendwelche Magier gibt, die ihre Finger im Spiel haben.« Dann gäbe es einen Bösewicht, den sie bekämpfen könnten, so gab es nur seine Eltern, denen er sich beiden verbunden fühlte.

»Vielleicht hat Adrian sich deshalb diese Geschichte ausgedacht«, antwortete Maja leise. »Es ist einfacher, wenn es jemanden gibt, dem man die Schuld geben kann.«

James ließ den Kopf nach hinten gegen die hohe Lehne des Sofas fallen, weil ihm gerade erst klar wurde, was das alles für Lauren bedeutete. »Das heißt, du hast nichts darüber herausgefunden, wie wir Lauren und Tim helfen können.«

Maja seufzte leise. »Nein, ich habe nur herausgefunden, zu was für verzweifelten Taten diese Bindung die Leute treibt. Hannah hat darüber mehr oder weniger den Verstand verloren, Adrian will für seine eigene Freiheit Lauren opfern und Tim zum Mörder machen.« Sie schluckte schwer. »Ich will mir gar nicht ausmalen, was irgendwann aus uns wird.«

James strich zärtlich über ihre Schulter. »Nichts davon. Wir bleiben zusammenbleiben, weil wir uns lieben, nicht wegen dieser Verbindung. Zwischen uns ist alles gut.«

Maja nickte, nicht etwa weil diese Antwort sie beruhigte, sondern weil sie das Gleiche dachte, obwohl es so viel Ungewissheit blieb. Keiner von ihnen konnte mit Sicherheit sagen, dass sie immer zusammen bleiben würden.

»Wir müssen unbedingt mit Tim über all das sprechen«, stellte James ernst fest. »Er muss erfahren, welche Gründe Adrian wirklich hat, die Verbindung zwischen ihm und Lauren zu trennen.«

James wollte gar nicht daran denken, was das für ihn und Maja bedeutete. Möglicherweise wollte Adrian langfristig ebenso ihre Bindung zerstören, schlimmstenfalls sogar, indem er Maja tötete. In diesem Punkt hatte Majas Instinkt sie offenbar von Anfang an zurecht vor Adrian gewarnt.

»Wir müssen schnell handeln«, stimmte Maja ernst zu. »Adrian hat immer noch Einfluss auf Tim, was wahrscheinlich nichts Gutes bewirken wird.«

James drückte sie fest an sich und seufzte leise. »Zumindest kann keiner von beiden Schaden anrichten, solange wir ein Auge auf Lauren haben. Du kannst dich also erstmal ausruhen und morgen reden wir mit den anderen.«

Maja nickte dankbar. »Ich hoffe, dass Tim sich davon abbringen lässt, dass er Lauren umbringen muss.«

James strich liebevoll über ihren Unterarm. »Was denkst du, wie er reagieren wird?«

Sie zuckte mit den Schultern. »Ich denke, es gäbe keine Bindung zwischen Lauren und Tim, wenn die beiden nicht Gefühle füreinander hätten. Aber Tim kann nicht dazustehen, weil für ihn diese Bindung von Anfang an etwas Negatives war. Andererseits hat er sie nicht einmal versucht, umzubringen, obwohl Adrian sicher schon seit seiner Ankunft hier darauf drängt.«

James seufzte erneut. »Mag sein, aber denkst du wirklich, dass Lauren nach allem, was sie durchgemacht hat, bereit sein könnte, Tim eine zweite oder dritte Chance zu geben?«

Ohne Zögern nickte Maja. »Sie ist immer noch hier, obwohl sie die Gelegenheit hatte, sich in ein Flugzug zu setzen und ans andere Ende der Welt zu fliehen. Ich hätte sie sicher nicht aufgehalten. Aber stattdessen ist sie wieder mit mir hierher gekommen, obwohl ihr klar war, dass Tim hier auf sie wartet.«

James nickte, weil er verstand, was Maja damit meinte. Lauren hatte sich offenbar entschieden, Tim nicht leichtfertig aufzugeben. Und die einzige überzeugende Erklärung für diese Entscheidung war, dass sie Gefühle für Tim hatte. Er war sich allerdings nicht sicher, ob Tim diese Zuneigung zu schätzen wusste. Er war noch nie an Beziehungen interessiert gewesen, sogar an Sex hatte er wenig Interesse gezeigt. Es war daher unrealistisch, dass Tim jemals überschwänglich seine Gefühle für Lauren zeigte. Falls er überhaupt Gefühle für sie hatte – vielleicht war Laurens Zuneigung für Tim ja genauso einseitig wie Hannahs für Adrian.

James zog die Tür möglichst geräuschlos hinter sich zu, nachdem er Maja neben Lauren ins Bett gelegt hatte. Die beiden hatten offenbar eine Menge Schlaf nachzuholen.

Er dagegen war alles andere als müde angesichts der Dinge, die ihm Maja erzählt hatte. Deshalb schlich er sich aus der Suite und ein paar Türen weiter zu Tim.

Gegenüber Maja hatte er behauptet, er wollte die neuen Erkenntnisse in großer Runde diskutieren, aber die letzte Diskussion dieser Art hatte in einer Prügelei geendet. Und letztlich ging diese Sache im Moment nur Tim und James etwas an, weil sie beide in Beziehungen gefangen waren und entscheiden mussten, wie sie damit umgehen wollten. Es würde schon schwer genug sein, wenn sie sich einigen sollten, warum also die übrigen Brüder miteinbeziehen, die gar nicht direkt betroffen waren? Wenngleich sie natürlich sicher alle eine Meinung zu dem Thema hatten.

Tim öffnete die Tür und blickte James mit einer Mischung aus Irritation und Wut an.

»Was willst du?«, fuhr er ihn zornig an.

Forsch schob James sich an seinem großen Bruder vorbei, wobei er sich vorsichtshalber sofort nach Adrian umsah. Glücklicherweise war der nicht zu sehen, sonst hätte James ihn wohl irgendwie loswerden müssen.

Geräuschvoll warf Tim hinter ihm die Tür zu.

Sicherheitshalber ging James fast bis ans andere Ende des Raumes, falls Tim doch emotionaler auf die neuen Erkenntnisse reagieren sollte, als er erwartete.

»Ich habe mit Maja darüber gesprochen, was sie herausgefunden hat«, begann James bemüht ruhig, obwohl es in ihm brodelte. »Sie hat Mom getroffen.«

Tim versteifte sich und verschränkte die Arme vor der Brust. »Und sie hat uns ein Wundermittel gegeben, das all unsere Probleme lösen wird?«, hakte er sarkastisch nach.

James schüttelte den Kopf. »Sie hat Maja erzählt, dass Adrian nicht wirklich Interesse daran hat, dir aus dieser Verbindung zu helfen. Ihm geht es lediglich darum, dass er selbst bisher eine Verbindung zu uns hatte, die ihn am Leben erhalten hat und die nicht mehr aktiv ist, seit wir uns mit Maja und Lauren zusammengetan haben.«

Er sah eine Regung in Tims Augen, etwas das vielleicht bestätigte, was Maja vermutete. Tim horchte kurz sichtlich auf, hoffnungsvoll und erleichtert.

»Und damit platzt sie jetzt heraus? Einfach so? Und wir glauben es ihr, obwohl wir sie jahrelang für verrückt erklärt haben?«

James spürte den Stich, angesichts des Gedankens daran, wie sie in den vergangenen Jahren mit ihrer Mutter umgegangen waren. Andererseits hatte sie auch nie versucht, ihre Söhne zu überzeugen, dass es um ihre geistige Verfassung besser stand, als alle behaupteten. Vielleicht war sie sogar froh darum gewesen, so gut wie nichts mit ihnen zu tun zu haben.

»Wir müssen uns selbst mit ihr unterhalten, um herauszufinden, was an der Sache dran ist«, stimmte James sachlich zu. Zwar glaubte er nicht, dass Maja irgendwas falsch wiedergegeben hatte, aber er wollte sich selbst ein Bild davon machen, wie verlässlich die Quelle dieser Informationen war.

James lehnte sich an die Wand, an der Bill Tim am Vortag gewürgt hatte und sah unweigerlich kurz die Bilder dieses Streits wieder vor sich. Dabei waren sie sich früher so nahe gewesen, bis sie sich nun innerhalb weniger Tagen vollkommen voneinander entfremdet hatten und mittlerweile fühlte er sich sogar Lauren verbundener als seinem größten Bruder.

»Und warum sollte uns Hannah nun helfen, wenn sie sich bisher über diese Dinge ausgeschwiegen hat? Vielleicht ist das nur eine Falle und, was auch immer sie wirklich vorhat, können wir nicht mal erahnen.«

James zuckte mit den Schultern. »Das werden wir nur herausfinden, wenn wir uns selbst einen Eindruck verschaffen. Aber ich vermute, dass wir uns eher vor Adrian fürchten sollten als vor ihr.«

Tim schüttelte den Kopf. »Er war wenigstens ehrlich, auch wenn er eine unangenehme Wahrheit zu sagen hatte. Hannah hat dich und Maja entweder bei eurem Besuch belogen oder sie hat Maja jetzt etwas vorgemacht.«

James seufzte. »Du klingst wie Adrian.« Was kein gutes Zeichen war.

»Weil er unsere beste Quelle ist und uns keinen Anlass gegeben hat, an ihm zu zweifeln.«

Das sah James anders, ahnte aber auch, dass Tim seine Meinung nicht ändern würde, egal, welche Argumente er vorbrachte. »Spätestens seit er dir eingeredet hat, dass du Lauren umbringen sollst, solltest du Zweifel an ihm haben. Sowas kann doch keiner ernsthaft vorschlagen! Er will dich benutzen, um seine Ziele zu erreichen!«

»Und was will Hannah erreichen? Vielleicht arbeitet sie mit Adrians Feinden zusammen und will uns dazu bringen, dass wir Adrian ausliefern.«

James spürte einen Stich, weil er das nicht vollkommen widerlegen konnte. Bei Maja hatte es zwar geklungen, als wäre sie sich sehr sicher, dass Hannah nicht gefangen, sondern geflohen war, aber er hatte keine Beweise.

»Lass uns hinfahren und uns selbst überzeugen«, schlug er entschlossen vor und sah, wie Tim mit sich rang. Wenn Maja mit ihrer Vermutung über seine Gefühle für Lauren richtig lag, würde Tim gerne hören, dass es mehr Möglichkeiten gab, als Adrian erwähnt hatte.

»Was hast du zu verlieren?«, fuhr James ernst fort. »Lauren und Maja bleiben hier, in Sicherheit. Wir waren doch alle der Meinung, dass es das Klügste ist, beide Seiten anzuhören, statt darauf zu vertrauen, das eine die Wahrheit sagt. Wir alle wissen, was Adrian erzählt hat, also müssen wir uns nur noch die Gegenseite anhören.«

Schweigend starrte Tim an ihm vorbei aus dem Fenster.

James konnte zwar nachvollziehen, dass Tim in einer schwierigen Situation war, aber er konnte nicht begreifen, warum er sich so dagegen sperrte, diesen Strohhalm zu ergreifen.

Genervt seufzte James. »Du solltest dir im Klaren darüber sein, dass deine Brüder dich nicht unterstützen können, wenn du Lauren etwas antust, obwohl es gar nicht nötig ist.«

Tim schüttelte bitter lächelnd den Kopf. »Und wenn du mit eigenen Ohren hörst, dass es keinen anderen Weg gibt, als Lauren umzubringen? Was ist dann? Werdet ihr dann hinter mir stehen?«

James biss sich auf die Unterlippe. Er wusste, dass Maja Tim in diesem Punkt nicht einmal unterstützen würde, wenn sein Leben davon abhing. Das konnte er auch nicht von ihr verlangen. Er wusste im Moment allerdings nicht, wie er sich entscheiden würde.

Wenn es darum ginge, Lauren zum Bleiben zu überreden, wäre James zweifellos auf Tims Seite, aber er wollte gar nicht in Betracht ziehen, einen Menschen zu töten.

»Du bist mein Bruder, ich lasse dich nicht im Stich«, versicherte er ausweichend, ohne sich darauf festzulegen, was das bedeutete. Seinen Bruder von einem Mord abzuhalten, war letztlich auch eine Form von Unterstützung.

13. KAPITEL

Maja wachte mit dröhnendem Schädel auf, als hätte sie eine Nacht durchgefeiert, obwohl sie eigentlich gut und traumlos geschlafen hatte.

»Maja!«, rief James eindringlich und sie öffnete gequält die Augen. Ihr dämmerte die Erkenntnis, dass irgendwas nicht stimmte.

Mühsam rappelte sie sich auf, bis sie halbwegs aufrecht saß. Alles drehte sich und sie war froh, dass sie nicht im Übermut versucht hatte, gleich aufzustehen.

»Alles in Ordnung?«, hakte James besorgt nach, der neben dem Bett stand und bereits das Licht eingeschaltet hatte, scheinbar ohne Bedenken, dass er damit Maja oder Lauren unsanft wecken könnte.

Müde nickte Maja und merkte dabei doch selbst gleich, dass nicht alles in Ordnung war. Ihre Bewegungen waren langsam und schwerfällig.

»Was ist passiert?«, wollte James hörbar aufgebracht wissen.

Angestrengt sah Maja zu ihm auf. »Keine Ahnung.« Sie verstand bisher nicht einmal, warum er überhaupt glaubte, dass irgendwas passiert sein sollte. Es war nun wirklich nicht verwunderlich, dass sie nach den vergangenen Tagen Schlaf nötig hatte. Schlaf, den er unnötig früh beendet hatte.

James fuhr sich unruhig durch die Haare. »Lauren ist weg und du warst eher bewusstlos als eingeschlafen!«, eröffnete er ihr nachdrücklich und wie in Zeitlupe sah Maja auf die leere Hälfte des Bettes neben sich. Dort hatte Lauren bereits tief und fest geschlafen, als Maja sich hingelegt hatte.

Sollte sie etwa verschlafen haben, wie Lauren aufgestanden und fortgegangen war? Warum sollte sie das tun? Hatte sie nicht mehr daran geglaubt, dass Maja sie beschützte, und sich deshalb entschieden, zu fliehen?

Maja rieb sich die Stirn, als könnte sie so die Müdigkeit abwischen.

James fluchte leise. »Jemand hat dich betäubt und Lauren entführt!«, mutmaßte er gereizt und setzte sich schwer neben ihr auf die Bettkante.

Maja nickte müde. Was James da sagte, klang zumindest plausibel, wenngleich sie nichts von einer Entführung mitbekommen hatte und keine Beweise dafür hatte, dass man sie betäubt hatte. Angesichts dessen, wie müde sie bei ihrer Rückkehr gewesen war, schien es ihr auch vorstellbar, dass sie einfach sehr tief geschlafen hatte.

»Ich kann mich an nichts erinnern«, gestand sie, obwohl das für James wohl bereits offensichtlich war. Bevor Lauren sich hingelegt hatte, hatten sie beide etwas vom Zimmerservice gegessen, nur James nicht – er war ja nicht auf Nahrung angewiesen. Falls das Essen also vergiftet gewesen sein sollte, hätte James nicht bewusstlos sein dürfen und hätte mitbekommen müssen, wie Lauren verschwunden war.

»Wo warst du?«, hakte sie verwirrt nach, als ihr klar war, dass es nur eine Erklärung gab, warum er nicht wusste, was geschehen war.

James seufzte. »Bei Tim, ich dachte, es wäre gut, noch einmal unter vier Augen mit ihm zu sprechen.«

Maja nickte. Angesichts der Tatsache, dass solche Gespräche in der Runde seiner Brüder eher hitzig und unproduktiv verliefen, konnte sie nachvollziehen, dass er sich unter vier Augen mit Tim unterhalten wollte.

»Also kann Tim nicht hier gewesen sein, um Lauren zu holen«, schlussfolgerte Maja ernst.

»Nein«, bestätigte James. »Hältst du es für möglich, dass Lauren freiwillig gegangen ist?«

Maja schüttelte den Kopf. »Das würde sie nicht tun. Sie will Tim nicht im Stich lassen.« Davon war sie immer noch überzeugt. Lauren hatte sich bisher kaum über das geäußert, was sie von Hannah und Maja erfahren hatte, aber sie hatte nicht gewirkt, als wollte sie die Flucht ergreifen. Zudem glaubte Maja weiterhin daran, dass Lauren in Tim verliebt war und ihn erst verlassen würde, wenn es nicht mehr anders ging.

James sah sie eindringlich an und nickte schließlich. »Dann muss es Adrian gewesen sein. Vielleicht hat er die Chance genutzt, als ich bei Tim war. Vielleicht hat Tim ihn sogar darauf angesetzt.« Erneut fuhr James sich mit einer Hand durchs Haar. »Ich werde gehen und Tim erzählen, was passiert ist.« Scheinbar voller Tatendrang erhob er sich wieder, blieb aber neben dem Bett stehen. »Du solltest dich wahrscheinlich noch etwas ausruhen, bis die Wirkung von dem Zeug, das man dir untergeschoben hat, nachlässt.«

Maja nickte müde und schwieg darüber, dass sie nicht an Drogeneinfluss glaubte. David hatte sie damals betäubt, aber die Folgen hatte sie ganz anders erlebt. Und irgendwie konnte sie sich nicht vorstellen, dass Adrian zu Gift griff.

Sobald James weg war, ging sie ins Bad, um zu duschen. Bei einem Kater half ihr das auch – viel mehr als Schlaf.

Allerdings würde sie wohl kaum die Schuldgefühle abspülen können. Sie hatte Lauren versprochen, sie zu beschützen, deshalb war sie geblieben, aber Maja hatte ihr Versprechen nicht gehalten. Sie hätte nicht einschlafen dürfen, ohne sich vorher um zusätzliches Sicherheitspersonal zu bemühen. Es war ja im Grunde keine Überraschung, dass Adrian und Tim sie gewaltsam zurückholten – immerhin wollten sie Lauren umbringen. Wenn sie von diesem Vorhaben so überzeugt waren, schreckten sie wohl auch nicht vor drastischen Maßnahmen zurück, um an Lauren heranzukommen.

Hatte sie denn wirklich geglaubt, dass Tim seelenruhig wartete, bis Lauren zurückkam?

Lauren kam langsam zu sich, nicht in dem bequemen Bett, in dem sie eingeschlafen war, und ganz sicher nicht in Majas Hotelzimmer.

Sie hörte Motorengeräusche und spürte das Ruckeln eines Autos. Sie hing in einer unbequemen Haltung auf dem Rücksitz des Fahrzeugs, angeschnallt, aber wohl zumindest nicht gefesselt. Dabei war sie vollkommen sicher, dass sie nicht aus eigener Kraft und erst recht nicht aus freien Stücken in dieses Fahrzeug gestiegen war.

Sie schlug mühsam die Augen auf und erkannte sofort Tim neben sich, der nachdenklich aus dem Fenster starrte. Es war immer noch dunkel draußen, also war wohl nicht viel Zeit vergangen und die vielen Lichter vor dem Fenster ließen sie hoffen, dass sie sogar noch in Berlin waren.

Sie brachte sich langsam in eine bequemere Position, um Tim auf sich aufmerksam zu machen, weil er ihr gefälligst erklären sollte, was hier vor sich ging. Hatte er sie betäubt und in dieses Auto geschleppt? Warum? Was wollte er von ihr, worum er sie nicht in einem vernünftigen Gespräch hätte bitten können?

Egal, was er bisher alles getan und gesagt hatte, er musste sehen, dass sie immer noch in seiner Nähe blieb, weil sie ihn nicht im Stich lassen wollte. Verdient hatte er das allerdings möglicherweise nicht. Spätestens seit er davon sprach, sie umzubringen, sollte sie wohl mehr an sich selbst denken. Aber ihr Herz hielt sich nicht an irgendeine Form von Logik. Sie wusste nicht sicher, wann sie Gefühle für Tim entwickelt hatte. Sie wollte sogar, sie könnte diese Gefühle einfach ausschalten und sich anders entscheiden. Sie hatte früher schon so einigen Männern in ihre Schranken gewiesen, aber Tim ließ sie selbst unverzeihliches

Verhalten durchgehen. Für ihn hatte sie ganz andere Gefühle, als sie je zuvor empfunden hatte. Obendrein wollte sie entgegen aller Vernunft immer noch nicht wahrhaben, dass er eine Gefahr für sie darstellte.

Als sie ihre nicht gefesselten Handgelenke streckte, wandte Tim ihr das Gesicht zu.

»Mach uns einfach keinen Ärger«, bat er leise.

Als hätte sie bisher irgendwas getan, was eine solche Bitte rechtfertigte! Sie war ihm so lange eine friedliche Gefangene gewesen, dass er eigentlich keinen Grund hatte, anzunehmen, dass sie nun etwas anderes tun würde. Unsicher lugte Lauren zum Fahrersitz, wo Adrian konzentriert auf die Straße blickte.

»Ich werde sicher nicht still halten, wenn du mir das Messer an die Kehle drückst«, erklärte sie entschlossen und verärgert, auch auf die Gefahr hin, ihm so doch noch einen Grund zu liefern, sie zu fesseln. Ihm sollte klar sein, dass sie um ihr Leben kämpfen würde.

»Keiner will dir etwas antun«, beschwichtigte Tim, wenig überzeugend angesichts dessen, was Lauren bei dem Streit mit seinen Brüdern belauscht hatte.

»Warum verschleppst du mich dann mitten in der Nacht?«, hakte sie ernst nach, bevor sie sich zurücklehnte und begann, gedanklich ihren ganzen Körper zu untersuchen, ob sie irgendwelche Verletzungen hatte, die ihr eine Flucht erschweren könnten. Immerhin schien ihr, abgesehen von der nachlassenden Benommenheit, nichts zu fehlen. Ob sie wohl trotzdem rennen könnte, wenn es drauf ankam?

Soweit es angesichts der Dunkelheit und der Fahrtgeschwindigkeit möglich war, begann sie, die Umgebung zu betrachten. Sie waren zweifellos immer noch in einem sehr städtischen Gebiet, vielleicht ein Außenbezirk von Berlin, in einer belebten Gegend, wo sie nur um Hilfe schreien müsste, damit jemand die Polizei verständigte.

Oder sollte sie darauf vertrauen, dass Maja ihr zur Hilfe kam?

Hoffentlich ging es ihr überhaupt gut. Sie hatte Lauren versprochen, auf sie aufzupassen, und das würde sie nicht vernachlässigt haben. Man musste sie abgelenkt oder irgendwie anders aufgehalten haben. Hoffentlich waren Tim und Adrian nicht zu weit gegangen – würde Tim die Freundin seines Bruders umbringen, wenn sie sich ihm in den Weg stellte?

»Ich hatte keine andere Wahl, weil meine Brüder der falschen Person vertrauen«, widersprach Tim ernst und betrübt.

Lauren ließ ihren Kopf gegen die Lehne sinken, weil er immer noch schwer war und sie ihre Kräfte schonen wollte, für den Fall, dass sie um ihr Leben kämpfen musste. Allerdings schöpfte sie Hoffnung aus Tims gesprächsbereit. Vielleicht würde es nicht zu diesem Kampf kommen.

»Ich war dort«, erklärte sie ernst. »Ich habe eure Mutter getroffen und ich denke, du solltest selbst mit ihr sprechen.« Nicht, dass Lauren alles verstanden hatte, was Hannah erzählt hatte, aber sie hatte immerhin einen gesprächigeren Eindruck gemacht als Adrian und sie hatte sich ausdrücklich gegen einen Mord ausgesprochen.

»Tim!«, mischte sich Adrian mit donnernder Stimme vom Fahrersitz her ein. »Bring sie zum Schweigen.«

Lauren verstummte automatisch und hoffte, dass Adrian damit nicht meinte, dass Tim sie direkt im Wagen umbringen sollte. Im Grunde war sie immer noch überzeugt, dass Tim ihr nichts antun würde, aber Adrian war ein Faktor, den sie nicht einschätzen konnte.

Lauren schloss die Augen und nickte gehorsam, bevor Tim überhaupt irgendetwas sagen oder tun konnte, was vielleicht ihre Gefühle für ihn endgültig kippen ließ.

Sie hatte mehr Angst vor dem Moment, in dem sich diese Gefühle auflösten, als vor dem, was Tim tun könnte.

14. Kapitel

James wusste nicht, ob Freudensprünge machen oder weinen sollte.

Tim und Adrian waren mit Lauren seit etwa 12 Stunden verschwunden und er stand nun tatsächlich seiner Mutter gegenüber. Nachdem Ray ihr die Nachricht von Laurens Verschwinden übermittelt hatte, war sie hergekommen, ohne jede Vorwarnung.

»Mom«, James ging langsam auf sie zu und reichte ihr die Hand, die einzige Form, wie er sie gerade begrüßen konnte. Eine Umarmung wäre zu intim gewesen, nachdem sie ihm jahrelang so vieles vorenthalten hatte.

Für ihn überraschend kraftvoll erwiderte Hannah seinen Händedruck und lächelte ihre übrigen Söhne an, die selbst erstarrt am Rand der Szene standen und sie anstarrten wie ein seltenes Tier.

Ray hatte ihnen für dieses Treffen hastig einen Konferenzsaal im Hotel organisiert, war aber selbst nicht eingeladen worden. Ebenso wenig wie Maja, obwohl sie so tief in allem mit drinsteckte. Es war besser, wenn sie weiterhin ihren ‚Rausch' ausschlief – was auch immer Adrian mit ihr gemacht hatte, es hatte Spuren hinterlassen. Spätestens damit hatte sein Vater endgültig jede Chance verspielt, je James' Vertrauen zu gewinnen.

»Ich bin froh, dass wir endlich offen reden können«, ergriff Hannah das Wort, als sie sich elegant an dem langen Konferenztisch niederließ. Bill, Charlie und Mike setzten sich ebenfalls, James zog es jedoch vor, stehen zu bleiben, er war zu angespannt. Zudem erkannte er seine Mutter kaum wieder, das Gesicht war dasselbe, allerdings bewegte sie sich viel ruhiger und schien selbstbewusster. Hatte sie sich all die Jahre verstellt oder ging es ihr nun wirklich so viel besser?

Maja hatte erwähnt, dass die Verbindung ihrer Eltern angeblich wieder zum Leben erwacht war. Falls dieses Band Hannahs Zustand so verbesserte, hatte es jedoch auf sie eine vollkommen andere Wirkung als auf Maja, die durch die Verbindung mit James schwächer wurde.

»Ich dachte immer, wir würden längst offen miteinander reden«, wandte Bill vorwurfsvoll ein.

Hannah seufzte. »Ich wollte euch nur beschützen. Nachdem Adrian fortgegangen war, dachte ich, es wäre nicht nötig, euch mit den Details zu belasten. Und Tim teilt wohl diese Meinung, er hat euch immerhin auch lange nicht erzählt, was er wusste.«

James ballte die Hand zur Faust. »Was wusste Tim?« Bisher hatte er angenommen, dass Tim ihnen vor allem seinen Streit mit Adrian und dessen Rauswurf verschwiegen hatte, aber bei Hannah klang es, als hätte Tim ihnen noch mehr verheimlicht.

Hannah dachte einen Moment nach. »Er war schon fast erwachsen und wusste, dass es eine besondere Verbindung zwischen mir und Adrian gab. Er hat in Kauf genommen, dass Adrian schaden nimmt, wenn er ihn rausschmeißt.«

Bill nickte ernst. »Und du hast das genauso in Kauf genommen.«

Hannah zuckte mit den Schultern. »Ich habe mich für meine Kinder entschieden« stimmte sie zu. »Und ich nahm an, dass Adrian irgendwann zurückkommen würde, weil er es bis dahin immer getan hatte. Ich dachte, er könnte nicht weit fort, weil er darauf angewiesen war, regelmäßig Kontakt mit mir aufzunehmen. Mir war nicht klar, dass sich die Dinge geändert hatten.«

James lehnte sich angespannt an die Wand und zwang sich, seine Hand wieder zu öffnen, weil die Faust zunehmend schmerzhaft wurde. Hannah war nicht unbedingt der mütterliche Typ und scheinbar auch nicht die

Frau, die er früher in ihr gesehen hatte. Trotzdem war sie ihre Verbündete, zumindest mehr als es sonst jemand, und sie konnten jede Hilfe gebrauchen, denn es hatte eine gewisse Dringlichkeit, Adrian Einhalt zu gebieten. Es sollte weder Lauren verletzt werden, noch Tim zum Mörder werden.

James rieb sich die Stirn. »Und was ist jetzt? Was will Adrian erreichen? Uns hat er gesagt, er wolle dich befreien, und hat deshalb um Hilfe gebeten.«

Hannah sah James zerknirscht an und zögerte, sodass er in ihr wieder die Frau erkannte, die er in der Klinik besucht hatte. »All die Jahre lang war wohl frei zu tun, was er wollte, weil er sich durch irgendein neuartiges Band von euch ernähren konnte, sogar ohne in eurer Nähe zu sein. Aber offenbar funktioniert das nicht mehr, seit ihr eigenen Bindungen aufgebaut habt.« Sie zuckte mit den Schultern. »Ich kann nur raten, aber ich vermute, er hat Gefallen an dieser Freiheit gefunden und will sie zurück. Also muss er eure Bindungen lösen.«

Bill nickte grimmig. »Tim sagte, er müsste Lauren umbringen, um diese Verbindung zu trennen. Vermutlich will Adrian jetzt erreichen, dass Tim diesen Worten jetzt Taten folgen lässt.«

James musste schlucken. Er hatte so sehr gehofft, dass an dieser Sache nichts dran war. Dass Adrian gelogen hatte, dass Tim etwas falsch verstanden hatte oder sie alle einfach nur sehr schlecht träumten.

»Wahrscheinlich. Und er wird sich damit nicht mehr viel Zeit lassen, weil er im Moment auf mich angewiesen ist, und er hatte seit geraumer Zeit keine Gelegenheit, sich zu stärken. Die Trennung muss ihm allmählich zusetzen.«

James nickte. »Was bewirkt das? Bringt es ihn um?« So schrecklich es war, im Moment war der Gedanke, dass

Adrian tot umfallen könnte, noch die harmloseste Entwicklung, die ihm einfiel.

Hannah schüttelte beinahe amüsiert den Kopf. »Er ist ein magisches Wesen und vielleicht sogar unsterblich, ich bezweifle, dass er einfach verhungern wird.«

»Was dann?«, hakte Bill ernst nach.

Sie zuckte erneut mit den Schultern. »Ich weiß es nicht. Aber im Märchen schläft die böse Kreatur niemals einfach ein, sie bäumt sich auf und wird zu einem noch schrecklicheren Monster als zuvor für den letzten Kampf.«

Bill gab ein genervtes Schnauben von sich. »Und das ist jetzt die große Erkenntnis, die uns helfen soll?«

James seufzte leise. »Ist es vielleicht wirklich. Vielleicht können wir Adrian herlocken, wenn wir ihn wissen lassen, dass Mom hier ist.« Er zuckte mit den Schultern. »Vielleicht ist er ja schon längst das Monster und wir können ihn retten, in dem wir ihm ermöglichen, seinen Hunger zu stillen.«

Bill hob zweifelnd die Augenbrauen. »Wird er das nicht durchschauen?«

Ratlos zuckte James mit den Schultern. »Vermutlich wird er das, aber er hat keine Wahl. Er braucht Hannah und wird versuchen, sie in seine Gewalt zu bringen. Er versucht zwar, einen anderen Ausweg zu finden, indem er Lauren tötet, aber dass er das nicht bereits hier im Hotel getan hat, zeigt vielleicht, dass er eigentlich einen Plan B sucht.« James war allerdings auch nicht so naiv, zu glauben, dass Adrian einfach gehorsam in die Falle gehen würde.

Lauren saß still auf dem Sofa im Wohnzimmer eines Ferienhauses, das Adrian scheinbar gemietet hatte, während eben dieser sie begutachtete.

Indes sah Tim überallhin – außer zu ihr.

Er ließ sie im Stich.

Bisher hatte Adrian ihr nichts angetan, aber er unterband bereits seit der Autofahrt all ihre Gesprächsversuche mit Tim. Und Tim ließ das zu.

Doch zumindest ließ Tim sie nicht alleine mit Adrian, das machte ihr Hoffnung, dass Tim im Ernstfall zu ihr halten würde.

Gleichzeitig wollte sie nicht auf seine Hilfe vertrauen. Tim traf scheinbar kaum noch eigenen Entscheidungen, sondern verließ sich zunehmend auf Adrians Führung. Daher war es nur eine Frage der Zeit, bis Adrian ihm befahl, sie umzubringen. Bei der ersten sich bietenden Gelegenheit würde Lauren sich in Sicherheit bringen.

In der Stille tönte das Vibrieren von Tims Handy und zog so Laurens Blicke wieder auf ihn.

»James schreibt, dass sie Mutter gefunden haben«, verkündete Tim zögernd und an Adrian gewandt, aber nicht ohne einen Blick auf Lauren zu werfen.

Scheinbar hatte Maja es geschafft, James und die übrigen Brüder zu überzeugen, dass sie Hannah trafen. Das war vermutlich ein gutes Zeichen, aber Lauren würde trotzdem nicht darauf warten, dass man sie rettete.

»Natürlich haben sie Hannah gefunden«, antwortete Adrian in sarkastischem Ton. »Und sie wollen vermutlich, dass wir kommen und ein freudiges Wiedersehensfest feiern.«

Lauren musste schlucken.

Tim legte das Handy beiseite und nickte, während Adrian sich in einem großen Ledersessel zurücklehnte und lächelte. »Das ist unsere Gelegenheit, die Situation zu unseren Gunsten zu drehen.«

Lauren schluckte. Zweifellos wollten Tims Brüder Adrian eine Falle stellen, aber möglicherweise gerieten sie dabei selbst in einen Hinterhalt und sie hatte keine Möglichkeit, die anderen zu warnen.

15. KAPITEL

Maja fühlte sich immer noch verkatert, obwohl sie inzwischen beim dritten Kaffee saß, aber was sie endlich wachrüttelte, war das Summen von James' Handy. Doch bevor sie Gelegenheit hatte, einen Blick auf das Display zu erhaschen, schob er das Handy über den Couchtisch ihrer Suite zu Bill, wahrscheinlich weil er ihre Reaktion bemerkt hatte. Sie hatten sich zum Frühstück versammelt, wobei jedoch lediglich Maja aß und trank, weil alle anderen gar nicht darauf angewiesen waren und momentan wohl auch keinen Appetit hatten.

Entschlossen streckte Maja sich und angelte sich das Handy, weil auch Bill nur ernst darauf starrte, statt vorzulesen, was es dort Interessantes gab. Selbst wenn es schlechte Nachrichten sein sollten, wollte Maja sich diese trotzdem nicht vorenthalten lassen.

Es hielt sie auch keiner davon ab, sich das Smartphone zu schnappen.

Sie erblickte eine Textnachricht von Tim: »Hannah soll alleine zu uns kommen«, forderte er. »Sonst müssen wir Lauren töten.«

»Das hat Adrian geschrieben«, vermutete sie sofort und sah James an, dass er dasselbe dachte.

Bill seufzte gequält. »Dann müssen wir wohl annehmen, dass Adrian nun nicht nur Lauren als Geisel hält, sondern auch Tim.«

James verzog skeptisch den Mund und schüttelte den Kopf. »Ich hatte bisher den Eindruck, dass Tim freiwillig mit Adrian unterwegs ist.«

Maja sah ihn nachdenklich an. »Vielleicht ist Tim sich gar nicht bewusst, dass er Adrians Gefangener ist, weil Adrian ihn glauben lässt, er würde ihm freiwillig folgen.«

Das würde zumindest erklären, warum Tim in Betracht zog, die Frau umzubringen, die er eigentlich so sehr mochte, dass er eine lebenslange Verbindung mit ihr aufgebaut hatte. Daran, dass Zuneigung die Grundlage für diese Verbindung war, hatte Maja keinerlei Zweifel, trotzdem war ihr klar, dass Bill weniger romantisch darüber dachte. Letztlich müsste er sich wohl auch eingestehen, dass Lauren seinen großen Bruder ihm vorgezogen hatte.

»Und, was sollen wir tun?«, hakte nun Maja ernst nach. »Wir können nicht zulassen, dass sie Lauren etwas antun.«

James streckte die Hand nach seinem Smartphone aus und Maja reichte es ihm zurück. »Wenn wir ihm die Möglichkeit geben, Hannah in seine Gewalt zu bringen, haben wir keinerlei Druckmittel mehr und er hat erst recht keinen Grund, Lauren freizulassen«, gab James ernst zu bedenken. »Er könnte Lauren trotzdem töten, Tim weiter manipulieren und obendrein Hannah verschleppen.«

Maja schüttelte instinktiv den Kopf, obwohl sie ahnte, dass James recht haben könnte. Sie hatten nur eine Sache, die Adrian von ihnen wollte und mit der sie ihn aus der Deckung locken konnten, und das war Hannah. Es wäre dumm, dieses Druckmittel aus der Hand zu geben – auch wenn Hannah selbst zweifelhafte Motive hatte.

»Aber wir müssen Lauren helfen!«, beharrte Maja ernst.

Bill sah sie durchdringend an. »Ich befürchte, die Folgen, wenn Adrian Hannah in seine Gewalt bekommt, wären sehr viel dramatischer als Laurens Tod.«

Maja spürte, wie James ihre Hand fest mit seiner umschloss, während sie fassungslos erstarrt Bill anblickte. Gewaltige Wut staute sich in ihr auf. Wie konnte gerade er so etwas sagen, obwohl er doch eigentlich selbst so etwas wie Zuneigung für Lauren empfand?

»Soweit darf es nicht kommen! Wir werden ihm vormachen, dass er Hannah bekommen kann, und so eine

Situation schaffen, in der wir ihn überwältigen können«, verkündete Maja entschlossen.

Bill schüttelte den Kopf. »Und wer genau überwältigt Adrian? Du? Vergisst du möglicherweise, dass er wahrscheinlich reichlich Erfahrung damit hat, Menschen umzubringen, und dich erst gestern außer Gefecht gesetzt hat? Von uns hat keiner je sowas wie Nahkampf gelernt.«

Maja biss sich nervös auf die Unterlippe, gerade sie wollte sich wirklich nicht alleine mit Adrian anlegen, wo sie doch so gut vor Augen hatte, wozu er fähig war. Und sie hatte keine Zweifel daran, dass Adrian sie ohnehin töten wollte, sicher war auch ihre Verbindung mit James ihm ein Dorn im Auge. Aber sie hatte Hoffnung, dass er zumindest seinen Söhnen gegenüber Zurückhaltung zeigen würde.

»Vielleicht hat Hannah eine Idee, wie wir das anstellen können.« So ganz wohl war Maja bei diesem Gedanken nicht, aber es war eine Chance – eine Chance für Lauren, die sie nicht ungenutzt lassen konnte.

»Und wer weiß, was sie vorhat?«, widersprach James nachdenklich. »Wir dürfen auch nicht außer Acht lassen, dass Adrian behauptet hat, auf der Flucht zu sein.«

Gleichmütig zuckte Maja mit den Schultern. »Irgendwie glaube ich nicht, dass er ein Opfer ist.« Zumindest benahm Adrian sich nicht, als wäre er in Gefahr – er hatte keine Angst, er verbreitete Angst.

»Das können wir nicht mit Sicherheit sagen und er ist immerhin unser Vater«, entgegnete James ernst.

Nun doch gereizt schüttelte Maja den Kopf. »Er tötet Menschen und will Tim zu einem Mord anstiften! Es spricht nichts dafür, dass er auf unsere Hilfe angewiesen ist.« Ganz im Gegensatz zu Lauren, die immer noch nicht wirklich wusste, worin sie sich da verstrickt hatte. Sie brauchte Hilfe und Schutz, ebenso wie Tim, der auf den falschen Weg geraten war, aber Adrian kam gut alleine zurecht.

Maja stand entschlossen auf und verließ den Raum, obwohl James bereits aufsprang, um ihr zu folgen. »Was hast du vor?«, platzte er heraus, als sie auf dem Flur angelangt waren.

Maja ging stur weiter, ohne auf ihn zu warten. »Ich werde tun, was getan werden muss.« Und sie würde keine Rücksicht auf Adrian nehmen, nicht einmal wenn James sie darum bat. Sie wusste, was das Richtige war, was sie vorhatte. Adrian und Tim waren robust und konnten sich selbst helfen, aber Lauren war hilflos und unwissend.

Maja ging zielstrebig auf den Konferenzsaal zu, in dem sie Hannah am Vortag getroffen hatten, und war wenig überrascht, sie dort vorzufinden, als hätte sie darauf gewartet, dass ihre Söhne zurückkehrten.

»Maja«, Hannah erhob sich lächelnd, »wie schön, dass du zurückkommst.«

Ruckartig entzog Maja James ihren Arm, als er danach griff. »Ich brauche deine Hilfe.«

Lauren kämpfte gegen die bleierne Müdigkeit und die Sehnsucht nach dem Bett im angrenzenden Schlafzimmer an. Wie lange war sie schon wach? Einen Tag? Oder zwei?

Sie wusste, dass sie nicht ewig wach bleiben konnte, aber alleine mit Tim und Adrian war an Schlaf nicht zu denken. Sie traute es ihnen zu, dass sie die beiden die Gelegenheit nutzen würden, um sie zu töten. Tims Widerstand bröckelte scheinbar und er würde sich eher von Adrian überreden lassen, wenn sie schlief und er ihr nicht in die Augen sehen musste.

Sie wollte kein leichtes Opfer sein, aber sie würde auch nicht mehr lange durchhalten. Zumal sie ja schon vor dieser Entführung nicht unbedingt viel Schlaf bekommen hatte.

Mühsam blinzelte sie den Schlaf erneut weg und realisierte, dass Adrian und Tim nun dicht beieinander an einem Fenster standen und tuschelten. Tim sah immer wieder zu ihr und hatte die Hände zu Fäusten geballt, während er zuhörte. Er wirkte angespannt, doch sie konnte nicht verstehen, was die Männer miteinander besprachen. Allerdings hatten sie sicher einen Grund, warum sie flüsterten.

Es war anders als sonst. Diesmal unterhielten sich die beiden länger und diskutierten heftiger, aber gewiss nicht über das Abendessen.

Die Vorstellung, dass die beiden gerade darüber diskutierten, wann und wie sie Lauren töten sollten, verscheuchten ihre Müdigkeit zumindest vorübergehend.

Inzwischen bezweifelte Lauren, dass irgendwer rechtzeitig kommen und sie retten würde. Maja gab sicher ihr Bestes, aber offensichtlich hatte sie nichts erreicht. Tims Brüder würden sich wahrscheinlich nicht überzeugen lassen einzugreifen, und Tim selbst war inzwischen wohl vollkommen dem Einfluss seines Vaters erlegen.

»Nein!«, antwortete Tim plötzlich unerwartet laut und mit Nachdruck, bevor er sich entschlossen von Adrian abwandte und auf sie zukam.

»Es muss eine andere Lösung geben!«, fuhr Tim trotzig fort, als er bereits fast bei ihr angelangt war.

Behäbig rappelte Lauren sich von dem Sofa hoch, blieb dann aber stehen, statt vor Tim zurückzuweichen. Die Müdigkeit hatte offenbar ihren Selbsterhaltungstrieb betäubt und ohnehin fühlten sich ihre Beine nahezu unbrauchbar an, sie waren weich und wackelig, obwohl ihr Kopf inzwischen wieder einigermaßen klar war.

Zumindest klar genug, um ihr bewusst zu machen, in welch brenzliger Lage sie war, wenn sie zu schwach war, davon zu laufen.

Nach einem Moment des Zögerns strecke Tim eine Hand nach ihr aus.

Schlagartig war der Selbsterhaltungstrieb wieder da und hastig wich sie zurück, bis ins benachbarte Schlafzimmer. Plötzlich stieß sie gegen die Bettkante und geriet ins Taumeln. Nun tat die Benommenheit ihren Teil, sodass sie das Gleichgewicht verlor und hilflos zu Boden ging.

»Siehst du? Sie vertraut dir nicht und deshalb darfst du ihr auch nicht vertrauen!«, kommentierte Adrian die Szene, wobei seine Stimme erschreckend nahe klang.

Lauren stemmte sich umständlich hoch, während sich ihre Müdigkeit in Form von Schwindelgefühl sofort bemerkbar machte. Wieder taumelte sie und hätte wohl eigentlich dankbar sein sollen für eine helfende Hand, stattdessen zuckte sie entsetzt zusammen, als sich Tims Finger um ihren Arm schlossen. Allerdings war sein Griff so fest, dass sie ihren Arm nicht freibekam und bei ihrem Befreiungsversuch erneut das Gleichgewicht verlor.

Tim fluchte so undeutlich, dass Lauren es auch ohne die Müdigkeit und Benommenheit wohl nicht verstanden hätte. Grob zog er sie zu sich und fasste ebenfalls ihren anderen Arm, sodass sie sich zwar auf den Beinen halten konnte, aber kaum noch Bewegungsfreiheit hatte.

Zu allem Überfluss kam Adrian langsam näher. Trotz ihrer Schwäche versuchte Lauren, sich loszureißen, scheiterte jedoch an Tims Griff und ihrer Benommenheit.

»Sie vertraut mir nicht, weil sie denkt, ich wäre wie du«, konterte Tim ernst. Oder sagte er das nur, um sich ihr Vertrauen zu erschleichen?

Sie durfte keinem von diesen seltsamen Männern trauen und war bereit, alles zu tun, um ihr Leben zu retten, selbst wenn es bedeutete, Tim hinter Gitter zu bringen.

Kurzentschlossen warf sie sich mit aller Kraft zur Seite und konnte sich so von Tim losreißen.

Panisch rannte sie los.

Tim hatte offenbar unterschätzt, wie viel Kraft sie trotz

ihrer Benommenheit aufbringen konnte.

Orientierungslos und überfordert mit der plötzlichen Gelegenheit zur Flucht, hastete Lauren Richtung Tür.

Sie streckte bereits die Hand nach der Klinke aus, als sie erneut gepackt und rücksichtslos am Arm nach hinten gerissen wurde, als würde ein Lastwagen sie mitreißen. Vor Schmerz schrie sie auf.

Aber diesmal war es nicht Tim, der sie festhielt.

Wieder ging sie zu Boden und verkniff sich einen Schmerzenslaut über ihre aufgeschrammten Knie.

Als sie verängstigt aufsah, erblickte sie Tim mit einem Messer bewaffnet und ausdrucksloser Miene.

Plötzlich bewegte er sich so schnell. Das Messer blitzte, als es durch die Luft sauste.

Ihr Herz stockte und ihr wurde eiskalt.

Blut tropfte zu Boden.

Finsternis legte sich um die Welt.

16. Kapitel

Lauren hatte Angst, die Augen wieder zu öffnen, obwohl sie wusste, dass sie nicht ernsthaft verletzt war. Aber sie wollte nicht sehen, was sich abgespielt hatte, nachdem eine Ohnmacht sie gerettet hatte.

Dabei verriet ihr schon der Geruch von Desinfektionsmittel, dass sie nicht mehr in Gefahr war. Eher war sie in einem Krankenhaus.

Zögernd öffnete sie die Augen voller Angst, doch wieder das Messer und das Blut zu erblicken. Sie wusste nicht, wovor sie sich mehr fürchtete, Tim zu sehen oder zu hören, dass er verhaftet worden war, weil er seinen Vater umgebracht hatte. Das Letzte, was sie vor ihrer Ohnmacht gesehen hatte, war, dass Tim das Messer aus Adrians Bauch zurückzog und Blut von der Kline und seiner Hand tropfte.

»Hi«, hörte sie Majas beruhigende Stimme, die sie nun doch ermutigte, die Augen aufzuschlagen.

Lauren blinzelte und sah einerseits ein Fenster und davor Majas etwas bleiches Gesicht.

»Hi«, hauchte sie mit kratzigem Hals. »Wo …«, begann sie und brach ab, als Maja bereits verständnisvoll nickte. Das Sprechen fiel ihr ohnehin noch so schwer.

»In einem Krankenhaus. Tim hat dich hergebracht.«

Lauren nickte und sah sich unweigerlich nach ihm um. Sie wusste nicht, ob sie sich wünschte, dass er hier wäre, aber es war seltsam, dass er es nicht war. Wie lange war sie fast ununterbrochen mit ihm zusammen gewesen? Wenn auch nicht ganz freiwillig. Sie schluckte, um ihre Kehle zu befeuchten, damit sie besser sprechen konnte.

»Wo ist er?«

Maja zögerte und sah sich ebenfalls kurz um. »Mit James unterwegs, sie wollten einige Dinge klären.«

Allerdings sah Maja aus, als machte dieser Umstand sie nervös, also wusste selbst nicht wirklich, was die beiden Brüder taten.

»Und Adrian?«, hakte Lauren ernst nach, wobei sie sich langsam aufrichtete. Ihre Arme schmerzten, was nicht verwunderlich war, nachdem Adrian daran so gezerrt hatte. Aber sie konnte sich bewegen, also waren die Verletzungen wohl harmlos.

Maja stand sofort auf und rückte ein Kissen in Laurens Rücken zurecht, damit sie sich anlehnen konnte. Geradeso als wäre sie schwer krank, dabei fühlte sie sich gut — lediglich benommen und verkatert.

»Adrian ist verschwunden«, antwortete Maja ernst.

Eigentlich sollte Lauren darüber wohl erleichtert sein, weil es immerhin bedeutete, dass Tim sich nicht zum Mörder gemacht hatte. Seinen Angriff auf Adrian konnte man vermutlich als Notwehr betrachten, schließlich hatte er sie so befreit und ins Krankenhaus gebracht.

»Was ist passiert?«, fragte Maja ernst.

Lauren kämpfte mit dem Kloß im Hals, der nicht zulassen wollte, dass sie über die Vorfälle sprach, bis sie endlich ein paar Worte herausbekam. »Tim und James haben sich gestritten. Dann hat Tim Adrian mit einem Messer angegriffen«, sie schluckte erneut und kämpfte gegen die Bilder von Klingen und Blut an, die sie weder zu beschreiben vermochte, noch es versuchen wollte. »Ich denke, er hat ihn schwer verletzt.«

Maja nickte unsicher. »Schwer zu sagen, verletzt vermutlich, aber wir glauben, dass Adrian relativ widerstandsfähig ist.« Was wohl bedeuten sollte, dass er ein Messer im Bauch überlebt haben könnte.

Lauren lehnte sich weiter zurück und schloss die Augen kurz.

»Es tut mir leid, dass ich dich nicht beschützen konnte«, begann Maja leise.

Aber Lauren winkte ab. »Ich denke, du hättest keine Chance gehabt.« Sie hatte gesehen, wie Adrian sich verhielt, gehört, wie er sprach, und war sich sicher, dass er ohne Zögern über Leichen ging, vielleicht sogar dann, wenn es andere Möglichkeiten gab. Lauren hätte wirklich nicht gewollt, dass Maja ihr Leben für sie riskierte.

Traurig nickte Maja. »Wir haben Adrian alle unterschätzt«, sie wirkte zerknirscht und grübelte einen Moment.

Lauren verkniff sich den Hinweis, dass man vielleicht die Warnzeichen einfach nicht hatte sehen wollen. »Und was tun wir nun, damit er nicht zurückkommt?«

Maja seufzte. »James und Tim wollen ihn in eine Falle locken.« Allerdings machte sie nicht den Eindruck, als würde sie an einen Erfolg dieses Unterfangens glauben.

James blickte über den idyllischen Rasen zum Rand eines Waldstückes, in dem Hannah glaubte, Adrian treffen zu können. Er und Tim sollten sich zurückhalten.

Wie die schmächtige Hannah etwas gegen Adrian ausrichten wollte, konnte James sich schlecht vorstellen. Allerdings spielte es für ihn keine große Rolle mehr. Er wünschte Hannah nichts Böses, aber da sie ihren Weg ohne Rücksicht auf ihre Söhne ging, waren sie wohl auch nicht in der Pflicht, sie zu beschützen.

Trotzdem waren sie hier, für den Fall, dass sie etwas tun konnten.

»Denkst du, er wird kommen?«, hakte Tim ernst nach und James musste sich schon zusammenreißen, seinem großen Bruder nicht vorzuwerfen, dass sie gar nicht warten müssten, wenn er Adrian nicht entkommen lassen hätte.

Was sollte denn die falsche Zurückhaltung? Warum nur ein Messer in den Bauch? Sie alle wussten, dass Adrian nahezu unsterblich war. Tim hätte ihm also ruhig auch die Kehle durchschneiden können, dann hätten sie ihn vielleicht direkt gefangen nehmen können, so aber war Adrian blutend abgehauen. Dass Tim ihm nicht gefolgt war, statt Lauren ins Krankenhaus zu bringen, würde James ihm allerdings nicht vorwerfen. Er hätte selbst nicht anders gehandelt, wenn es um Maja gegangen wäre. Tim und Lauren wirkten zwar im Moment nicht wie ein Traumpaar, hatten aber diese besondere Verbindung zueinander.

»Hannah schien sich da sehr sicher«, antwortete James leise und nachdenklich.

Tim nickte und lehnte sich in ihrem Versteck auf einem Jäger-Hochsitz zurück. »Seit wann nennst du sie nicht mehr Mom?«, erkundigte er sich dann irritiert.

James zuckte mit den Schultern. »Seit mir klar geworden ist, dass sie das nicht ist. Die Person, die sie vorgegeben hat zu sein, und die wir als Mutter angesehen haben, ist nicht dieselbe, wie diese Frau.« Er war sich nicht einmal sicher, ob Hannah eine von den Guten war. Sie hatte zwar angeboten, ihnen zu helfen, aber sie hatte sie ebenfalls jahrelang belogen, und sicher war sie nicht das hilflose Opfer, das James anfangs in ihr gesehen hatte. Das zeigte schon die Tatsache, dass sie sich alleine im Wald Adrian stellte.

»Glaubst du ihr nicht, dass sie uns helfen wird?«, bohrte Tim nun noch verwirrter weiter.

Zumindest vertraute James ihr nicht so sehr, dass er Lauren oder Maja mit zu dieser Aktion genommen hätte. Die beiden waren in einem Krankenhaus in Berlin und bewacht von Sicherheitspersonal besser aufgehoben.

James fuhr sich nervös über das stoppelige Kinn, das ihm bewusst machte. Die ungewohnten Bartstoppeln machten ihm bewusst, wie stressig die vergangenen Tage gewesen waren. »Ich hoffe, dass sie uns helfen wird, aber ich bin mir nicht sicher.«

Hannah hatte behauptet, dass Adrian ihr nichts tun konnte, weil er darauf angewiesen war, sich von ihr zu nähren – deshalb würde kommen und sich, wie sie glaubte, einfach ergeben. Aber James hielt es durchaus auch für möglich, dass Adrian versuchen würde, sich auf dieselbe Art zu befreien, wie er es Tim vorgeschlagen hatte. Und selbst wenn er sich tatsächlich ergab, blieben so viele Fragen offen.

»Sie hat nicht näher erklärt, wie wir mit Adrian umgehen sollen, falls er sich wirklich ergibt«, fuhr James ernst fort.

»Sie wird einen Plan haben«, beteuerte Tim, gerade der, der bisher lieber Adrian hinterhergelaufen war als Hannah eine Chance zu geben.

»Woher nimmst du plötzlich dieses Vertrauen in Hannah? Vor ein paar Tagen wolltest du ihr noch gar nichts glauben.« Nichtsdestotrotz war James dankbar dafür, dass Tim seine Meinung gravierend geändert hatte, es irritierte ihn lediglich.

»Mir bleibt keine andere Wahl, als ihr zu vertrauen.« Seinem Tonfall nach war er darüber nicht glücklich. Es wäre auch überraschend gewesen, wenn Tim seine Meinung über Hannah so schnell von Grund auf geändert hätte.

»Das heißt, eigentlich glaubst du nicht wirklich daran, dass Hannah hier Erfolg hat«, mutmaßte James und beobachtete, wie sein großer Bruder schwerfällig nickte.

Es war wohl kein gutes Vorzeichen für den Ausgang ihres Unterfangens, wenn sie beide nicht an einen Erfolg glaubten. Vielleicht hatten sie deshalb auch beide nicht darüber diskutiert müssen, dass sie Lauren und Maja in einer Berliner Klinik zurückließen. Ray hatte versprochen, die beiden im Zweifelsfall von dort aus nach Irland zu bringen, sobald Lauren entlassen wurde.

»Weißt du, warum Adrian wollte, dass du Hannah tötest?«, begann James ernst. Bisher hatte er noch keine Gelegenheit gehabt, Tim in ihre neuen Erkenntnisse einzuweihen.

Tim zuckte mit den Schultern. »Wahrscheinlich ist ihm keine andere Lösung für mich eingefallen.«

Entschlossen schüttelte James den Kopf. »Hannah hat erzählt, dass Adrians Bindung zu ihr über die Jahre schwächer geworden ist, sodass er wohl nicht mehr auf sie angewiesen war. Aber das hat sich geändert, nachdem ich Maja hatte und du Lauren kennengelernt hast. Sie glaubt, dass Adrian sich erhofft, dass wenn du Lauren tötest, er sich wieder von Hannah befreien kann«, berichtete James möglichst sachlich und ohne sich anmerken zu lassen, wie unsicher er selbst über den Wahrheitsgehalt dieser Information war.

Tim lehnte sich gegen die an die feuchten Holzbalken in seinem Rücken, als wäre er müde und nickte zögernd. »Klingt irgendwie nach Adrian«, räumte er hörbar angespannt ein. »Das bedeutet dann aber wohl, dass Maja ebenfalls auf seiner Abschussliste steht.«

Dieser Tatsache war James sich auch schmerzlich bewusst und das war ein Grund, warum gar nicht so unglücklich gewesen wäre, wenn Tim seine Messerattacke nicht darauf beschränkt hätte, Adrian kurzzeitig außer Gefecht zu setzen. Er fühlte sich schuldig, weil er Adrian gesucht hatte. Statt der erhofften Hilfe, erwies er sich als Bedrohung.

Im Halbdunkel am Waldrand sah James zwei Gestalten hervorkommen.

Tim lehnte sich nach vorn, um besser zu sehen, und James wollte bereits aufstehen, doch Tim hielt ihn zurück. »Ich glaube nicht, dass Hannah unsere Hilfe braucht«, erklärte sein großer Bruder ernst. James ahnte, dass Tim die

Auseinandersetzung mit Adrian meiden wollte, was er ihm nicht übelnehmen konnte. Vor nicht einmal 24 Stunden hatte Adrian Lauren töten wollen und Tim hatte seinerseits Adrian schwer verwundet. Das waren keine guten Voraussetzungen für ein Wiedersehen.

Eine gewaltsame Auseinandersetzung mit Adrian wollte James unbedingt vermeiden, denn er hatte inzwischen eingesehen, dass sie ihrem Vater körperlich unterlegen waren, weil sie im Gegensatz zu ihm so wenig über ihre Natur und ihre Fähigkeiten wussten.

Im Krankenhaus hatte man Bluttests bei Maja und Lauren gemacht und bei keiner ein Betäubungsmittel nachgewiesen, also mussten sie annehmen, dass Adrian die beiden auf andere Art betäubt hatte.

»Kommt es dir auch unrealistisch vor, dass Adrian jetzt einfach so mit uns mitgehen soll und wir uns einfach darauf verlassen, dass er keinerlei Dummheiten macht?«, murmelte Tim besorgt.

James zuckte mit den Schultern. Letztlich kannten sie Adrian kaum, wie sollte er da einschätzen, was er tun würde und was nicht? Aber es kam unerwartet, dass er sich so erstaunlich handzahm gab.

James kam nicht mehr dazu zu fragen, auf was Tim anspielen wollte. Er starrte irritiert Adrian in der Ferne an, weil der scheinbar unverwundbare Mann plötzlich schwankte.

Einen Moment später sank er reglos ins Gras.

Ohne zu zögern, sprangen James und Tim auf, kletterten aus ihrem Versteck und eilten zu Hannah, die überhaupt nicht entsetzt über den Zusammenbruch ihres Gefangenen schien.

»Was hast du mit ihm gemacht?«, fuhr James sie vorwurfsvoll an. Zwar ersparte ihnen die Bewusstlosigkeit von Adrian, ihn irgendwie in Schach zu halten, aber dieser

Zusammenbruch beunruhigte James. Was war passiert? Hatte Hannah das bewirkt? Wenn es so war, warf das wieder ein ganz anderes Licht auf Hannah, die er ursprünglich für hilflos und schwach gehalten hatte.

Hannah blickte auf Adrian und seufzte. »Ich habe vor langer Zeit erkannt, dass die Verbindung zwischen uns in beide Richtungen funktioniert. Ich kann ihm genauso Energie entziehen, wie er mir.«

James schluckte. »Schadet es ihm?«

Hannah zuckte mitleidlos mit den Schultern. »Nicht mehr, als es mir schadet, wenn er sich an mir nährt. Nicht mehr als er Maja und Lauren geschadet hat, als er sie betäubt hat. Und im Grunde hole ich mir nur etwas zurück, das er mir genommen hat.«

Dem Strahlen ihrer Haut und ihrer Augen nach, könnten es Jahre sein, die sie sich gerade zurückgeholt hatte, und James wusste nicht so recht, ob er ihr das verübeln könnte. Dennoch kam es ihm nicht richtig vor.

»Vermutlich wird das bei euch auch funktionieren. Dass ihr euch von euren Freundinnen ernährt und ihnen im Gegenzug ewige Jugend schenkt. Aber ich habe Jahre gebraucht, um diese Fähigkeit zu beherrschen.«

James nickte und verkniff sich den Widerspruch.

Ihm gefiel die Vorstellung nicht, dass ihre Beziehung darauf basieren sollte, dass sie beide einander aufzehrten. Allerdings lieferte Hannah ihm zumindest eine grobe Vorstellung, wie er verhindern konnte, dass Maja Schaden durch ihre Verbindung nahm.

Leider musste er sich ja eingestehen, dass sie letztlich keine Wahl hatten.

Indessen bückte Tim ich und hievte Adrian hoch, ohne nachzudenken, stützte James den Bewusstlosen ebenfalls, um ihn zu dem Mietwagen zu schleifen, den sie in der Nähe abgestellt hatten.

Es war seltsam, den sonst so starken und scheinbar unbesiegbaren Adrian nun komplett wehrlos zu sehen.

Ob er wohl gewusst hatte, wozu Hannah imstande war?

17. Kapitel

Maja sah auf ihr Handy und seufzte, über vierundzwanzig Stunden war James nun schon fort und hatte ihr lediglich geschrieben. »Es ist alles gut.«

Allerdings fühlte es sich nicht so an. Sie wusste nicht, wo Adrian war oder was Hannah im Schilde führte, obendrein hatte die Band an diesem Abend eigentlich ein Konzert.

»Maja?«, schreckte Laurens Stimme sie auf, als die Fotografin aus der kleinen Nasszelle ihres Krankenhauszimmers kam. Noch ein Grund, warum sie James und Tim gerne sprechen wollte. Lauren sollte entlassen werden und Maja wusste nicht wirklich, wie sie damit umgehen sollte. Auf keinen Fall würde sie nun einfach mit Lauren und Ray nach Hause fliegen, wie James bei ihrem Abschied gefordert hatte.

»Hast du etwas von James gehört?«

Maja schüttelte ehrlich den Kopf und schluckte ihre Verwundern darüber, dass Lauren nicht nach Tim fragte, herunter. Vielleicht wusste sie selbst nicht, ob sie wissen wollte, was mit ihm war. Zweifellos empfand sie immer noch Zuneigung für ihn, er hatte sie allerdings auch tagelang wie eine Gefangene behandelt. Obwohl sie traurig darüber wäre, wäre Maja nicht überrascht, wenn sie Tim letztlich nicht verzeihen könnte.

»Bisher nicht, aber ich denke, sie werden heute Abend zurück sein. Sie haben schließlich ein Konzert«, versicherte Maja, obwohl ihr diese Auftritte gerade so belanglos schienen.

Lauren nickte und strich sich die Bluse glatt, die Maja ihr aus dem Hotel gebracht hatte, damit sie wieder saubere Sachen zum Anziehen hatte.

»Ich werde zum Flughafen fahren«, erklärte Lauren ohne Vorwarnung. »Ich will nach Hause.«

Maja schluckte. Sie hatte befürchtet, dass Lauren so etwas vorhaben könnte, und ihr war klar, dass Lauren mit zuhause sicher nicht das ‚Zuhause' meinte, in das Ray sie und Maja bringen sollte.

Maja hatte keine Vorstellung, wie sie damit umgehen sollte, wenn Lauren sich weigerte, sie zum Bandhaus zu begleiten und dort auf die Rückkehr der Brüder zu warten. Gewiss würde Tim Lauren nicht gehen lassen, wenn er da wäre und selbst etwas ausrichten könnte. Er würde alles daran setzen, Lauren aufzuhalten, vielleicht sogar wieder gewaltsam. Was würde James tun? Würde er sich auf Tims Seite stellen?

Allerdings war keiner von beiden hier und sie konnte frei entscheiden, was sie für das Beste hielt. Das Beste für Tim oder das Beste für Lauren? Und wenn sich beides nicht vereinen ließ, wem von beiden fühlte sie sich dann eher verpflichtet?

»Es könnte für Tim sehr problematisch sein, wenn du einfach fortgehst«, erklärte Maja ausweichend, obwohl ihr klar war, dass Lauren so wohl nicht ahnen würde, dass es Tim möglicherweise sogar das Leben kosten könnte, wenn sie ihn verließ.

Tim hatte die Gelegenheit gehabt, Lauren einzuweihen, und hatte es nicht getan, sondern sie stur von seinen Geheimnissen ausgeschlossen, was ihm nun zum Verhängnis werden könnte. Von Hannah hatte Lauren zwar auch vieles erfahren, doch das ganze Ausmaß ihrer besonderen Verbindung mit Tim hatte sie vermutlich noch nicht begriffen.

Lauren band ihr halb-feuchtes, blondes Haar zu einem langen Pferdeschwanz und betrachtete das Ergebnis im Spiegel. »Ich brauche erst einmal Abstand, um alles zu verdauen. Wenn die Band zurück nach Irland kommt, werde ich mich mit ihm zusammensetzen und alles besprechen.«

Nach besonders viel Zuneigung von Laurens Seite klang das nicht gerade, allerdings klang ihr Plan eigentlich auch vernünftig, nur wusste Lauren im Gegensatz zu Maja nicht, dass Tim vielleicht nicht so viel Zeit hatte. Eine Woche hatte damals ausgereicht, damit James in eine Art Koma fiel, als Maja ihn verlassen hatte. Keiner von ihnen konnte vorhersagen, ob Tim in diesem Dornröschenschlaf ausharren könnte, bis Lauren bereit war, oder ob ihm irgendwann der Tod drohte.

»Es könnte sein, dass ihr dann keine Gelegenheit mehr haben werdet, miteinander zu sprechen«, antwortete Maja zögernd, weil sie es nicht fertig brachte, die harte Wahrheit auszusprechen.

Möglicherweise würde Lauren eher ihre Meinung ändern, wenn sie wüsste, dass ihr Abschied für Tim tödlich sein könnte, aber wäre es richtig, wenn sie sich deshalb aufopferte? Hätte er diese Aufopferung verdient, nach allem, was er getan hatte?

Lauren nickte. »Ich würde mich eigentlich auch gerne von ihm verabschieden, doch angesichts der Dinge, die in den letzten Tagen passiert sind, glaube ich nicht, dass er mich gehen lassen würde.«

Maja nickte verständnisvoll. Lauren wollte die Flucht ergreifen, solange die anderen abgelenkt waren.

Maja sank auf den Besucherstuhl neben Laurens Bett und starrte zu Boden. »Es kann wirklich keiner von dir verlangen, dass du bleibst, und dir länger gefallen lässt, wie er mit dir umspringt.« Das war ihre volle Überzeugung, wie sie sich schweren Herzens eingestand. Sie hätte vermutlich an Laurens Stelle nicht anders gehandelt. Sie hatte James damals aus ganz anderen Gründen verlassen und vor allem war sie aus freien Stücken zurückgekommen. Würde Lauren das auch tun, wenn man ihr die Zeit ließ, die sie brauchte?

Als Grundlage für eine Beziehung mit Tim wäre eine freiwillige Rückkehr sehr viel tragfähiger, als Zwang von Tim oder seinen Brüdern.

Majas Handy vibrierte in ihrer Hand und sie blickte auf das Display. »Sind zum Konzert zurück. Wir treffen uns dort«, schrieb James knapp.

Nachdenklich sah sie auf zu Lauren und legte das Handy beiseite. »Tim und James sind rechtzeitig zum Konzert zurück«, berichtete sie ernst. Sie würde Lauren nicht bedrängen, sondern hoffte, dass sich die Fotografin selbst dafür entschied, zu bleiben.

»Du wirst Ärger bekommen, wenn du ohne mich auftauchst«, stellte Lauren besorgt fest.

Gelassen zuckte Maja mit den Schultern. Tim würde sicher verärgert sein und er würde ihr Vorwürfe machen, aber James würde sie vor den schlimmsten Wutausbrüchen beschützen.

»Damit werde ich schon fertig«, gab sie lächelnd zurück, wenngleich sie dem Wutanfall von Tim und möglicherweise auch Bill gerne entgehen würde. Letztlich würde es allerdings bei Gebrüll und Beschimpfungen bleiben, weil keiner ihr etwas antun konnte, schließlich hing James' Leben von ihr ab. »Du musst nicht bleiben, um mich zu beschützen«, setzte sie ernst hinzu.

Etwas grimmig nickte Lauren. »Danke.«

Maja nickte ebenfalls. Es fühlte sich an, als würde sie das Richtige tun, und dieses Gefühl musste sie tief in sich bewahren, weil James und seine Brüder sich vermutlich von ihr verraten fühlen würden. Dabei war es letztlich auch im Sinne der Brüder, Lauren ziehen zu lassen. Egal, was die Brüder sagen mochten, keiner von ihnen wollte Lauren gegen ihren Willen festhalten. Trotzdem würde Tim es aus

Verzweiflung tun, wenn er die Gelegenheit dazu fand. Und seine Brüder würden ihm nicht in den Rücken fallen wollen. Es war für sie alle besser, wenn Tim gar nicht erst die Gelegenheit hatte, Lauren festzuhalten.

Maja hielt sich absichtlich am Rand und betrat den Backstagebereich erst, als die Musiker bereits auf der Bühne waren. Ray nickte ihr zu und kommentierte den Umstand, dass sie alleine auftauchte nicht. Vielleicht war ihm schlicht nicht bewusst, dass sie eigentlich Lauren hätte im Schlepptau haben müssen. Aber die saß längst in einem Flieger Richtung Heimat. Ohne, dass Maja versucht hätte, sie aufzuhalten. Im Gegenteil, sie hatte ihr sogar Geld für das Taxi gegeben.

Und sie würde ihr Verhalten auch vor James und Tim verteidigen, sie hatte es bloß nicht über sich gebracht, das direkt vor einem Konzert zu tun. Angesichts der Vorfälle hatte die Tour für die Musiker an Bedeutung verloren, aber sie würde noch lange Auswirkungen auf den Erfolg der Band haben, deshalb sollten sie diesen Auftritt so gut wie möglich absolvieren.

Maja ließ sich in einer kleinen Sitzecke nieder, in der auch die Jacken der Brüder lagen, während diese auf der Bühne standen und ihr Bestes gaben. Sie waren noch lange nicht in Höchstform, wie Maja und Ray die Band kannten, aber sie traten immerhin auf – alle zusammen. Das war die Grundlage für ihre Zukunft als Band.

Allerdings war die Zukunft der Band ungewiss, wenn Lauren nicht zurückkam. Wie lange würde es dauern, bis Tim ins Koma fiel? Würden sie die Tour noch zu Ende bringen können?

Ray setzte sich angespannt neben sie. »Weißt du, was geschehen ist?«, fragte er ernst nach, doch Maja schüttelte nur den Kopf. Sie hätte James gerne schon ausgefragt, aber sie hatte es vermieden, mit ihm zu sprechen, damit sie nicht in Verlegenheit kam, über Laurens Aufenthaltsort zu lügen. Vor allem Tim sollte nicht zu früh von ihrer Abreise erfahren, damit er sie nicht erneut am Flughafen abfangen konnte.

Der Manager nickte nur und schwieg wieder, vermutlich weil er es ohnehin gewohnt war, im Unklaren gelassen zu werden. Seine Rolle in all diesen Dingen erlaubte ihm scheinbar nicht, all die Fragen zu stellen, die ihn möglicherweise umtrieben. Er hatte eine Position, mit der Maja sich nicht abfinden könnte, sie wollte es verstehen und sie hatte James nur deshalb nicht begleitet, weil sich sonst keiner um die Fotografin gekümmert hätte.

Das Konzert war nur kurz, weil Children of an Unknown diesmal als Vorgruppe einer bekannten Band auftraten, aber es endete mit Applaus und lauten Rufen nach mehr. Mehr hatten sich die Band wohl kaum erhoffen können.

Maja trat sofort den Rückzug zum Ausgang an, fort von der Bühne und dem Publikum, weil sie wusste, dass ein Sturm losbrechen würde, sobald alle sahen, dass sie alleine war. Es sollte ja möglichst kein unbeteiligter diesen Streit miterleben.

James kam an der Spitze der Musiker auf sie zu, als Maja bereits am Tourbus angelangt war. Er strahlte, seine Augen funkelten im Halbdunkel des Parkplatzes und schienen unerwartet grün.

Überschwänglich umarmte er sie und verschloss sofort ihren Mund mit seinem, ohne Vorwürfe oder Fragen, einfach nur ehrliche Wiedersehensfreude – und vermutlich Hunger. Maja wartete instinktiv auf das Kribbeln, dass immer verriet, wenn er sich an ihrer Energie stärkte, doch es blieb aus. Vielleicht befürchtete er, sie könnten hier von Menschen beobachtet werden.

Liebevoll legte sie eine Hand an seine Wange und strich zart darüber, als er sie schließlich freigab. Er lächelte sie an und gab ihr kurz das Gefühl, als wäre alles gut.

»Ich bin so froh, dass du zurück bist«, flüsterte Maja, bevor sie ihn langsam von sich schob, weil sie wusste, dass seine Brüder um sie herumstanden. Es erforderte schon ungewöhnlich viel Geduld von ihnen, dass noch keiner sich auf sie gestürzt hatte, um ihr Löcher in den Bauch zu fragen.

James blieb dicht neben ihr und sie griff seine Hand, weil sie sich besser fühlen würde, wenn er ihr beistand. Ihretwegen hatte er sich schonmal gegen seine Brüder gestellt und da hatte sie auf die Versöhnung gedrängt, diesmal aber nahm sie in Kauf, die Gruppe zu spalten.

Sie hatte das Richtige getan, als sie Lauren die Flucht ermöglicht hatte. Daran würde selbst der größte Wutausbruch von Tim nichts mehr ändern.

Mit James an ihrer Seite trat sie entschlossen vor den großen Tim, der sie bereits eindringlich seinen dunklen Augen musterte.

»Lauren ist fort«, erklärte Maja direkt, ohne Rechtfertigungen oder Ausflüchte.

»Wohin?«, hakte Tim ernst nach.

Maja drückte die Hand ihres Freundes, die sich schützend fester um ihre schloss, als wollte er ihr Mut machen.

»Zum Flughafen, schon heute Vormittag.« Instinktiv machte sie einen Schritt zurück, obwohl sie hoffte, dass sie keinen körperlichen Angriff zu befürchten hatte.

Tim sah auf seine Armbanduhr und fuhr sich nervös durch sein kurzes Haar. »Sie könnte inzwischen überall sein.«

Maja nickte. »Sie braucht Abstand und Zeit für sich.«

Bill gab ein leises Schnauben von sich. »Ist ja auch kein Wunder, nachdem sie tagelang mit zwei Irren auf einem Road-Trip war.« Er zuckte mit den Schultern, beinahe gleichgültig.

Dabei hatte Maja angenommen, dass er nach seinen früheren Äußerungen vorschlagen würde, Lauren zu suchen und gewaltsam zum Bleiben zu zwingen. Immerhin bedeutete ihr Fortgang für Tim möglicherweise tödliche Folgen. Der schien dagegen nervös und zerknirscht, aber nicht panisch oder wütend, wie Maja erwartet hatte.

»Vielleicht kommt sie zurück«, gab der etwas romantisch veranlagte Mike leise zu bedenken und erntete dafür einen bohrenden Blick von Tim und ein verächtliches Lachen von Bill.

»Sie wird eher bis ans Ende der Welt laufen, weil sie glaubt, dass Tim sie umbringen will. Wie dumm müsste sie sein, dieses Risiko in Kauf zu nehmen und sich ihm jemals wieder zu nähern? So gut im Bett ist keiner von uns!«, erwiderte der Sänger bitter. »Du hast es vermasselt und hättest es wirklich verdient, dafür zu sterben!«

Maja schluckte über den schneidenden Hass in Bills Worten, mit dem sie nicht gerechnet hatte, obwohl sie sich der Spannungen zwischen Bill und Tim bewusst gewesen war.

Aber Tim schien davon kaum beeindruckt.

Wortlos ging er an Maja vorbei zur offenen Bustür.

James zog sie mit dem Rücken an sich, sodass sie sich anlehnen konnte, während Bill ihnen nun regelrecht bebend gegenüberstand, als wäre er selbst über seine Worte entsetzt.

»Hoffentlich können Lauren und Tim sich aussprechen, wenn wir zurück sind«, tröstete James sie leise, obwohl er wissen musste, dass seinem Bruder nicht annähernd so viel Zeit blieb. Wahrscheinlich sagte er das nur, damit Maja sich besser fühlte.

Bill fluchte tonlos und ging auf den Bus zu, gefolgt von Mike und Charlie.

Maja atmete erleichtert aus. »Ich dachte, Tim wird ausrasten.« Sie hätte es sogar nachvollziehen können, aber Tim war irritierend gelassen.

James legte den freien Arm um ihre Mitte und drückte sie an sich, bevor sie sich wieder zu ihm umdrehte und die Arme um seinen Nacken schlang, um ihn anzusehen.

»Deine Augen ...«, flüsterte sie erstaunt, ohne zu wissen, wie sie den Satz beenden wollte. Seine Iriden strahlten in diesem besonderen Smaragd-Grün, geradeso als hätte er gerade erst ihre Energie in sich aufgesogen, aber sie wusste, dass das nicht der Fall war. Inzwischen spürte sie genau, wenn er sich derart an ihr stärkte.

James sah sie erwartungsvoll an, damit sie fortfuhr, und immer noch wusste Maja nicht, was sie eigentlich sagen wollte. »Sie haben sich verändert«, begann sie zögernd und legte eine Hand an seine Wange, sodass sie sein Gesicht in verschiedene Richtungen drehen konnte, um zu prüfen, ob es vielleicht nur an den Lichtverhältnissen lag. Doch kein Winkel änderte etwas daran, dass sie strahlend grün blieben. Es war keine Spur mehr von dem Grau, dass sich sonst stets zumindest ein wenig darin mischte. Selbst wenn er vollkommen satt war, waren seine Augen noch nie so grün gewesen.

»Was bedeutet das?«, fragte sie leise, obwohl sie ahnte, dass er es ihr nicht erklären konnte.

James zuckte mit den Schultern, versuchte aber auch nicht die Veränderung, zu leugnen.

Maja schluckte. »Wo sind Hannah und Adrian? Wir sollten sie fragen, was sie darüber denken.«

James nickte zögernd. »Wir haben sie auf dem Weg hierher im Hotel abgesetzt. Wir können gleich hinfahren.« Er neigte sich zu einem erneuten Kuss zu ihr herab, als wollte er ihr so versichern, dass es keinen Grund zur Sorge gab – aber ob es so war, konnte er selbst unmöglich einschätzen.

James gab sie wieder frei und lächelte sie besänftigend an. »Was auch immer es ist, ich fühle mich nicht schlecht, also kann es nicht so schlimm sein.«

James spürte die Kälte, aber auch Erleichterung, die er sich kaum erlauben wollte. Sie alle starrten fassungslos die Rezeptionistin an, bei der sie sich eigentlich nur die Zimmerschlüssel hatten holen wollen. Stattdessen hatte sie ihnen die Nachricht unterbreitet, dass ‚ihre Begleiter‘ vorzeitig abgereist waren. Hanna und Adrian waren fort, ohne ein Wort des Abschieds. Darüber war James gleichermaßen verwirrt, wie enttäuscht, vor allem aber erleichtert, weil er sich so keine Gedanken mehr darum machen musste, wie sie Adrian künftig in Schach halten sollten.

»Danke für die Information«, antwortete Maja an seiner Stelle freundlich, bevor sie ihn langsam vom Tresen fortzog. Sicher war sie nicht weniger irritiert als er, aber es war vernünftig, dass sie diese Situation nicht hier in aller Öffentlichkeit diskutierten.

Wie betäubt folgte James ihr zu den Aufzügen und seinen Brüdern, die dort warteten.

»Sie sind weg!«, platzte James heraus, ohne sich darum zu bemühen, seine Fassungslosigkeit zu verbergen oder für mehr Abgeschiedenheit zu sorgen.

»Beide?«, hakte Mike leise nach, während die anderen nur stumm dreinblickten.

»Scheinbar«, antwortete Maja deutlich ruhiger.

Bill ballte die Fäuste. »Vielleicht ist Adrian wieder zu sich gekommen, hat Hannah überwältigt und verschleppt«, mutmaßte er.

Tim verschränkte die Arme vor der Brust. »Oder wir haben uns von Hannah täuschen lassen und sie hat Adrian entführt.«

James nickte zögernd und dachte daran, dass Hannah den scheinbar unbesiegbaren Adrian im Wald vollkommen alleine und mühelos überwältigt hatte. »Könnte sein, dass wir sie unterschätzt haben.«

Maja griff seine Hand und drückte sie fest. »Das ist vielleicht gar nicht euer größtes Problem«, begann sie leise und ließ ihren Blick durch die Runde schweifen. »James' Augen haben sich verändert«, verkündete sie ernst, wobei ihr Blick Tim traf. »Und deine scheinbar auch«, setzte sie etwas leiser hinzu.

Die Brüder sahen sich gegenseitig an. Tim hob seine Hand an sein Gesicht, als könnte er so spüren, was sich dort getan hatte, während er James anstarrte und in dessen Augen wohl sah, um was es ging.

Als sich vor ihnen die Aufzugtüren öffneten, musste erst Maja erneut an James zerren, bevor er und seine Brüder sich zögernd in Bewegung setzten. Dabei war James klar, dass sie diese Diskussion wirklich nicht in der Hotellobby führen sollten.

»Was kann das jetzt wieder bedeuten?«, fragte Bill ernst und hörbar frustriert, nun aber in der Privatsphäre des Fahrstuhls.

Maja zuckte mit den Schultern. »Leider sind die Einzigen, die uns das vielleicht erklären könnten, nicht mehr greifbar.«

»Was für ein Zufall«, murmelte Bill ernst und auch James drängte der Verdacht auf, dass es einen Zusammenhang zwischen dem Verschwinden der beiden und der Veränderung von James' und Tims Augen gab.

Sie erreichten das Stockwerk ihrer Suites und diesmal setzte James sich selbstständig in Bewegung, die anderen folgten unweigerlich. »Was auch immer es ist, wir dürfen nicht im Licht der Öffentlichkeit stehen, wenn wir so offensichtliche Veränderungen durchmachen.«

Da Bills Suite dem Aufzug am nächsten war, ging der Sänger vor und öffnete ihnen die Tür.

»Am besten, wir fahren nach Hause«, verkündete Bill sachlich und keiner widersprach, obwohl sie wussten, dass diese Tour eigentlich der große Durchbruch sein sollte und die erhoffte Wirkung in dieser Hinsicht noch nicht entfaltet hatte. Sie würden sogar Konzerte absagen müssen, aber das schien James im Moment absolut nebensächlich.

»Und was ist mit Hannah und Adrian?«, hakte James ernst nach, wobei er den beruhigenden Druck von Majas Hand spürte.

»Ich denke, die beiden werden wir weder hier noch zuhause finden, wenn sie es nicht wollen«, erklärte sie leise.

»Das heißt, wir sollen sie einfach ziehen lassen?«, blaffte Tim sie aufgebracht an. »Wir sind keinen Schritt weiter!«

James trat einen Schritt nach vorn und vor Maja, als könnte er sie so vor Tims Wut abschirmen. »Die zwei können und wollen uns ohnehin nicht helfen! Sie haben uns beide immer wieder belogen. Wir müssen uns selbst helfen.« Er wagte noch nicht, auszusprechen, dass er sich gar nicht mehr fühlte, als wären sie auf Hilfe angewiesen. Er hatte Maja tagelang nicht gesehen und müsste hungrig sein, aber stattdessen fühlte er sich gut.

»Wie fühlst du dich?«, erkundigte James sich ernst bei Tim, obwohl er schon damit rechnete, dass sein Bruder ihm diese Frage übel nehmen würde.

»Wie soll ich mich schon fühlen, wenn mich die Frau, von der mein Leben abhängt sitzen lassen hat und die einzigen Personen, die mir helfen können, aus dieser Sache rauszukommen, verschwunden sind?«, knurrte Tim sichtlich verärgert.

Mit einer derartigen Antwort hatte James auch gerechnet, aber ihm ging es nicht darum, wie hilflos und verzweifelt Tim sich fühlt.

»Ich meinte körperlich«, erklärte James bemüht ruhig, »fühlst du dich, schwach?«

Zwar hatte Tim in den letzten Tagen mehr Zeit mit Lauren verbracht, als James mit Maja, aber angesichts der Anstrengungen, die sie hinter sich hatten, müsste er trotzdem auf Nahrung angewiesen sein.

Tim zögerte einen Moment und starrte James verwirrt und dann immer ernster an.

»Es ist in Ordnung«, antwortete Tim schließlich leise. »Vorerst.«

James nickte, obwohl er den Verdacht hatte, dass Tim auch in den nächsten Tagen nicht das Bedürfnis verspüren wurde, sich an Lauren zu nähren.

»Das Beste, was wir im Moment tun können, ist, nach Hause zu fahren. Möglicherweise finden wir sogar Lauren, vor allem aber, können wir in Ruhe beobachten, was diese Veränderung mit uns anstellt.«

»Ray hat uns einen Flug für morgen früh gebucht und sagt die verbleibenden Termine wegen einer kurzfristigen Erkrankung ab«, erklärte James sachlich an Maja gewandt, als er durch ihre geräumige Suite schritt. Er hatte dem Manager keine Details verraten, sondern lediglich mitgeteilt, dass sich durch die Ereignisse Veränderungen ergeben hatten, die weitere Auftritte im Moment unmöglich machten. Eine angebliche Krankheit bot ihnen auch eine Ausrede, in Irland zeitweilig die Öffentlichkeit zu meiden.

Er legte sein Handy beiseite und trat dicht an den Badezimmerspiegel. Es kam ihm vor, als hätte er sich selbst nie zuvor im Spiegel gesehen. Er war daran gewöhnt, dass seine Augen in einem satteren Grün erstrahlten, wenn er sich mit Energie anderer Menschen gestärkt hatte, doch sie waren stets von einem feinen Netz aus grauen Linien durchzogen geblieben. Jetzt war das Grau verschwunden und seine Iris vollständig grün, obwohl er schon seit geraumer Zeit keine Energie mehr aufgenommen hatte.

Zudem spürte er auch eine andere Veränderung. Über all die Ereignisse und die Aufregung hatte er das Offensichtliche bisher nicht bemerkt, nun allerdings fiel es ihm wie Schuppen von den Augen.

»Ich müsste eigentlich am Verhungern sein«, sprach er diese Erkenntnis ernst aus. Natürlich nicht so hungrig wie damals, als er bewusstlos geworden war, dennoch so hungrig, dass er es spürte. Davon war jedoch keine Spur. Über all die Ereignisse hätte er seinen Hunger vielleicht eine Weile verdrängen können, doch jetzt alleine mit Maja im Hotelzimmer, müsste er sich bemerkbar machen.

Dieser Hunger, der ihn und sein Leben all die Jahre geprägt hatte, war nicht mehr da.

Maja trat nahe zu ihm, mit dem Rücken dem Spiegel zugewandt, sodass sie ihn und seine veränderten Augen betrachten konnte. »Und du glaubst wohl nicht daran, dass dir der Hunger nur über den Stress vergangen ist?«

James schüttelte ernst den Kopf. »Nein, es fühlt sich irgendwie endgültig an.« Und er hatte gemischte Gefühle dabei.

»Das kann täuschen«, antwortete Maja leise, aber er sah ihr an, dass sie selbst nicht davon überzeugt war. »Und es scheint mir kein Grund zur Sorge«, setzte sie hinzu.

James war allerdings anderer Meinung.

Jede Veränderung war besorgniserregend, so lange sie nicht wussten, was mit ihnen geschah.

»Das wäre schön«, stimmte er leise zu. Gewiss wäre er froh, wenn er Maja künftig nicht mehr für sein eigenes Wohlergehen aussaugen müsste. Im Gegenteil, dann müsste er endlich nicht mehr bezweifeln, dass ihre Beziehung eine Zukunft hatte. »Aber es beunruhigt mich, dass ich nicht weiß, was diese Veränderung ausgelöst hat und was für Veränderungen uns möglicherweise noch bevorstehen.«

Nachdenklich nickte Maja. »Ich verstehe zwar, was du meinst, aber ich glaube, du machst es dir unnötig kompliziert.« Sie lächelte. »Wäre es so schlimm, sich vorzustellen, dass du jetzt einfach ein Mensch bist?«

James musste ebenfalls lächeln. »Nein, es wäre wirklich schön.« Er trat dicht an Maja heran und verschloss ihren Mund mit seinem. Sofort schlang sie die Arme um seinen Nacken und zog ihn noch näher.

Zum ersten Mal, küsste er sie, ohne dass er ihre Energie stahl oder zumindest versucht war, es zu tun.

Vielleicht hatte Maja recht und diese Veränderung war kein Grund zur Sorge, denn es fühlte sich gut an, sie einfach nur küssen zu können.

18. KAPITEL

Lauren rutschte auf der unbequemen Bank hin und her. Sie sollte wirklich gehen – egal wohin, einfach nur weg. Alles war besser, als hier zu sitzen und zu zögern. Warum tat sie das? Sie wusste doch, was sie tun wollte.

Sie verdankte Maja die Chance zur Flucht, sodass sie eigentlich all die Ereignisse der letzten Tage und Wochen hinter sich zu lassen konnte: Brüder, die sich für Freunde ausgaben, übernatürliche Verbindungen, einen mutmaßlichen Mörder und den Mann, der sie gegen ihren Willen tagelang festgehalten hatte.

Nun saß sie hier und wartete, auf was? Darauf, dass Tim angerannt kam, um sie von der Abreise abzuhalten? Noch einmal?

Fluchend ignorierte sie die Tatsache, dass der Flug nach Dublin nun zum Boarding aufgerufen wurde und sie noch nicht einmal ein Ticket gekauft hatte. Ihr Blick wanderte über die Abflugtafel und sie gestand sich ein, dass an diesem Abend kein Flug mehr ging. Statt also länger hier herumzusitzen und mit sich zu ringen, würde sie besser im nächstgelegenen Hotel einchecken und dort grübeln.

Langsam folgte sie den Schildern zum Ausgang und erstarrte mitten in der Bewegung, als sie Tim herbei eilen sah.

Zum zweiten Mal kam er an einen Flughafen, um sie von Abreise abzuhalten. Das letzte Mal in letzter Sekunde, dieses Mal hatte sie es nicht einmal über sich gebracht, sich ein Ticket zu kaufen.

Reglos blieb Lauren stehen, als er auf sie zukam, und wartete gespannt, was er zu sagen hatte. Er musste außer sich sein vor Wut, dass sie gegangen war, nachdem er sich sogar gegen seinen Vater gestellt hatte, um sie zu beschützen. Dieser Schritt war ihm sicher nicht leicht gefallen, schließlich war er kurz zuvor noch so eng mit ihm verbündet gewesen, dass man kaum vernünftig mit ihm reden konnte.

Diese Entscheidung für sie und gegen seinen Vater wusste sie zu schätzen. Aber sie konnte nicht einfach vergessen, dass er zeitweise geplant hatte, sie umzubringen.

Er blieb vor ihr stehen und stellte hinter sich den schweren Koffer ab, den er hinter sich hergezogen hatte und den sie im ersten Moment vollkommen übersehen hatte. Ernst blickte er sie aus kastanienbraunen Augen, die unerwartet warm und gefühlvoll schienen, für den Mann, der sie sonst mit seinen Blicken bestenfalls ausgezogen hatte.

»Was willst du?«, platzte sie wütend heraus, als er einfach nur schwieg. Das war nicht, was sie erwartet hatte. Sie hatte angenommen, er würde sie anbrüllen und gewaltsam mitnehmen. Warum sonst sollte er hergekommen sein?

Tim schob die Hände in die Hosentaschen und zuckte schwerfällig mit den Schultern. »Ich weiß nicht. Ich dachte eigentlich nicht, dass ich dich wirklich noch erwische.«

Wieso war er überhaupt an den Flughafen gekommen, wenn er angenommen hatte, sie wäre bereits abgeflogen?

»Was machst du dann hier?«, fuhr sie ihn wieder an und ließ ihren schweren Rucksack geräuschvoll zu Boden fallen. Seltsamerweise war ein Teil von ihr froh, dass er nun hier war. So hatte es wenigstens einen Sinn, dass sie hier den ganzen Abend totgeschlagen hatte.

Plötzlich lächelte Tim geradezu belustigt. »Vielleicht wusste ein Teil von mir, dass ich herkommen muss, damit du nicht die Nacht alleine am Flughafen verbringst.«

Lauren verschränkte die Arme vor der Brust. »Warum nicht? Das tue ich zumindest lieber, als mit dir zurück ins

Hotel zu gehen, wo du mich dann den Rest meines Lebens einsperrst, bis dir eines Tages einfällt, dass du mich doch lieber umbringen willst!«

Glücklicherweise war der Flughafen fast wie verlassen, sodass nur wenige Passanten ihren Ausbruch mithörten und Lauren hoffte, dass die nicht verstanden, was sie Tim da an den Kopf warf. Sie wollte nicht, dass er im Gefängnis landete, obwohl es er juristisch vermutlich verdient hätte.

Tim zuckte zusammen und sah nachdenklich zu Boden. »Ich kann auch mit dir hier bleiben, wenn du das willst.«

Unweigerlich ballte sie die Hand zur Faust. »Nein, das will ich nicht! Ich bin hier, weil ich weg von dir will! Weil ich nie wieder etwas mit dir zu tun haben will!«

Statt schuldbewusst Besserung zu geloben, lachte Tim. »Warum sitzt du dann nicht längst in einem Flieger?«

Lauren musste schlucken, weil er treffsicher den Punkt traf. Wenn sie hätte gehen wollen, dann wäre sie längst gegangen, stattdessen saß sie hier und starrte Löcher in den Boden und wäre jetzt zu gerne in einem davon versunken.

»Das heißt aber nicht, dass ich mit dir zurückkomme!«

Tim nickte. »In Ordnung.« Er streckte ihr eine Hand entgegen und ließ sie sinken, als Lauren nicht darauf reagierte. Was hatte er denn erwartet?

»Nimmst du mich dann vielleicht mit?«, schlug er lächelnd vor.

»Wohin?«

Tim zuckte mit den Schultern. »Wohin du eben gehen willst. Nach Irland, in ein Hotel, in ein Café, zum Sightseeing ans Brandenburger Tor ...«

Lauren schlang die Arme fester um ihren Oberkörper, als könnte sie sich so vor ihm schützen. »Ich weiß, was du vorhast! Du willst mir vormachen, es wäre meine Entscheidung, damit ich freiwillig mit dir gehe.«

Tim schüttelte entschlossen den Kopf. »Dazu habe ich keinen Grund. Ich bin nicht mehr auf dich angewiesen«, erklärte er leise und ernst. »Ich wollte mich nur verabschieden.«

Seltsamerweise trafen diese Worte sie härter als die Befürchtung, dass er sie gewaltsam zurückholen könnte. ‚Verabschieden‘ klang so nach einem Ende. Nach einem Schlussstrich, obwohl sie so viel lieber die Probleme diskutieren und lösen wollte.

Sie wollte sich nicht verabschieden! Sie wollte, dass er ihr sagte, dass er sie nicht gehen lassen würde und sie zurückkommen musste.

»Du lässt mich gehen?«, hakte sie unsicher nach.

Wieder zuckte er mit den Schultern. »Natürlich tue ich das. Wir brechen die Tour ab, es gibt also keine Konzerte mehr, die du fotografieren kannst.« Er lächelte sie unerwartet herzlich an. »Aber du bist eine grandiose Fotografin und wir können deine Hilfe auch zuhause brauchen, wenn wir den Fans erklären, warum wir vorzeitig heimkehren mussten. Es ist deine Entscheidung, ob du uns unterstützen willst.« Er drehte sich um und ging langsam in Richtung Ausgang.

Lauren starrte wieder auf die Abflugtafel.

»Ich komme sicher nicht zurück, wenn du mich nicht darum bittest!«, brüllte sie wütend, ohne Rücksicht darauf, wie viele Leute sie damit aufhorchen ließ.

Tim wandte sich wieder nach ihr um, immer noch mit den Händen in den Taschen und selbstbewusst grinsend. »Hast du je gehört, dass ich um etwas bitte? Du weißt genau, dass ich will, dass du mitkommst, aber ich falle sicher nicht vor dir auf die Knie.«

Lauren reckte das Kinn vor und richtete sich so weit wie möglich auf. »Wenn du willst, dass ich zurückkomme, musst du mir zeigen, dass es ab jetzt anders wird. ‚Bitte' wäre ein guter Anfang.«

Tim kam langsam wieder näher, bis er so dicht vor ihr stand, dass sie einmal mehr zu ihm aufsehen musste. Es hätte nicht noch nicht mal etwas geändert, wenn sie sich auf die Zehenspitzen gestellt hätte.

»Du darfst keine Wunder von mir erwarten. Ich bin immer noch derselbe wie vorher, nicht besonders romantisch veranlagt, aber verrückt nach dir. Ich würde dich immer noch gerne einfach packen und zurück ins Hotel schleifen. ‚Bitte' ist nicht meine Art und wird es nie sein. Aber ich werde dich nicht mehr einsperren, ich werde dich zu nichts zwingen und vielleicht lerne ich irgendwann, sogar nett um etwas zu bitten.«

Lauren schluckte trocken. »Du hast wirklich keine Ahnung davon, was Frauen hören wollen.«

Tim grinste. »Wenn du hören willst, was ich für dich empfinde, wirst du schon mitkommen müssen, das werde ich sicher nicht hier vor all den Schaulustigen sagen!«

Er legte eine Hand um ihr Kinn und hob es an, um einen zärtlichen Kuss auf ihre Lippen zu hauchen – vermutlich die liebevollste Geste, die er sich je erlaubt hatte.

»Komm zurück, Lauren. Du bist die erste und einzige Frau, der ich hinterherlaufe.«

»Zum zweiten Mal«, ergänzte sie belustigt.

Grinsend nickte er. »Ich würde es auch ein drittes Mal tun.«

Und vermutlich würde sie auch ein drittes Mal mit ihm gehen. Sie drückte ihm den schweren Koffer in die Hand. »Ich will diesmal ein eigenes Hotelzimmer!«

Tim nahm den Koffer ohne Zögern an sich und nickte. »Wenn ich dich dort besuchen darf.«

Lauren verzog den Mund zu einem schiefen Lächeln. »Vielleicht, wenn du nett darum bittest.«

EPILOG – ADRIAN & HANNAH

Hannah lächelte und es kam ihr vor, als hätte sie das schon ewig nicht mehr getan. Neben ihr lag Adrian, der friedlich zu schlafen schien, aber sie spürte, wie er unsichtbar nach ihr griff, wie er nach ihrer Energie gierte.

Sie hatte das vermisst. So viele Jahre hatte sie sich danach zurückgesehnt, zu spüren, wie sehr er sie brauchte. Anfangs war es beängstigend gewesen, schlagartig an ihn gebunden zu sein, und Adrian war niemand, der bereit war, Kompromisse einzugehen. Ihre Beziehung war alternativlos gewesen, aber mit der Zeit hatte Hannah sich daran gewöhnt und es sogar genossen. Noch nie hatte sie sich so wichtig gefühlt, wie sie es für Adrian geworden war.

Dann hatte sie irgendwann begriffen, dass diese Verbindung ihnen beiden nutzen konnte. Dafür, dass sie ihr Leben mit ihm verbrachte und ihn am Leben erhielt, erhielt sie selbst ewige Jugend.

Aber er hatte das nicht zu schätzen gewusst und hatte sie verlassen. Anfangs nur gelegentlich, bis er zurückkehren musste. Nun hatte sie ihn jahrelang vermissen müssen.

Keiner konnte sich vorstellen, wie schmerzhaft diese Sehnsucht gewesen war. Sie wünschte sich, sie wäre nur halb so verrückt gewesen, wie es ihre Söhne offenbar dachten.

Nun war es vorbei.

Sie hatte Adrian zurück. Diesmal war er es, der erst begreifen musste, wie glücklich sie miteinander sein könnten. Aber es war nur eine Frage der Zeit, weil ihm gar keine andere Wahl blieb.

Alles würde werden, wie es einmal gewesen war.

EPILOG – MAJA

Maja legte ihren Notizblock vor sich auf den Tisch, lehnte sich mit der Kaffeetasse in der Hand zurück und verfolgte aus der Ferne, wie James und Tim versuchten, eine Hollywood-Schaukel im Garten zu montieren. Sie hatten eigentlich bei weitem genug Geld, dafür einen Profi kommen zu lassen, aber die beiden hatten beschlossen, dass sie den Aufbau selbst bewerkstelligen wollten.

Lauren und Maja hatte ihre Unterstützung zwar angeboten, waren aber auch nicht unglücklich darüber, dass diese Hilfe nicht in Anspruch genommen wurde. So saßen sie jetzt auf den bequemen Gartenstühlen und bemühten sich, das Treiben der Männer nicht allzu schamlos zu beobachten.

Mit einem metallischen Klirren stießen zwei lange Metallstangen aneinander, ehe sie beinahe geräuschlos im weichen Gas landeten.

»Wir sollten das Verbandszeug holen«, murmelte Lauren ernsthaft besorgt, obwohl keiner der beiden Möchtegern-Handwerker überhaupt verletzt schien.

»Das wird nicht nötig sein«, antwortete Maja, während James seine Hand ausschüttelte, als könnte er so den Schmerz vertreiben. Offenbar hatte ihn eine der Stangen beim Sturz getroffen.

»Ich sehe zumindest bisher kein Blut«, ergänzte Bill, der neben ihnen auf einer Liege lag und durch seine Sonnenbrille seine Brüder musterte. Im Gegensatz zu ihnen zeigte er kein Interesse an einer Zweitkarriere als Heimwerker. »Und nur weil wir jetzt nicht mehr unsterblich sind, heißt das nicht, dass wir an einem harmlosen Kratzer gleich verbluten«, fuhr er kühl fort.

Inzwischen lebte Lauren bereits ein Jahr im Bandhaus und hatte irgendwann doch noch so viel Akzeptanz bei den anderen gefunden, dass Tim sie scheinbar in die Geheimnisse eingeweiht hatte – oder vielleicht hatte sie einfach so oft Gesprächsfetzen aufgeschnappt, bis sie sich selbst etwas hatte zusammenreimen können. So genau wusste Maja gar nicht mehr, wie sich das entwickelt hatte. Gerade in dieser Anfangszeit nach ihrer Rückkehr aus Europa war jeder von ihnen so mit seinen eigenen Problemen beschäftigt gewesen, dass sie gar nicht gemerkt hatten, wie sie irgendwann dazwischen als große Familie zusammengewachsen waren.

Eine große Familie mit viel Streit.

Inzwischen hatten sich auch alle damit arrangiert, dass Adrian und Hannah nicht Teil dieser Familie waren. Offenbar wollten die beiden für sich sein und nachdem sie ihre Söhne so oft belogen hatten, vermisste sie auch keiner.

»Aber sie könnten eine Blutvergiftung bekommen«, konterte Lauren ernst und blickte Richtung Haus, vielleicht suchte sie in Gedanken wirklich nach dem Erste-Hilfe-Kasten. Allerdings war Maja nicht einmal sicher, ob sie mehr als ein paar Pflaster im Haus hatten. Selbst die Pflaster waren eine eher neue Anschaffung. Im Winter hatten die Brüder reihum das erste Mal Bekanntschaft mit einer Erkältung gemacht und im Zuge dessen erst angefangen, so etwas wie eine Hausapotheke aufzubauen.

Die Männer hatten ihre ersten Schnupfnasen nicht so recht zu schätzen gewusst, aber Maja hatte eine ungemeine Erleichterung verspürt. Die Erkältung war der Beweis dafür, dass die Brüder nicht nur augenscheinlich, sondern tatsächlich menschlich geworden waren. Nachdem die ersten Halsschmerzen und roten Nasen überstanden waren, hatte sie auch bei James eine gewisse Freude über diese Erkenntnis bemerkt.

Bei Lauren hatte das Ganze allerdings scheinbar den Eindruck hinterlassen, für die Musiker wäre der kleinste Infekt lebensbedrohlich. Was gar nicht so recht zu der sonst so selbstbewussten und kämpferischen Frau passt, zugleich aber ein wenig verriet, wie viel ihr an Tim lag. Obwohl sie ihn beinahe selbst verlassen hätte, fürchtete sie nun wohl sehr, ihn zu verlieren.

»Uns kann auch der Himmel auf den Kopf fallen«, antwortete Bill wenig einfühlsam, während Maja noch nach einer etwas zurückhaltenderen Antwort suchte.

»Wogegen wir machtlos wären«, entgegnete Lauren selbstbewusst und richtete sich auf. »Gegen Blutvergiftungen können wir aber sehr wohl etwas tun.«

Bevor sie doch aufstehen konnte, legte Maja ihr eine Hand auf den Arm und hielt sie zurück. »Es blutet keiner«, beruhigte sie Lauren lächelnd. »Und ich glaube, es könnte ernsten Schaden im Ego unserer Handwerker-Könige da drüben verursachen, wenn wir mit dem Pflaster in der Hand neben ihnen stehen und darauf warten, dass wir sie verarzten können.«

»Ganz zu schweigen davon, welche Folgen das für den Haussegen hätte«, setzte Bill hinzu. »Wir wollen ja nicht riskieren, dass James doch noch die Traumhochzeit cancelt.«

Lauren verdrehte die Augen, lehnte sich aber wieder zurück. »Als ob er das tun würde, nur weil ich ihm ein Pflaster bringe.«

Maja schwieg sich darüber aus. Selbst, wenn sie ihn von Kopf bis Fuß in einen Mullverband wickeln würde, bis er aussah wie eine Mumie, würde James deshalb die Hochzeit nicht absagen. Nicht, dass sie nicht die theoretische Möglichkeit besprochen hätten, schließlich gab es das magische Band nicht mehr, das sie ursprünglich aneinander gefesselt hatte. Aber sie hatten sich längst dafür entschieden, ihr Leben gemeinsam zu verbringen, warum sollten sie das also nicht auch amtlich machen?

Außerdem hatten sie beide den Eindruck, dass diese Entscheidung auch eine wichtige Botschaft an James' Brüder war. Tim würde vermutlich nie der romantische Typ werden, dennoch hatte er sich inzwischen damit arrangiert, dass es eine Frau an seiner Seite gab. Inzwischen hatte er sich mit ihr so oft in der Öffentlichkeit gezeigt, dass sich unter den Fans herumgesprochen hatte, dass auch er vergeben war.

Irgendwie hatte diese Entwicklung dazu geführt, dass Bill besonders viele Liebesbriefe bekam, weil die Fans nun Hoffnung hatten, dass er sich auch früher oder später binden würde. Er äußerte sich bisher nicht dazu, was er von dieser neuen Art der Aufmerksamkeit hielt, aber unglücklich wirkte er nicht, wenn er die Briefe von Ray regelmäßig überreicht bekam.

»Stimmt«, räumte Bill ein, »James würde dich nicht mal verlassen, wenn sein Leben davon abhinge.« Es klang fast, als wäre er eifersüchtig.

Lauren nickte zustimmend und Maja musste unweigerlich lächeln. Inzwischen glaubte sie selbst nicht mehr daran, dass irgendwas sie entzweien könnte, und es kam ihr nun albern vor, dass sie jemals geglaubt hätte, die Grundlage für ihre Beziehung wäre alleine diese magische Verbindung gewesen. Sie würde James genauso wenig verlassen, wie Lauren Tim. Sie liebten einander zu sehr und immer mehr war sie überzeugt, dass diese Liebe jene Verbindung damals erst entstehen lassen hatte.

»Ehrlich gesagt, würde ich es James auch gar nicht erlauben, dass er dich verlässt. Ihr habt unser ganzes Leben umgekrempelt, als ihr euch ineinander verliebt habt, das müsst ihr jetzt auch bis zum Ende durchziehen«, setzte Bill hinzu. »Das Ganze hat uns immerhin möglicherweise unsere Unsterblichkeit gekostet.«

Maja zog irritiert die Augenbrauen hoch. »Du meinst, es hat euch die Menschlichkeit geschenkt. Gern geschehen.« Ihr Lächeln wurde zu einem breiten Grinsen »Und das ,Möglicherweise' kannst du streichen, so wie ich das sehe, ist inzwischen mehr als bewiesen, dass ihr Menschen seid.« Sie blickte noch einmal auf ihren Notizblock, blätterte einige Seiten zurück und warf diesen Bill zu.

»Ich dachte, ich schreibe mal ein paar eurer Highlights aus dem Menschendasein auf.« So oft hatten die Brüder in den letzten Monaten über ihre Veränderung spekuliert, dass Maja irgendwann angefangen hatte, sich Notizen zu machen. Sie hatte zwar nicht damit gerechnet, dass sie diese Liste so schnell einem der Brüder unter die Nase reiben würde, aber sie hatte sich darauf gefreut.

Oktober:
Erste Erkältung mit Schnupfen, Halsschmerzen und Husten (brüderlich geteilt damit jeder etwas davon hat)

Dezember:
Weihnachtskonzert in Dublin, gefolgt von einer mitternächtlichen Großbestellung Pizza, weil alle zum ersten Mal so richtig Heißhunger hatten. (Gegessen wurde nicht mal die Hälfte, weil auf dem Weg ins Hotel alle eingeschlafen sind)

Januar:
Tim hat ein graues Haar! Gibt er zwar nicht zu und ist ein großes Geheimnis, aber es gibt Zeugen. (Und die grauen Haare werden mehr)

April:

Den ersten richtig warmen Tag beenden Bill und James mit leuchtend rotem Sonnenbrand. (Sind natürlich zu »cool« für Sonnencreme)

Mai:

Tim hat jetzt auch Sonnenbrand und im Garten wird ein Sonnenschirm aufgestellt.

Juni:

James und Bill sind um die Wette geschwommen und haben Schmerzen. Der Arzt bestätigt, es sind keine gefährlichen Verletzungen, nur Muskelkater.

Bill schob ihr den Notizblock quer über den Tisch mit einem abfälligen »Pff« zu. »Wir sind gar nicht solche Jammerlappen, wie es da klingt. und du kannst ergänzen, dass ihr zwei im Juli eure Heimwerkergöttergatten am Liebsten in Watte packen wolltet, damit sie keinen Kratzer abbekommen.«

Maja grinste und schlug den Block zu. Irgendwann würden die Brüder darüber wahrscheinlich lachen. Jetzt applaudierten sie stattdessen James und Tim, die sich stolz auf die Hollywoodschaukel fallen ließen, ohne dass diese zusammenbrach.

James deutete im Sitzen eine Verbeugung an, bevor er die Arme ausbreitete, sodass Maja sich sofort auf den Weg zu ihm machte und neben ihm Platz nahm. Beinahe sofort winkte Tim auch Lauren heran, die sich bereitwillig an seine Seite kuschelte.

»Sollen wir testen, ob das Ding auch noch eine Person mehr aushält«, rief Maja Bill zu, der vollkommen entspannt sie beobachtete und sofort den Kopf schüttelte. »Ich will das Schicksal nicht zu sehr herausfordern.«

Zudem gesellten sich nun auch Mike und Charlie zu Bill, die bisher im Wohnzimmer geblieben waren und von dort das Geschehen im Garten beobachtet hatten. Die beiden hatten bisher noch keinen Sonnenbrand erlitten und wollten vorläufig auch auf diese Erfahrung verzichten.

Die drei Junggesellen versammelten sich am Gartentisch und beobachteten sichtlich neugierig, ob die Hollywoodschaukel ihrer großen Brüder die erste Belastungsprobe überstand. Vorsichtig stieß James sich vom Boden ab, sodass sie tatsächlich schaukelten, und zu Majas Erleichterung blieb die Konstruktion standhaft – wie ihre neue, große Familie, die anfangs auf wackligen Füßen gestanden hatte. Aber irgendwie hielt sie eben doch stand.

Ende